IL CAMMINO VERSO LA PACE

Copyright © 2020 Rafael Henrique dos Santos Lima e RL Produzioni Letterarie

Tutti i diritti riservati. Nessuna parte di questo libro può essere riprodotta in alcuna forma senza il previo consenso del titolare del copyright di questo libro.

Per le autorizzazioni contattare: rafael50001@hotmail.com / rafaelhsts@gmail.com

Questa è una storia di fantasia con persone e eventi di fantasia. Qualsiasi somiglianza con nomi, luoghi, fatti o persone è puramente casuale.

Questa è un'opera di fantasia basata sulla libera creazione artistica e non ha alcun impegno con la realtà.

Riferimenti Biblici

Testo de La Sacra Bibbia Nuova Riveduta 2006 – versione standard.

Copyright © 2008 Società Biblica di Ginevra.

Usato con permesso. Tutti i diritti riservati.

Prefazione

I buoni momenti della vita passano inosservati quando stiamo bene. Tutto diventa parte della nostra routine, non riusciamo a vedere quanto la vita sia meravigliosa quando tutto va bene.

Ma il giorno in cui scopriamo che qualcosa non va, tutto cambia. Pensiamo a tutto ciò che perderemo e non godremo a causa della nuova condizione.

Questa è una situazione comune per le persone che affrontano grandi cambiamenti nelle loro vite, specialmente nei casi di malattie gravi che lasciano il paziente scoraggiato e senza speranza.

Questi sentimenti sono più forti nelle persone che soffrono di malattie terminali. Alcune di loro hanno un'aspettativa di vita determinata e i malati considerano che questo sia il tempo che li separa dalla morte.

Imparare a convivere con questa nuova realtà è una grande sfida per chiunque, poiché nessuno è preparato per una notizia così devastante e definitiva. Ma, come tutto nella vita, c'è un percorso da seguire finché non si trova la vera pace in mezzo alle incertezze...

Indice

Un giorno qualunque 11
Una serata divertente! 27
Novità 39
Ho bisogno di essere sicuro 57
Cosa affronterò? 77
Ritorno alla normalità 93
Un nuovo inizio 109
Il colpo di scena 125
Trovando una nuova strada 145
Non me aspettavo questo 163
Piacere di conoscerti 175
Non ce la faccio più 195
La vita continua 217
La storia della mia vita 231
L'inizio del cambiamento 251
Voglio credere 267
Seguendo nella fede 289
Nuovi passi 309
Tutto ha un proposito 323
Oggi tu sarai con me in paradiso 349
Il risultato del trattamento 367
Il cammino verso la pace 389

Un giorno qualunque

Quello sarebbe stato un altro giorno come tanti altri nella vita di Carlos, quarantasei anni. La sua vita era ormai molto tranquilla. Era proprietario di un'industria di cosmetici e il suo business andava molto bene, con molte vendite in Brasile e in altri paesi. Carlos viveva in una villa in uno dei quartieri più lussuosi della città, l'Atlântico. Al suo fianco c'era Suzana, quarantacinque anni, sua moglie e socia nell'industria. Entrambi godevano di tutti i piaceri che il loro denaro poteva comprare: feste, viaggi, auto, ecc.

Carlos si svegliò intorno alle undici del mattino con un forte mal di testa. La notte precedente era stato a una festa fino all'alba e non sapeva nemmeno come fosse arrivato a casa. Stava prendendo il caffè in cucina. Era un uomo bianco con la pelle chiara, capelli neri un po' lunghi, occhi castano chiaro e barba incolta. Aveva un'altezza e un peso medi. Il suo cellulare squillò, era Suzana:

— Ti sei svegliato, bella addormentata? — disse Suzana con tono ironico.

Carlos rispose bruscamente:

— Certo! Come avrei potuto risponderti sé stessi dormendo?

Suzana rispose altrettanto bruscamente:

— Ti sei svegliato nervoso! Dovresti essere un po' più grato per quello che ho fatto!

Carlos pensò per un istante, cercando di ricordare cosa fosse successo e, non riuscendo a ricordare, decise di chiedere:

— Cosa hai fatto?

Suzana parlò di nuovo con ironia:

— Ora la bella addormentata ha l'amnesia?

— Suzana, dimmi subito cosa è successo! — Carlos si spazientì per le insinuazioni di sua moglie.

— Te lo dico. Ieri sei andato a quella festa con le tue amichette, ti sei ubriacato, hai cercato di baciare una donna sposata e mi hanno chiamato per portarti via senza fare confusione, perché il marito della donna voleva litigare con te.

Sentendo questo, Carlos pensò:

« Che schifo! L'alcol mi rovina. »

Accorgendosi del silenzio di Carlos, Suzana continuò con le accuse:

— Sei rimasto senza parole? Puoi iniziare con un grazie.

— Va bene, Suzana. Grazie per avermi aiutato. Prometto

che non succederà più.

Suzana scoppiò a ridere e disse:

— Una promessa? Farò finta di crederci.

Carlos replicò, affermando con tono serio:

— Sono serio, non lo farò più.

— Carlos, smettila di fare promesse che non puoi mantenere. Ogni volta è la stessa cosa. Esci, ti diverti, bevi troppo, mi tradisci e poi dici che non lo farai più. Carlos, risparmiami! Abbiamo superato questa fase.

Sentendo queste parole, Carlos fece una rapida riflessione e si rese conto che era sempre la stessa promessa. Cercò di difendersi accusando Suzana:

— E tu, Suzana, fai sempre la stessa...

Suzana lo interruppe:

— Non parliamo di questo ora! Vieni subito in azienda, perché c'è un cliente che ti aspetta.

Carlos disse con tono preoccupato:

— È vero! Me ne ero dimenticato. Dove avevo la testa!

— La tua testa era sul corpo di qualche donna. Pensi solo a quello!

Carlos si irritò per l'affermazione di Suzana e disse:

— Basta con le accuse! Almeno per ora. Riattacco e vado

subito in azienda.

Carlos andò in azienda. Arrivato, andò nel suo ufficio e chiamò Suzana. Era una donna bianca con la pelle chiara, capelli lisci neri fino a metà schiena e occhi verdi. Aveva un'altezza e un peso medi. I due andarono alla riunione con il cliente e sembravano un'altra coppia, furono gentili l'uno con l'altro. Carlos raccontò un po' della storia della fondazione dell'azienda al cliente:

— Alcuni anni fa, dopo aver terminato la facoltà di chimica, avevamo il sogno di avere la nostra fabbrica di cosmetici, producendo prodotti di qualità che potessero soddisfare le esigenze delle persone. Abbiamo iniziato con qualcosa di piccolo a casa, abbiamo avuto molte difficoltà, ma abbiamo sempre mantenuto il nostro sogno...

Suzana ebbe un vivido ricordo di come era iniziato il business con Carlos. Erano nella loro prima casa, che era piccola. Carlos lavorava nel suo laboratorio in garage. Suzana arrivò alla porta e lo chiamò:

— Amore mio, la nostra cena è pronta! Vieni!

Carlos andò da lei, la abbracciò e la baciò. Disse con tono romantico:

— Sei l'amore della mia vita! Ti amo tanto.

E Suzana rispose allo stesso modo:

— Anche tu sei l'amore della mia vita. Ti amo tanto.

Carlos si chinò e parlò con la sua pancia da incinta:

— Sei già l'amore delle nostre vite. Faremo di tutto per renderti felice.

I due dimostravano molto amore e affetto, e lavoravano insieme per avere una vita migliore.

Suzana pensò:

« Come è arrivato il nostro matrimonio al punto in cui è oggi? Dove ci siamo persi? Cosa abbiamo fatto di sbagliato? »

Si rese conto che stava per versare una lacrima e andò in bagno. Suzana si guardò allo specchio e pensò al suo matrimonio di prima. Non resistette e cominciò a piangere. Diceva:

— Voglio solo che tutto torni come prima! Voglio solo essere felice di nuovo!

Rimase così per qualche minuto. Poi, si ricordò delle sue responsabilità, si asciugò le lacrime e tornò dove si trovavano suo marito e il cliente.

Dopo qualche altro momento di conversazione, il cliente se ne andò. Suzana e Carlos erano in piedi nella sala riunioni. Lui disse:

— Suzana, cosa è successo poco fa?

— Mi sono ricordata di com'era la nostra vita prima.

— Eravamo poveri e non avevamo quasi nulla!

Suzana rispose con nostalgia:

— Ma avevamo l'essenziale, l'amore.

— Ma oggi abbiamo anche l'amore.

— Amore? Solo se è per nostra figlia, Liza.

— Suzana, siamo ancora insieme. Questo significa che abbiamo ancora amore.

Suzana disse in tono serio:

— Carlos, non ci rispettiamo nemmeno più! Come può esserci amore in questo?

Carlos pensò per un istante e disse:

— È vero, non abbiamo nemmeno il rispetto. Ognuno fa quello che vuole, senza preoccuparsi dell'altro.

Carlos si avvicinò a lei, le prese le mani e disse con calma:

— C'è qualcosa che possiamo fare per cambiare questo?

— Carlos, mi piacerebbe fare qualcosa, ma non so cosa.

— Terapia di coppia? O consulenza?

Suzana sospirò, lasciò le mani di Carlos e disse in tono

serio:

— Carlos, sinceramente. Penso che la nostra migliore opzione sia il divorzio.

Carlos rimase scioccato dalle parole di Suzana, perché per lui, nonostante tutto, c'era ancora speranza. Rispose:

— Calma, Suzana! Le cose non stanno così. Dobbiamo pensarci con più calma.

— Pensare a cosa? Sappiamo che il nostro matrimonio non funziona da molto tempo.

— È vero. Ma prima di prendere qualsiasi decisione, pensiamoci bene, perché questa decisione è molto seria.

Suzana non aveva speranze di cambiamento, ma decise di accettare:

— Va bene, se pensi che sia meglio così, faremo in questo modo.

— Grazie, Suzana.

Suzana uscì dalla sala e continuò con le sue attività lavorative. Lui fece lo stesso.

Quella sera, i due erano a casa quando arrivò Elizabete, la figlia della coppia. Era una ragazza molto bella. Aveva un'altezza e un peso medi. Pelle chiara, capelli neri fino a metà schiena e occhi verdi. Suzana era seduta in salotto e appena vide sua figlia, disse in tono di disapprovazione:

— Finalmente!

— Mamma, per favore, non ricominciare!

— Ricomincerò! Sei nostra figlia e siamo preoccupati per te.

— Ma mamma, sono adulta! — disse Elizabete cercando di imporsi.

Suzana rispose con ironia:

— Sei adulta! Ma ti comporti come una bambina.

— Mamma, non cominciare con questa! Sono responsabile!

Suzana fece un'espressione dubbiosa e disse:

— Ne sei sicura?

— Sì! — rispose con fermezza.

— Sicura?

— Certo!

Elizabete pensò per un istante e disse dolcemente:

— Cioè, penso di sì.

— Vediamo. Hai iniziato l'università tre anni fa e dovresti essere al sesto anno, ma sei ancora al terzo. Cosa mi dici di questo?

Elizabete non aveva una risposta e disse la prima cosa

che le venne in mente:

— Ah, è perché le materie sono molto difficili.

— Difficile? — interrogato Suzana con aria di dubbio. — Sei sicura che sia davvero così?

— Certo, mamma! Ci provo, ma non ci riesco. — Cercava di giustificarsi.

— Liza, siamo sincere. Ti sei sempre comportata bene in tutti gli esami e i lavori, la tua bocciatura è dovuta alla tua frequenza. Non vai quasi mai all'università!

— Ma mamma! Non è colpa mia!

— Se non è tua, allora di chi è? Mia?

— Guarda, mamma, è così. Sono giovane, ci sono molti eventi e feste a cui andare. E a volte, questi eventi durano fino a tardi e mi sento in imbarazzo ad andarmene presto.

— Uhm. — Suzana sapeva che sua figlia stava cercando di ingannarla.

— È vero, mamma! E dopo queste feste ed eventi è difficile andare all'università, sono troppo stanca!

— Liza, pensiamoci insieme.

— Sì, mamma.

— Sei giovane, molto bella e hai una vita sociale intensa. Ma devi saper organizzarti e dare priorità alle cose importanti.

— Cosa intendi, mamma?

— Vedi, hai già perso un anno e mezzo di università. Se avessi studiato correttamente, mancherebbero solo due anni per finire. Ma poiché non l'hai fatto, mancano ancora tre anni e mezzo, e questo se cambi il tuo stile di vita. E se non cambi, solo Dio sa quanto tempo ci vorrà.

Elizabete rimase pensierosa e disse:

— È vero, mamma, penso di stare perdendo tempo.

— Anch'io sono stata studentessa e so come funzionano le cose. Ci entusiasmiamo, pensiamo che tutto sarà una festa, ma non è così. Dobbiamo avere momenti di dedizione allo studio. Altrimenti, resterai all'università per sempre.

— Ho capito, mamma. Credimi, cambierò!

— Davvero? — Suzana non credeva che lei avrebbe davvero cambiato, poiché avevano già avuto quella conversazione altre volte.

— Sì, signora! Puoi lasciare a me!

— Voglio vedere!

— Ci riuscirò! Fidati di me.

— Mi fiderò, spero solo di non pentirmene.

Elizabete stava uscendo e chiese a Suzana:

— Dov'è mio padre?

— Dovrebbe essere nel suo studio a lavorare.

Suzana disse che suo marito stava lavorando, ma sospettava che stesse facendo qualcos'altro nel suo studio...

— Vado a parlare con lui.

Elizabete uscì e andò nello studio. Cercò di aprire la porta e si accorse che era chiusa a chiave. Bussò e chiamò Carlos:

— Papà, sono io, puoi aprire?

— Arrivo subito, solo un momento.

Carlos stava guardando pornografia sul computer. Chiuse tutto, aprì un foglio di calcolo e mise alcuni documenti sulla scrivania per dare l'impressione di stare lavorando. Si alzò e aprì la porta.

Elizabete lo abbracciò e disse:

— Perché la porta era chiusa a chiave?

— Perché prima ho fatto una chiamata importante e non volevo essere interrotto, ma dopo aver finito, mi sono dimenticato di aprire.

— Ah, capisco. Papà, ho bisogno del tuo aiuto.

Carlos sapeva già che quelle parole significavano: ho bisogno di più soldi.

— Come posso aiutarti, figlia mia?

Elizabete usò un tono più dolce e disse con gentilezza:

— Venerdì ci sarà una festa a casa di un'amica. Ho bisogno della tua carta per fare acquisti. Ho già superato il mio limite.

Carlos sorrise e disse:

— Stai usando il tuo limite sempre più velocemente.

Lei sorrise e disse:

— Papà, sai com'è la vita.

Carlos andò alla sua scrivania, prese una carta di credito e la diede a Elizabete. Mentre lei stava uscendo, le disse:

— Usa la carta con saggezza.

Lei fece un segno di ok con le mani.

Carlos tornò al suo computer portatile per continuare a guardare pornografia. Prima di tornare al sito, guardò una foto sulla scrivania. Nella foto c'era Elizabete che dormiva con una bambola. Si ricordò di come era stato possibile darle quel regalo...

Elizabete aveva tre anni e la produzione di cosmetici della coppia non era ancora cresciuta molto. I due erano riusciti a montare la loro prima linea di produzione, dove fabbricavano e vendevano da soli.

I soldi ricevuti non erano ancora molti e dovevano risparmiare su tutto. Un giorno, erano usciti con Elizabete e lei aveva visto una bambola in un negozio. La bambina ne era rimasta affascinata e aveva chiesto ai suoi genitori:

— Mamma! Papà! Me la comprate?

I due si guardarono e sapevano che non sarebbe stato possibile comprarla in quel momento. Carlos disse:

— Tesoro, oggi non possiamo perché papà e mamma non hanno portato la borsa dove teniamo i soldi.

Gli occhi di Elizabete si riempirono di lacrime e lei disse piangendo:

— Ma la voglio adesso!

Suzana abbracciò Elizabete e disse:

— Non piangere, tesoro! Un altro giorno torneremo qui e te la compreremo. Te lo promettiamo.

Elizabete pianse per qualche altro istante e poi, dopo il conforto dei suoi genitori, si calmò.

Arrivati a casa, si sedettero e fecero i conti del loro business. Suzana disse:

— Sì, per comprare quella bambola dobbiamo vendere a più clienti.

Carlos disse con tono scoraggiato:

— È già difficile vendere a quelli che abbiamo attualmente, avere più clienti sarà ancora più difficile.

— Amore mio, non possiamo arrenderci così! Dobbiamo lottare per realizzare i nostri sogni e quelli di nostra figlia! — disse Suzana con entusiasmo.

Dopo queste parole, Carlos ritrovò nuovo entusiasmo. Disse:

— Facciamo un piano per aumentare il numero di clienti.

— Sì! — disse Suzana con grande entusiasmo.

I due elaborarono una strategia per mostrare i loro prodotti a più clienti e ottenere così più vendite.

Il giorno seguente, iniziarono il loro piano e dopo qualche giorno, arrivarono i primi risultati. Nuovi clienti comprarono e riuscirono a ottenere i soldi per la bambola.

Il giorno dell'acquisto, Elizabete uscì dal negozio abbracciata alla bambola e dormì con lei, mostrando quanto tenesse a quel regalo. Il giorno dopo, i suoi genitori le scattarono una foto prima che si svegliasse.

Tornando alla realtà, Carlos si rattristò e pensò:

« Cosa è successo alla nostra famiglia? Dov'è quella felicità nelle cose semplici? E dov'è quell'amore? »

Carlos guardò il suo sito pornografico e disse:

— Che cazzo sto facendo qui?

E così fu un giorno normale nella vita della famiglia di Carlos.

Una serata divertente!

Venerdì sera, Carlos passò vicino alla camera e vide che Suzana era splendida. Era truccata, indossava abiti eleganti e scarpe con il tacco alto. Pensò:

« Wow! Che donna incredibile ho! »

Lei si accorse che lui la stava guardando e ne fu molto contenta, perché era da tanto tempo che Carlos non la guardava in quel modo. Disse:

— È questo che stai lasciando a casa quando decidi di uscire con le altre.

Lui cercò di giustificarsi:

— Ma non faccio niente con nessuno, è solo divertimento, bevute, queste cose.

— Carlos, raccontane un'altra! Sai cosa fai — disse Suzana con tono ironico.

— Lo sai solo tu. Io non so nulla di tutto questo. — Carlos cercò di dissimulare.

— Va bene. Comunque sia, stasera sarò io a divertirmi!

— Come? — chiese Carlos sorpreso.

— Uscirò con le mie amiche.

— Dove andrete?

— Non lo so. So solo che stasera ci divertiremo molto! —

Suzana era molto entusiasta.

Carlos disse con tono triste:

— E io resterò qui da solo?

— Se resterai solo, non lo so, questo dipende da te.

— Ma non puoi farmi questo! — Carlos continuò con lo stesso tono.

— Carlos, tu fai questo con me tutto il tempo e ora tu sei la vittima? Smettila!

— Ma le cose nel matrimonio non possono funzionare sulla base della vendetta!

Suzana disse ad alta voce e con tono nervoso:

— Carlos, per favore! Sappiamo che non c'è un vero matrimonio qui. Lasciamo che ognuno faccia ciò che vuole. Sarà meglio così.

Carlos si rese conto che sua moglie era determinata e smise di cercare di discutere. Prima di uscire, disse:

— Divertiti!

— Grazie. Intendo divertirmi.

Carlos uscì e qualche minuto dopo, Suzana uscì di casa.

Andò a casa della sua amica Denise. Si conoscevano da molto tempo e Denise aveva circa la stessa età di Suzana. Denise era bianca con la pelle abbronzata, alta e con lunghi capelli castano chiaro.

Le due andarono in salotto. Suzana disse con entusiasmo:

— Denise! Da quanto tempo non ci vediamo di persona! Tutto bene?

— Tutto bene, Suzana! — Denise rispose con entusiasmo. — E tu?

Suzana rispose con scoraggiamento:

— Ah, anch'io sto bene.

Denise notò lo scoraggiamento della sua amica e disse:

— Siediti qui e raccontami cosa sta succedendo. Non sembri affatto bene.

Suzana iniziò a parlare con tristezza:

— Il problema è il mio matrimonio.

— Cosa sta succedendo?

— In realtà, non sta succedendo niente!

— Quando dici niente, intendi niente a letto? Niente sesso?

— Magari fosse solo quello.

Denise si stupì delle parole di Suzana e chiese:

— Allora cos'è?

— Stiamo insieme, ma è come se non lo fossimo. Non

abbiamo più alcun contatto affettuoso, non ci importa l'uno dell'altro, ognuno fa quello che vuole.

Denise rimase scioccata dal racconto di Suzana e disse:

— Cavolo, Suzana, che situazione! E ne avete parlato?

— Non riusciamo più a parlare. Litighiamo sempre e ci accusiamo a vicenda.

— In questo caso è meglio che vi separiate. Io mi sono separata e non me ne pento affatto. Sto benissimo.

— Ci ho pensato, ma credo che, in fondo, ci sia ancora qualche speranza di miglioramento.

— Il problema è che, mentre aspetti il miglioramento, il tempo passa, perdi la tua vita, diventi più triste, tra le altre cose.

Suzana rifletté un po' e disse:

— È vero. Devo prendere una decisione.

— Esatto, amica mia! — Denise incoraggiava Suzana. — Ma lasciamo perdere. Perché stasera ci divertiremo!

— Andiamo davvero! — disse Suzana con entusiasmo. — Ne ho bisogno.

— Conosco un posto incredibile per noi!

— Dove?

— È un club con dei ballerini e dei camerieri molto sexy!

— Denise era molto entusiasta. — È un piacere per gli occhi.

— Wow! Deve essere fantastico. — Suzana era entusiasta dell'idea.

— Sarà fantastico! E poi troveremo un bel ragazzo per passare la notte.

Suzana rimase scioccata dalle parole di Denise, perché passare la notte con uno sconosciuto era un po' troppo per lei.

— Denise, ma tu conoscerai il ragazzo e andrai subito a letto con lui?

— Sì! Qual è il problema? — Denise rispose con naturalezza.

— Ma è uno sconosciuto e darsi a qualcuno è una cosa molto seria, specialmente per te che sei stata sposata.

— Hai detto bene, ero sposata. Oggi sono libera di fare quello che voglio! Sono una donna decisa e padrona del mio corpo. Per me, è una cosa normale.

Suzana si stupì, ma concordò:

— Va bene, tu sai quello che fai.

— E cercheremo un bel ragazzo anche per te!

— Per me no! Sono ancora sposata. Non posso farlo.

— Sposata? — Denise disse con tono di stupore. — Hai

appena detto che non hai niente con tuo marito.

— Non ho niente con lui, ma questo non significa che voglio avere qualcosa con qualcun altro, specialmente con qualcuno che ho appena conosciuto.

— Se non vuoi nessuno, va bene. Ti capisco. Anch'io ci ho messo un po' a cercare un altro uomo.

— Ora non voglio nessuno. — Suzana era decisa.

Suzana disse questo, ma in realtà desiderava un uomo amorevole nella sua vita, non un uomo qualsiasi per una notte. Desiderava l'amore di suo marito.

— Va bene. — disse Denise. — Ora smettiamo di parlare e facciamo quello che conta! Divertiamoci!

— Certo! Andiamo con la mia macchina o con la tua?

— Suzana, è meglio lasciare le macchine qui e andare con una app, perché berremo molto e poi guidare non è una buona idea.

— È vero, Denise. Bere e guidare è molto pericoloso! Andiamo con l'app.

Le due chiamarono un'auto con una app e andarono al club di cui parlava Denise. Arrivate al club, Denise e Suzana incontrarono altre donne più giovani, e Denise le presentò a Suzana.

Entrarono nel club e subito Suzana rimase stupita dalla scena. C'erano camerieri solo con slip e cravatta che servivano ai tavoli. Erano uomini giovani, con un fisico atletico.

Si sedettero e ordinarono qualche drink. Quando il cameriere li portò, tutte lo desiderarono, tranne Suzana. Lei espresse una certa ammirazione per l'uomo, ma non al punto di comportarsi come le altre.

Chiacchierarono e bevvero un po', poi si avvicinarono a un palco. E su quel palco ci furono alcune esibizioni di danza sensuale. E in alcune esibizioni i ballerini si avvicinavano molto alle donne, quasi toccandole. In quel momento, Suzana pensò:

« Queste donne hanno quasi l'età di Liza e frequentano questi posti. Chissà se anche mia figlia frequenta questo tipo di luoghi? Devo parlare di più con lei, consigliarla e sapere dove va. Non voglio che abbia la stessa percezione di piacere e divertimento. »

Denise e le sue amiche si divertirono molto con la danza, mentre Suzana, al contrario, era a disagio. Disse:

— Denise, possiamo parlare un momento?

— Certo, certo!

Le due si allontanarono un po' e Suzana disse:

— Scusa, ma la mia testa non sta bene, non credo di essere pronta per una notte come questa.

— Va bene, amica. Succede la prima volta.

— Vado via e un altro giorno organizziamo qualcos'altro, va bene?

— Certo! Ma non dimenticarmi.

— Non ti dimenticherò.

Suzana si congedò da Denise e dalle sue amiche. Chiamò un'auto con una app e fu assistita da una conducente, Célia, una donna di circa la sua età. Era nera con la pelle chiara, capelli neri lisci fino alle spalle e occhiali. Durante il tragitto, passarono davanti a diversi locali notturni e bar, e Suzana notò come le giovani erano vestite, ricordandosi del comportamento delle amiche di Denise. Suzana iniziò una conversazione con la conducente:

— Guarda come queste ragazze sono così esposte.

— È vero — disse Célia. — Oggi sono molto liberali.

— Questo è molto brutto, non si valorizzano.

— Si trattano da sole come merci esposte in vendita.

— Célia, hai figli?

— Sì, una ragazza.

— E lei esce di notte?

— Esce, ma non in questi posti.

— E cosa hai fatto perché non andasse in questi posti?

— La nostra famiglia è evangelica e fin da piccola, le ho sempre parlato del Cammino di Dio.

Questa fu la prima volta che Suzana parlava con qualcuno che era evangelico, e si incuriosì:

— E come funziona?

— Fin da piccola, la porto in chiesa e a tutti gli eventi. E quando ha iniziato a crescere, io e mio marito le abbiamo sempre parlato di ciò che esiste in questo mondo.

— Cioè, cosa esiste in questo mondo?

— I piaceri, le tentazioni, il divertimento offerto. Le parlavamo di ciò a cui avrebbe avuto accesso e quali sarebbero state le conseguenze.

— Le conseguenze come vizi, malattie, queste cose?

— Sì, e anche delle conseguenze davanti a Dio.

— Tipo punizione e inferno?

— No. Il nostro focus è un altro, che funziona molto meglio.

Suzana rimase pensierosa:

« Per quanto ne so, la religione indottrina le persone

attraverso la paura della punizione, e lei ha detto che non è così. »

Suzana disse:

— E qual è il vostro focus?

— È l'amore di Dio.

— Non ho capito. — Suzana era confusa. — L'amore di Dio?

— Sì, l'amore di Dio. Insegniamo a nostra figlia che Dio ama tutte le persone e che la sua vita deve essere dedicata a Lui e non ai piaceri. Insegniamo che i piaceri della vita sono passeggeri, ma l'amore di Dio è eterno ed è questo che deve cercare.

— Ma solo questo è sufficiente?

— Sì, quando c'è fede. Nostra figlia crede veramente in Dio e nel suo amore; quindi, questo è sufficiente perché si allontani da certi percorsi.

— Mio Dio! Non ci avevo mai pensato!

— Lei non segue una religione, vero?

— No. In casa mia andiamo in chiesa solo in occasioni importanti, battesimi, matrimoni, veglie funebri, queste cose. Non andiamo spesso.

— Capisco. E la vostra vita è buona così com'è?

— Sì, cioè, più o meno, — disse Suzana con un senso di delusione.

— Se è più o meno, dovreste cercare di più Dio, perché Lui può darvi una vita eccellente in famiglia.

— E ne abbiamo molto bisogno di una vita eccellente e piena d'amore.

— Potete averla, basta cercarla nella migliore fonte d'amore che esiste, Dio.

— Ci proverò. — Suzana ebbe la speranza che la vita della sua famiglia potesse migliorare con Dio.

— Prova. Siamo arrivati a destinazione.

— Mio Dio! Com'è stato veloce, non mi sono accorta del tempo passare.

— È stato perché la conversazione è stata buona.

— Non è stata buona, è stata ottima. — Suzana era felice di quella conversazione. — È stata l'unica cosa buona stasera.

— La conversazione è stata ottima perché è stata guidata da Dio. Credimi, è stato Lui a pianificare questo momento.

— Ci credo, avevo davvero bisogno di un messaggio di speranza.

— Se vuoi avere più speranza, puoi andare a un culto a

questo indirizzo.

Célia consegnò un volantino della sua chiesa a Suzana, che era molto entusiasta dell'idea. Si salutarono e Suzana entrò in casa. Mise il volantino in un cassetto dove teneva i suoi gioielli.

La notte di Suzana finì in modo molto diverso da come pensava. Desiderava una notte di divertimento con la sua amica. Tuttavia, con la sua amica si sentì vuota e delusa. Solo alla fine della notte ci fu qualcosa di buono, qualcosa di vero, qualcosa di Dio.

Novità

I giorni passavano e tutto nella vita di tutti continuava come al solito: Carlos con le sue uscite, Suzana con la sua tristezza ed Elizabete con la sua vita sociale agitata e poco tempo per andare all'università.

Un giorno, Carlos si svegliò con il suo cellulare che suonava. Allungò il braccio per prenderlo e, cercando di afferrarlo, non ebbe forza. Pensò:

« Il mio corpo deve essere ancora addormentato. »

Dopo averci provato ancora un po', riuscì a disattivare la sveglia.

Carlos andò al lavoro e trascorse una giornata normale, ma sentì un forte mal di testa per tutto il giorno. Suzana andò nel suo ufficio e lui disse:

— La mia testa mi sta uccidendo!

Suzana rispose con ironia:

— Dev'essere la sbornia accumulata.

— Non è così! Non sto bevendo durante la settimana.

— Dev'essere lo stress quotidiano.

— Forse. L'azienda è cresciuta molto negli ultimi tempi e con questo vengono più preoccupazioni.

— Carlos, prendi un analgesico per alleviare il dolore.

— Lo farò.

Carlos prese un analgesico e il dolore di quel momento passò.

Nei giorni successivi, Carlos sentiva costantemente mal di testa e li curava sempre con analgesici. Tuttavia, ogni volta aveva bisogno di dosi più forti di medicinali. Oltre hai mal di testa, aveva anche nausee costanti, anche quando non aveva mangiato nulla. Inizialmente pensò che le nausee potessero essere un effetto collaterale dei suoi mal di testa e dei forti medicinali che stava prendendo.

Un giorno, nel suo ufficio, Carlos stava parlando con Suzana di un nuovo prodotto:

— Il nostro nuovo shampoo sarà un successo di vendite! — disse Carlos con entusiasmo.

— Certo! — Suzana era altrettanto entusiasta. — Questo shampoo sarà molto più economico del concorrente con la stessa qualità.

— È tutto questo grazie a noi due. — Carlos si avvicinò a Suzana e la abbracciò. — Quando vogliamo, facciamo cose meravigliose.

— Facciamo.

In quel momento, entrambi ebbero un breve momento di

affetto, chiusero gli occhi e ricordarono altri bei momenti che avevano vissuto.

Il telefono dell'ufficio squillò e Carlos rispose:

— Carlos! Sì, verificherò subito. Grazie mille.

Disse a Suzana:

— Era del dipartimento di marketing, vogliono sapere se abbiamo già deciso come sarà la nuova... Ehm... la nuova...
— Carlos non riusciva a dire la parola che intendeva.

— La nuova cosa?

— Oh, mio Dio! Come si chiama la cosa?

— La nuova marca? La nuova fragranza? La nuova confezione?

— Sì! La nuova confezione. Vogliono sapere se abbiamo già deciso come sarà.

— Carlos, abbiamo già deciso questo qualche giorno fa. Non l'hai comunicato a loro?

Carlos si stupì delle parole di Suzana:

— Sei sicura?

— Sì, siamo andati nei negozi e abbiamo visto come sono le confezioni dei concorrenti, quindi abbiamo deciso di non imitarli, faremo un nuovo tipo di confezione, più elegante e bella.

— Suzana, per Dio! Non mi ricordo di aver fatto niente di tutto questo!

— Mio Dio! La tua memoria è terribile!

— Devi esserti sbagliata, sei sicura che l'abbiamo fatto?

— Sì. — Suzana prese il suo cellulare e lo mostrò a Carlos. — Guarda le foto che abbiamo scattato dei prodotti.

In una delle foto era possibile vedere Carlos accanto a uno scaffale.

Carlos disse con tono scoraggiato:

— La mia testa sta molto male. I dolori sono passati, ma ora arriva questa perdita di memoria.

— Dovresti vedere un medico, per sapere cosa hai.

Carlos disse con sicurezza:

— Sono sicuro che è stress. Non ho bisogno di un medico.

— Va bene. Se lo dici tu.

Carlos continuò con le sue attività quel giorno, ma rimase preoccupato, perché non riusciva a ricordare il tempo che aveva trascorso con Suzana. Nonostante questo lapsus di memoria, decise di lasciare tutto com'era e non cercò aiuto medico.

Alcuni giorni dopo questi episodi, Carlos stava andando

alla sua azienda in macchina, il traffico era molto tranquillo. A un certo punto, Carlos si accorse che la sua vista era un po' offuscata, poiché non riusciva a vedere chiaramente il viale su cui stava viaggiando. Scosse la testa e sbatté le palpebre per cercare di tornare alla normalità, ma non servì a nulla. Pensò:

« Devo fermarmi, non sto bene. »

Carlos si avvicinò al lato del viale e improvvisamente svenne, e la sua auto colpì un palo. Poiché stava già riducendo la velocità, l'incidente non fu grave, ma Carlos rimase svenuto per tutto il tempo.

Alcune persone che passavano vicino al luogo chiamarono i soccorsi per Carlos e presto arrivò un'ambulanza. Questa portò Carlos in ospedale. I poliziotti responsabili della rimozione dell'auto videro il badge di Carlos e chiamarono l'azienda. Suzana fu informata dell'incidente e si innervosì molto e si agitò.

Andò immediatamente all'ospedale dove si trovava Carlos. Al suo arrivo, fu informata su dove si trovava e andò a vederlo. Era sdraiato, ma sveglio. Immediatamente lo abbracciò e lo baciò. E disse con le lacrime agli occhi:

— Carlos, amore mio! Cosa è successo? Stai bene?

Carlos si stupì di questo atteggiamento, poiché era da molto tempo che sua moglie non gli mostrava preoccupazione.

— Sto bene.

— Grazie a Dio che stai bene! — Suzana si sentì sollevata dalle parole di Carlos.

— Ma non so cosa è successo.

— Non lo sai?

— Non mi ricordo. Stavo guidando e ho iniziato a vedere tutto offuscato. Ho deciso di fermare l'auto, ma non ricordo di essere riuscito a fermarmi. E improvvisamente mi sono svegliato qui.

— Questo è molto strano!

— Strano è poco.

Il medico che stava assistendo Carlos si avvicinò. Un uomo bianco di mezza età. Disse:

— Come sta?

— Dottore, sto bene. Ma non ricordo cosa è successo.

— Questo è qualcosa che deve verificare, perché non è normale avere uno svenimento del genere.

— Non avevo mai avuto niente del genere.

— È qualche altro sintomo?

— Avevo mal di testa molto forti e alcune nausee. Ma penso che sia dovuto allo stress del lavoro.

— Potrebbe essere. E oltre hai mal di testa e alle nausee, ha avuto qualche perdita di memoria?

Carlos pensò e disse:

— No.

Suzana rispose:

— Sì, ha avuto. Il giorno in cui abbiamo guardato le confezioni.

— Ah sì! È vero.

— Com'è stato? — chiese il medico.

— Non me lo ricordo ancora, è meglio che mia moglie spieghi.

— Racconterò cosa è successo. Dottore, siamo andati in alcuni negozi per vedere alcune confezioni, abbiamo scattato delle foto e discusso su come dovrebbe essere la nostra nuova confezione. E lui non ricorda di aver fatto questo.

— Non ricorda parte di ciò che è successo o non ricorda assolutamente nulla?

— Non ricordo assolutamente nulla.

Il medico si preoccupò sentendo questa risposta. Disse:

— Deve andare da un neurologo per fare esami più

dettagliati. E mostri questa radiografia al neurologo.

Carlos e Suzana si preoccuparono per la raccomandazione del medico. Lei lo interrogò:

— Dottore, mio marito ha qualche problema?

— Signora, è ancora troppo presto per fare una diagnosi. Deve andare dal neurologo per una valutazione più dettagliata.

— Va bene. Andiamo immediatamente — disse Suzana.

— Sì, fatelo.

— E sono libero? — chiese Carlos.

— Sì. Solo eviti di guidare fino a quando non consulta il neurologo.

— Grazie mille, dottore. — disse Suzana.

— Grazie. — disse Carlos.

— Di niente.

Il medico uscì. Carlos e Suzana lasciarono l'ospedale e immediatamente fissarono un appuntamento con un neurologo.

Il giorno della consultazione, Suzana accompagnò Carlos. Entrando nello studio, il medico li salutò:

— Buongiorno, Carlos. Buongiorno, Suzana.

Rubens era un uomo di mezza età, bianco e con la pelle

chiara. Aveva capelli corti castano chiaro e anche i suoi occhi erano castano chiaro.

— Buongiorno, dottor Rubens. — risposero entrambi, poiché già conoscevano il medico.

— Come state?

Si guardarono e Suzana disse con tono dubbioso:

— Bene.

— Sedetevi, per favore. In cosa posso aiutarvi?

Si sedettero e Carlos spiegò cosa era successo:

— Dottore, da qualche giorno ho un forte mal di testa che passa solo con analgesici forti. Inoltre, ho avuto anche nausee.

— E i dolori sono passati?

— Non ancora, sono meno frequenti, ma il dolore c'è ancora.

— E altri sintomi?

— Sì. Un giorno sono andato in alcuni negozi con mia moglie, abbiamo guardato i prodotti, scattato foto, ne abbiamo parlato, ma non ricordo assolutamente nulla.

— È stata la tua prima perdita di memoria?

— Per quanto ne so, sì.

— È successo qualcos'altro?

— La settimana scorsa, stavo guidando e mi sono accorto che la mia vista era offuscata. Ho cercato di fermare l'auto, ma sono svenuto prima e ho avuto un incidente. È stato il medico che mi ha assistito al pronto soccorso a dirmi di cercare un neurologo.

— Ha fatto molto bene. Questi sintomi meritano attenzione.

Suzana si preoccupò e disse:

— Dottore, cosa ha mio marito?

— Suzana, è ancora presto per dirlo. Dobbiamo fare alcuni esami.

— Parlando di esami — disse Carlos. — L'altro medico ha chiesto di mostrarti questa radiografia.

Carlos consegnò la radiografia al medico, che la guardò attentamente e cambiò espressione. Rubens mostrò preoccupazione per la radiografia. E questo fece preoccupare ancora di più la coppia. Rubens percepì l'angoscia e disse:

— Non trarremo conclusioni affrettate. Andiamo agli esami.

Carlos fu portato in laboratorio per prelevare alcuni campioni di sangue e poi andò alla tomografia e alla risonanza magnetica della sua testa. Dopo gli esami, Carlos commentò con Suzana:

— A cosa serve tutto questo?

— Il medico vuole una diagnosi certa.

Dopo alcuni minuti, alcuni risultati erano già con il medico, che li chiamò nuovamente nel suo studio.

Carlos disse:

— Va tutto bene con me?

Il medico respirò profondamente e con molta serietà disse:

— Carlos, Suzana, ho una notizia molto seria per voi.

— Cosa c'è, dottore? — disse Suzana con angoscia.

Carlos disse con tono di paura:

— Può parlare, dottore.

— I tuoi esami di immagine mostrano un tumore nel tuo cervello.

Il tempo si fermò per Carlos. In una frazione di secondo, rivisse tutta la sua vita e pensò che sarebbe finita. Suzana ebbe lo stesso sentimento, ricordando tutti i momenti che avevano passato insieme.

Carlos disse:

— Eee...io ho uuu...un cancro? — Carlos era così sconvolto che non riusciva nemmeno a parlare correttamente.

— Purtroppo, sì. Mi dispiace.

Gli occhi di Suzana erano pieni di lacrime quando disse:

— E c'è una cura?

— È ancora presto per parlare di una cura o di un trattamento. Avremo bisogno di ulteriori esami per capire di che tipo di tumore si tratta e se è effettivamente nel cervello.

— Come sarebbe a dire se è effettivamente nel cervello? — chiese Suzana.

— Ci sono casi in cui il tumore è nel cervello, ma la sua origine è in un'altra parte del corpo. E in questo caso il trattamento è diverso e ha più possibilità di successo.

In quel momento, Suzana sentì un po' di speranza:

— Dio voglia che sia così!

— Lo confermeremo con ulteriori esami.

— Dottore — disse Carlos, ancora molto spaventato. — Morirò presto?

— Non parleremo di morte o di tempo. Abbiamo ancora molto da investigare sul tumore.

— E quando posso continuare con gli esami? — disse Carlos.

— Può essere domani, se possibile. Prima è, meglio è.

— Va bene. Torneremo domani.

— Certo. Organizzerò tutto per voi.

— Grazie per l'aiuto, Rubens — disse Suzana.

— Sono a disposizione per qualsiasi cosa, anche come amico.

Rubens abbracciò la coppia e poi i due uscirono dallo studio. Erano estremamente sconvolti da notizia che avrebbe cambiato per sempre le loro vite e quelle di tutte le persone coinvolte con loro. Durante il tragitto di ritorno a casa, Suzana disse:

— Come daremo questa notizia a Liza?

— Sarà devastata.

— Devastata è poco. Sarà un grande shock per lei, proprio come lo è stato per noi.

— Suzana, non dovremmo aspettare i risultati degli esami prima di dirglielo?

— Possiamo provare, ma penso che sarà difficile comportarci come al solito. La nostra tristezza è molto evidente.

— È vero. Appena arriverà a casa, la chiameremo per parlare.

— Va bene.

I due arrivarono a casa ed ebbero un altro momento di affetto. Si sdraiarono e iniziarono a piangere insieme. Dopo alcuni momenti di pianto, Suzana guardò Carlos e disse:

— Ti amo tanto e non voglio perderti!

— Anch'io ti amo e non voglio lasciarti!

In quel momento di angoscia, il vero amore riemerse nei loro cuori. Si baciarono come non facevano da tempo e si accarezzarono. Poi si addormentarono.

Carlos si svegliò, andò in giardino e vide qualcosa di strano: una grande pietra al centro del giardino e su di essa c'era scritto qualcosa. Si avvicinò e identificò che era una lapide, e c'era scritto:

— Carlos Henrique, marito infedele, padre negligente e amante del denaro.

Carlos disse:

— È una bugia! Non sono niente di tutto questo.

Improvvisamente il terreno si aprì e risucchiò Carlos fino al collo, lasciando solo la sua testa fuori. Guardò intorno e vide Suzana ed Elizabete che lo guardavano e scuotevano la testa in segno di disapprovazione. Si disperò e cercò di gridare:

— Non guardatemi così! Non sono così!

Ma si accorse che non potevano sentirlo. Si allontanarono e scomparvero. Carlos cercò di gridare di nuovo:

— Non mi lasciate qui! Vi amo! — ma non uscì alcun suono.

Il terreno finì di risucchiarlo e Carlos gridò:

— Nooooo!

Si svegliò e si rese conto che era solo un incubo. Immediatamente si alzò e andò nel suo giardino, ma non c'era alcuna lapide. Suzana arrivò da lui e disse:

— Cosa c'è?

— Ho avuto un incubo terribile sulla morte.

Suzana lo abbracciò e disse:

— Non pensarci, supereremo tutto questo insieme.

— Grazie, Suzana.

Dopo qualche ora, Elizabete tornò a casa molto eccitata:

— Mamma, papà! Sono arrivata!

— Liza, siamo in salotto — rispose Suzana. — Dobbiamo parlarti.

Lei si avvicinò a loro dicendo:

— Spero che non sia una conversazione lunga, perché devo uscire tra poco…

Elizabete si fermò non appena vide i suoi genitori insieme e con un'espressione triste.

— Cosa è successo? — chiese Elizabete.

— Siediti qui, figlia mia — disse Carlos.

— Non mi piace tutto questo. — Elizabete era preoccupata.

— Nemmeno a noi piace, ma è necessario — disse Suzana.

— Liza — disse Carlos. — Dobbiamo dirti una cosa molto seria.

— Per favore, ditemi, sono angosciata!

Suzana disse:

— Tuo padre e io siamo andati dal neurologo oggi, per vedere cosa è successo a lui il giorno dell'incidente.

— Sì, ricordo che me l'avevate detto. E va tutto bene?

— Purtroppo, no.

— Cosa è successo?

Carlos disse con tono triste:

— Liza, ho scoperto di essere malato.

— Cosa hai?

— Ho un tumore al cervello.

Elizabete rimase sconcertata sentendo questo e non ci

credeva:

— Smettila, papà! È uno scherzo, vero?

— Vorrei che fosse uno scherzo, ma è vero. Gli esami sono lì, se vuoi vederli.

Elizabete prese le mani di Carlos e disse con tono serio:

— No, papà! Non hai un tumore!

Cercava di negare la realtà.

— Tuo padre ce l'ha, figlia mia.

Suzana abbracciò Elizabete e lei continuava:

— È una bugia! L'esame è sbagliato! È tutto sbagliato!

Elizabete iniziò a piangere tra le braccia di sua madre.

— Puoi piangere, tesoro.

Carlos li abbracciò e tutti piansero insieme. La famiglia ebbe un momento di unione. Elizabete e Suzana desideravano essere più vicine a Carlos, sapendo che non avrebbero avuto molto tempo con lui.

Ho bisogno di essere sicuro

Il giorno seguente, Carlos e Suzana tornarono al centro medico per eseguire gli altri esami. Rubens li accolse:

— Buongiorno, Carlos e Suzana.

— Buongiorno, dottor Rubens — risposero.

— Come state?

— Ancora molto scossi — disse Carlos.

— Ieri abbiamo parlato con nostra figlia di questo — aggiunse Suzana.

— E come ha reagito?

— Inizialmente ha cercato di negare e ha pensato che fosse uno scherzo.

— Alcune persone cercano di negare — disse Rubens. — È abbastanza comune.

— Dottore — disse Carlos. — Cosa faremo oggi?

— Faremo diversi esami per avere più informazioni sul tumore.

— Quali esami?

— Prima, inizieremo con una radiografia del tuo tronco.

— Radiografia del tronco? — chiese Carlos. — Il tumore non è nella testa?

— È nella testa. Ma devo confermare che non proviene

da un'altra parte del corpo.

— Come sarebbe a dire che proviene da un'altra parte?

— Ci sono casi in cui il tumore è nel cervello, ma non è il suo luogo di origine. Il tumore può essere in un altro posto e le sue cellule si sono diffuse attraverso il flusso sanguigno e si sono accumulate nel cervello.

— Ah, capisco! E cos'altro faremo?

— Faremo una puntura lombare.

— Cos'è?

— Raccoglieremo un po' del fluido dalla tua colonna vertebrale. Questo fluido è in contatto con il cervello e può dirci se ci sono cellule cancerose.

— E altro?

— Per ora no. Ma in seguito potremmo fare una biopsia.

— Dottore — disse Suzana. — Come si fa una biopsia al cervello?

— Suzana, è una procedura molto delicata, trattandosi di un'area molto delicata, ma viene fatta solo quando non è possibile identificare l'origine precisa del tumore.

— Capito.

— Carlos, iniziamo gli esami?

— Andiamo!

Carlos fu accompagnato nelle stanze dove avrebbe fatto gli esami. Dopo averli completati, Carlos parlò di nuovo con Rubens:

— Dottore, esami terminati!

— Ora devi aspettare i risultati, dovrebbero essere pronti in una settimana. Appena saranno pronti, vi contatterò per rivederci.

— Va bene — disse Carlos.

— Grazie — disse Suzana.

I due uscirono dallo studio e poi andarono in azienda. Stavano cercando di avere una vita normale, nonostante le circostanze.

Una settimana dopo

Carlos e Suzana tornarono nello studio. Rubens iniziò a spiegare gli esami:

— Carlos e Suzana, tutti gli esami indicano che si tratta di un tumore maligno con origine nel cervello. E si trova in una regione molto delicata e profonda.

— Delicata e profonda? — chiese Carlos.

— Il tuo tumore è nel lobo parietale.

Rubens prese un modello anatomico del cervello e indicò loro dove si trovava.

— Si trova nella parte posteriore del cervello, in un'area responsabile della sensibilità tattile, della coordinazione motoria e dell'interpretazione del linguaggio.

— Posso perdere tutte queste funzioni?

Rubens rimase senza risposta e Suzana percepì il suo disagio, insistette per una risposta:

— Dottore, può parlare, cosa succederà a mio marito?

— Un tumore danneggia le cellule del cervello, i neuroni, le cellule muoiono e deteriorano le funzioni di quell'area. È difficile dire esattamente cosa ti succederà.

Carlos si rattristò molto, perché non si era mai immaginato senza funzioni così basilari come il tatto o la sua coordinazione motoria. Per un istante si immaginò come una persona in stato vegetativo, bisognosa di aiuto per tutto. Carlos si angosciò molto:

— Perderò tutto!

— Non lo farai! — disse Suzana. — Ti curerai e migliorerai, vero dottore?

— Penserò al miglior trattamento per te!

— Grazie, dottore — disse Carlos con scoraggiamento.

Nonostante la disponibilità di Rubens, Carlos non aveva molta fiducia e nemmeno speranza, perché sapeva che un tumore al cervello era una cosa molto seria.

Vedendo la situazione di Carlos, Rubens cercava di incoraggiarlo:

— Abbi forza, Carlos, siamo con te per aiutarti in tutto ciò di cui hai bisogno.

— È vero! Siamo con te. — Aggiunse Suzana.

— Grazie. Cercherò di avere forza.

Rubens disse:

— Carlos, la prossima settimana voglio che torni per presentarti il trattamento. Analizzerò dettagliatamente il tuo caso prima di indicarti i farmaci.

— Va bene. La prossima settimana tornerò.

— Torneremo. — aggiunse Suzana. — Ti accompagnerò sempre!

— Suzana, è bene che tu venga. In questo momento la famiglia ha un ruolo importantissimo.

— Starò al fianco di mio marito tutto il tempo.

Suzana baciò Carlos.

— Grazie, Suzana — disse Carlos.

I due uscirono dallo studio e quel giorno Carlos decise di non andare al lavoro. Aveva bisogno di tempo per elaborare le informazioni sulla sua diagnosi. Ora c'era una risposta definitiva.

Carlos rimase a casa e fece diverse ricerche su Internet sul cancro al cervello. Vide vari resoconti di persone che erano riuscite ad avere una grande aspettativa di vita dopo il trattamento. Allo stesso tempo, vide resoconti di persone che erano morte in poco tempo. Inoltre, Carlos cercò informazioni su come confermare la diagnosi e vide che c'era ancora l'opzione della biopsia. Chiamò Rubens:

— Buon pomeriggio, dottor Rubens, sono Carlos.

— Buon pomeriggio, Carlos. In cosa posso aiutarti?

— Dottore, stavo guardando su Internet e ho visto che è la biopsia che conferma effettivamente se è un tumore e se è maligno.

— Sì, Carlos. La conferma viene fatta con la biopsia. Ma nel tuo caso, solo con gli esami che sono già stati fatti è possibile avere la certezza che si tratta di un tumore maligno al cervello.

— Ma se qualcosa non è stato percepito con gli esami? E se il tumore fosse benigno o non fosse di origine cerebrale?

Rubens si sentì a disagio con la domanda di Carlos. Ma sapeva che era qualcosa di comune nei pazienti diagnosticati con il cancro. Carlos voleva solo avere qualche speranza e credere che non sarebbe morto.

— Carlos, per la mia esperienza nell'area e i tuoi risultati, la biopsia è inutile. Inoltre, i tuoi risultati sono stati valutati da un oncologo specialista in cancro al cervello.

Carlos si accontentò di questa risposta e concordò:

— Va bene. Mi fido della tua diagnosi.

— Grazie, Carlos.

— Sono io che ringrazio, dottore. A presto!

— A presto!

Carlos continuò con le sue ricerche su Internet e vide testimonianze che indicavano che la diagnosi di cancro era cambiata dopo la biopsia. Si entusiasmò con questo, pensando che potesse essere il suo caso. Decise di fissare una consultazione con un altro neurologo per una seconda opinione.

Appena Suzana tornò a casa, Carlos andò in camera per raccontarle la sua decisione:

— Vado a consultare un altro neurologo. Voglio una seconda opinione.

— Ma perché? Non ti fidi della diagnosi di Rubens?

— Mi fido. Ma ho visto su Internet che a volte i medici sbagliano.

— Dovresti parlare con lui prima di fare questo.

— Ho parlato.

— Hai parlato davvero?

— Più o meno.

— Come sarebbe a dire?

— Ho detto che avevo visto le informazioni su Internet e ho chiesto di fare la biopsia.

— E cosa ha detto?

— Che non era necessario, perché gli esami erano già chiari.

— Allora! Vuoi di più?

Carlos prese le mani di Suzana e disse:

— Suzana, voglio una speranza!

Suzana lo baciò e disse:

— Va bene. Vai da un altro medico e vedi cosa dice.

— Ho ottenuto una consultazione per domani mattina presto. Porterò gli esami e vedrò cosa dice il medico.

— Vengo con te.

— Grazie.

Suzana non era molto soddisfatta della decisione di Carlos, ma decise di accompagnarlo per sostenerlo, perché anche lei voleva una speranza in quel momento.

Il giorno seguente, nello studio, Carlos spiegò la sua situazione al medico, un uomo bianco di mezza età. Mostrò anche i suoi esami.

Il medico guardò tutto con molta attenzione, lesse i referti e disse:

— Carlos, da tutto ciò che indica, lei ha un tumore maligno al cervello e la sua origine è cerebrale.

Carlos rimase molto deluso, perché sperava che il medico dicesse qualcos'altro e chiedesse ulteriori esami. Rispose:

— Dottore, non pensa che dovrei fare una biopsia per essere sicuro?

— I suoi esami sono già molto conclusivi, sono molto dettagliati e precisi. Una biopsia è inutile in questo caso.

— Va bene. Grazie per l'attenzione.

— Sono io che ringrazio. E faccia il trattamento con il dottor Rubens, è considerato uno dei migliori dello stato.

— Va bene. Lo farò.

Carlos uscì dallo studio scoraggiato e Suzana disse:

— Te l'avevo detto che avrebbe detto la stessa cosa. E ha anche elogiato Rubens.

— Mi sbagliavo. Non c'è speranza per me — disse con

tono scoraggiato.

— Certo che c'è speranza per te! Farai il trattamento e starai bene.

— Suzana, sii realista, le possibilità sono minime!

— Sono minime, ma esistono!

— Cercherò di avere questa speranza che hai tu.

— Prova. Ce la farai!

Andarono in azienda. Carlos cercò di lavorare per tenere la mente occupata. Ma non ci riuscì. Fece ulteriori ricerche su Internet e decise di consultare un altro medico per una terza diagnosi. Fissò la consultazione per il giorno seguente. Ma questa volta non ne parlò con Suzana, perché sapeva che lei disapprovava il suo comportamento.

Carlos si consultò con il dottor Henrique, un uomo nero di mezza età. Carlos fece lo stesso di prima, spiegò la sua situazione e mostrò gli esami. Il medico li analizzò e disse:

— Carlos, gli esami sono molto chiari, c'è un tumore maligno nel tuo cervello.

— Dottore, e la biopsia?

— La biopsia è un procedimento raccomandato solo quando il medico ha dubbi sugli esami. E in questo caso non ci sono dubbi.

— Ma io ho dei dubbi!

— Carlos, posso fare la biopsia, ma sai che confermerà ciò che è già stato detto dagli esami.

— Per favore, falla! Insisto.

Carlos stava quasi implorando che il medico eseguisse il procedimento.

— Va bene. Fisseremo l'appuntamento per la prossima settimana.

— Molte grazie, dottore! — Carlos era soddisfatto di ciò che aveva ottenuto.

— Avrai bisogno di un'altra persona per accompagnarti. E, inoltre, faremo questo procedimento in un altro luogo, che ha tutta la struttura chirurgica.

In quel momento, Carlos si sentì scoraggiato, perché avrebbe dovuto chiedere l'aiuto di Suzana.

— Va bene, troverò qualcuno.

— A presto.

— A presto.

Carlos se ne andò e, arrivato in azienda, chiamò Suzana nel suo ufficio.

— Suzana, ho bisogno del tuo aiuto.

— Sì, di cosa hai bisogno?

Carlos era imbarazzato a chiedere, quindi decise di chiedere con astuzia:

— Sai che ti amo e non voglio lasciarti.

Sentendo il tono di Carlos, lei sospettò. E decise di entrare nel gioco:

— Sì, Carlos, anch'io ti amo e non voglio perderti.

— Sono andato da un altro medico.

— Lo sapevo!

— Lo sapevi?

— Sì. Quando mi sono accorta che non sei arrivato all'orario normale e ho visto gli esami nella tua borsa.

Carlos guardò la borsa e vide che parte degli esami era in mostra. Si sentì un po' imbarazzato, ma cercò di giustificarsi:

— Sai che voglio confermare la mia diagnosi.

— Sì, Carlos, lo so. Ma penso che tu stia andando troppo lontano con questo. Sembra che tu non voglia accettare ciò che è stato diagnosticato.

— In realtà, non voglio accettare di avere il cancro e che morirò presto!

Carlos si voltò e abbassò la testa. Suzana lo abbracciò e disse:

— Non pensarci! Pensa che farai il trattamento e starai bene.

— Voglio crederci. Ma è molto difficile!

— Sii forte! Sono con te.

— Grazie. Ma tornando all'argomento, la prossima settimana avrò bisogno che tu mi accompagni nel momento in cui farò la biopsia.

— Sei riuscito a convincere un medico a farla?

— Sì. Ma ho quasi dovuto implorare per questo. Nemmeno lui voleva.

— Era già previsto. Due medici hanno già detto che non era necessario.

— Anch'io me lo aspettavo. Ma ciò che conta è che ci sono riuscito. — Carlos era entusiasta della biopsia.

— Ti accompagno.

— Grazie. È molto importante per me.

— Sono con te in ogni momento.

I due si baciarono in uno dei loro momenti di affetto. Dopo la scoperta del tumore, la coppia era molto più affettuosa e amorevole.

La settimana seguente, Carlos e Suzana andarono in ospedale per eseguire la biopsia.

Carlos fu preparato per la biopsia e portato in sala operatoria. Henrique e Suzana erano nel consultorio in attesa di Carlos. Henrique disse:

— Suzana, tuo marito sta attraversando un momento molto difficile.

— Lo so, dottore.

— Questa biopsia è una speranza per lui negare la sua diagnosi.

— Gliel'ho detto.

— In questa fase, tutti possono dire la verità, ma il paziente crede solo quando si esauriscono tutte le possibilità.

— Ho capito, mi ha detto che lei è il terzo medico?

— Sì.

— E anche così lei ha deciso di accettare la sua richiesta. Perché?

— Ho avuto altri pazienti con casi simili. E finché il paziente non è convinto della sua diagnosi, non porta avanti il trattamento con la serietà che dovrebbe. Per questo ho accettato.

Suzana capì che l'atteggiamento del medico era molto nobile e con l'intenzione di aiutare Carlos:

— Dottore, molte grazie per l'aiuto.

— Questo è il mio dovere, aiutare le persone.

Carlos entrò nel consultorio e disse:

— La mia testa è strana.

— È normale, è dovuto all'anestesia. Carlos, non appena i risultati saranno pronti, ti contatterò per fissare una consultazione.

— Va bene, dottore. Aspetterò la sua chiamata.

Carlos e Suzana lasciarono il consultorio. Lui era ansioso per il risultato della biopsia, Suzana era già più rassegnata alle diagnosi precedenti.

I giorni passarono e Carlos era molto ansioso di ricevere la chiamata di Henrique. Stava sempre vicino al cellulare e lo guardava continuamente.

Il sesto giorno dopo l'esame, Carlos ricevette la chiamata del medico. La consultazione fu fissata per la mattina del giorno seguente.

Il giorno seguente, Carlos e Suzana andarono al consultorio. Lui era euforico e subito disse:

— Dottore, qual è il risultato?

— Carlos, si sieda, per favore — disse Henrique con molta serietà.

— Cosa c'è, dottore? — disse Carlos.

Suzana si sentì un po' apprensiva per l'espressione del medico.

— Carlos, ho il risultato e...

In quel momento, Carlos immaginò la risposta del medico:

— E la sua biopsia ha mostrato che non era un tumore maligno cerebrale. Era solo un accumulo anomalo di cellule. Con alcuni semplici medicinali sarà facile eliminarlo. In poche settimane sarà guarito e in perfetta salute.

Ma la realtà:

— È un tumore maligno cerebrale, come gli esami avevano già mostrato.

Carlos si sentì come se fosse stato colpito in faccia. Provò la più profonda delusione che potesse provare. Si sentì ingannato, tradito da sé stesso. Disse:

— Dottore, deve esserci un errore. Questo non è vero!

— Carlos, il risultato è corretto.

— Ma non può essere! Deve esserci un errore! — Carlos era esaltato.

— Carlos — disse Suzana. — Calmati!

Carlos si alzò e parlò ad alta voce e in tono aggressivo:

— Calmarmi? Tu dici questo perché il tumore non è

nella tua testa!

Il medico disse:

— Carlos, per favore, si sieda. Lei è molto alterato. So che è uno shock molto grande quando le nostre aspettative non vengono confermate.

Carlos continuò nello stesso tono:

— Aspettative non confermate? È così che il dottorino — detto in tono ironico — si riferisce al mio esame?

Suzana si alzò e disse:

— Carlos, per favore! Stai facendo una scena molto spiacevole.

— Scena spiacevole? Ora vedrai la scena.

Uscì dal consultorio e iniziò a gridare:

— Questa clinica è una truffa! Vogliono solo i tuoi soldi!

E Suzana uscì dietro di lui dicendo:

— Carlos Henrique, smettila!

Ma Carlos continuò con gli insulti:

— Qui ci sono solo medici cattivi! Non perdete il vostro tempo qui!

Suzana lo seguiva, chiedendo scusa:

— Mi scusi! È molto sconvolto per la diagnosi.

Una guardia di sicurezza si avvicinò a Carlos e disse:

— Signore, per favore, si calmi.

— Ora la guardia. — detto in tono ironico. — Vuoi controllarmi?

— Signore, glielo chiedo di nuovo, si calmi.

Carlos puntò il dito in faccia alla guardia e disse:

— Se non mi calmo, cosa farai?

— Dovrò accompagnarla fuori dall'edificio.

— Io...vado...

Carlos si sentì stordito e svenne. La guardia lo afferrò per evitare che cadesse a terra. Suzana corse da lui, cercando di svegliarlo:

— Carlos! Carlos! Parlami!

Il dottor Henrique arrivò subito e disse:

— Ha bisogno di assistenza immediata! Qualcuno chiami un'ambulanza.

Henrique valutò i battiti e la pressione arteriosa, erano molto elevati. Disse:

— Dobbiamo portarlo al pronto soccorso!

Suzana era afflitta:

— Cosa gli è successo?

— Suzana, si è molto nervoso, il che ha fatto salire la sua pressione. Ha bisogno di andare in ospedale per ricevere i farmaci.

— Perché non lo curate qui?

— Qui è solo una clinica, non abbiamo le attrezzature per un'assistenza di emergenza. Non preoccuparti, c'è un ospedale vicino.

Suzana era molto preoccupata, vedendo Carlos svenuto. Poco dopo, l'ambulanza arrivò e portò Carlos in ospedale. Al suo arrivo, fu assistito e medicato.

Dopo circa un'ora, iniziò a svegliarsi e vide Suzana seduta a piangere accanto al suo letto. Disse:

— Suzana, cosa è successo?

Lei si alzò lentamente, lo abbracciò e disse:

— Grazie a Dio! Stai bene!

Carlos guardò intorno e non capì cosa stesse succedendo. Disse:

— Suzana, dove siamo?

Lei lo guardò e disse:

— Non ricordi cosa hai fatto?

Carlos si preoccupò e disse:

— No. Ho fatto qualcosa?

— Sì. Hai fatto alcune cose.

— Cosa?

— Dopo che il medico ti ha dato il risultato, ti sei molto nervoso, hai gridato con me, con lui e sei uscito gridando per la clinica.

Carlos rimase sbalordito da ciò che aveva fatto e disse:

— Ricordo solo di essere stato nel consultorio del dottor Henrique, ha detto che il risultato della biopsia ha confermato ciò che era negli altri esami. E poi mi sono svegliato qui.

— Hai avuto un altro svenimento, come quel giorno.

— E questa volta ho fatto un casino. — Carlos si sentì imbarazzato per il suo comportamento.

— E hai fatto un casino molto grande. Devi scusarti con il dottor Henrique.

— Lo farò.

Carlos e Suzana rimasero in ospedale quel giorno. Ora, Carlos aveva finalmente fatto la sua biopsia e capito che aveva davvero un tumore e doveva fare il trattamento.

Cosa affronterò?

Dopo la negazione iniziale della sua diagnosi, Carlos decise di tornare dal dottor Rubens. Lui e Suzana andarono al consultorio. Rubens li salutò:

— Buongiorno!

— Buongiorno, dottore! — Risposero.

— Carlos, come sono andate le altre consultazioni?

Carlos si stupì della domanda di Rubens:

— Come lo sa?

— Dalla tua conversazione al telefono quel giorno, ho capito che eri disposto a ottenere una biopsia. E anche dal tempo che hai impiegato a tornare.

— Ah, capisco.

— E, inoltre, ho notato il cerotto sulla tua testa.

— È vero, anche questo mi ha tradito.

— Hai portato i risultati della biopsia?

— Purtroppo, no. Pensavo che ti saresti arrabbiato scoprendo che sono andato da un altro medico.

— Certo che no! Hai tutto il diritto di consultare un altro medico, la tua diagnosi è molto seria.

— Mi sento sollevato nel saperlo.

— Alla prossima consultazione, per favore, porta il

risultato della biopsia. Voglio dare un'occhiata.

— Lo porterò.

— E ora veniamo a ciò che conta, il tuo trattamento.

— Per favore, dottore, dimmi cosa devo fare.

— Carlos, ho valutato molto attentamente il tuo tumore, la sua posizione e cosa c'è vicino.

— Certo, dottore, a quale conclusione sei giunto?

— Purtroppo, la chirurgia per la rimozione del tumore non è un'opzione. Il tumore è molto profondo. Prima che tu me lo chieda, la biopsia è stata fatta perché viene utilizzato un ago molto sottile, credo che tu abbia visto com'è.

— Sì, l'ho visto, è davvero molto sottile.

— Se tentassimo una chirurgia, avremmo molta massa cerebrale lungo il percorso per raggiungere il tumore. E la massa cerebrale è molto delicata, anche il minimo danno può lasciare conseguenze molto gravi.

— Sì, ho capito la difficoltà, ho fatto ricerche su Internet.

— Se hai fatto ricerche, avrai visto le raccomandazioni nei casi come il tuo.

— Sì, ho visto. Indicano la radioterapia.

— Esattamente.

Suzana trovò strano usare la radiazione e chiese:

— Dottore, non è pericoloso usare la radiazione nel cervello?

— Qualsiasi trattamento relativo al cervello è pericoloso, a causa della delicatezza dell'organo. La chemioterapia può avere effetti collaterali più dannosi, poiché circolerà in tutto il corpo. La radioterapia sarà più focalizzata, la radiazione andrà in un'area più delimitata.

— Dottore — disse Carlos. — Quando dici che il trattamento è pericoloso, qual è esattamente il pericolo?

— Il maggior pericolo è il danno alle aree del cervello, che può causare la perdita di alcune funzioni.

Carlos si rattristò a queste parole, poiché aveva sempre avuto tutte le sue funzioni perfette e ora poteva perderne alcune.

— E nel mio caso, le funzioni più colpite sarebbero il tatto, la coordinazione motoria e l'interpretazione del linguaggio, vero?

— Queste sono le principali funzioni. Occasionalmente può verificarsi una perdita di memoria.

Carlos abbassò la testa e poi la scosse in segno negativo. Si alzò con le lacrime agli occhi e disse:

— Rimanere senza tatto, senza memoria, senza

coordinazione motoria e senza capire cosa dicono. Questo è la fine del mondo! Sarò un vegetale! Preferisco morire!

Suzana abbracciò Carlos e disse:

— Calmati, Carlos! Non fare così! Questo è ciò che potrebbe accadere. Non significa che accadrà.

— È così, Carlos — disse Rubens. — Hai pensato al peggior scenario possibile, ma tutto potrebbe essere diverso.

— Per me non è il peggior scenario, è l'unico scenario!

— Carlos, non puoi pensare così! Non abbiamo nemmeno iniziato il trattamento e stai già pensando al peggio.

Carlos ribatté:

— Un cancro al cervello è già il peggio!

— Un cancro al cervello è una cosa grave, ma può essere trattato. La percentuale di sopravvivenza è alta quando il trattamento viene fatto correttamente.

— E parlando di sopravvivenza, qual è la mia aspettativa?

Rubens esitò inizialmente, ma disse:

— Quando il trattamento funziona bene per il paziente, casi come il tuo hanno un'aspettativa di vita di circa cinque anni.

Queste parole furono un nuovo shock per Carlos e Suzana. Entrambi pensarono che non avrebbero avuto molto tempo insieme. Suzana si ricordò di quando erano giovani e delle promesse d'amore che si facevano...

Erano sdraiati a letto, guardandosi fissamente negli occhi. Carlos disse con tono appassionato:

— Suzana, sei l'amore della mia vita!

— E tu, Carlos, sei l'amore della mia vita! — rispose Suzana con lo stesso tono appassionato. — Voglio passare tutti i miei giorni al tuo fianco.

— Voglio stare con te fino a diventare vecchio.

— Saremo una coppia di vecchietti innamorati.

— Sì, lo saremo! Sarò sempre al tuo fianco.

— Sei il mio unico e eterno amore.

— E tu la mia eterna amata.

Ora, quelle frasi non avevano più senso. Non avevano più lo stesso romanticismo e sentimento, e non sarebbero invecchiati insieme. Carlos era malato e ora sapevano anche il tempo di vita rimanente.

Per Carlos fu ancora più devastante. Aveva sempre immaginato il suo futuro, accompagnando sua figlia all'altare, diventando nonno e giocando con i suoi nipoti, ritirandosi dal lavoro nella sua azienda e viaggiando. In sintesi, una vita buona e tranquilla. Ma quei piani erano frustrati, la previsione era che la sua vita terminasse in non più di cinque anni.

In sua immensa tristezza, Carlos dice a Rubens:

— Cinque anni? È questo il mio tempo di scadenza?

Rubens cercò di calmare Carlos:

— Non è un tempo di scadenza. È l'aspettativa basata sul trattamento. Potrebbe essere di più.

Carlos non riusciva ad avere speranza:

— E potrebbe essere anche di meno!

Suzana era afflitta da quelle parole e non riusciva a trattenere le lacrime. Disse con tristezza:

— Meno di così? È vero, dottore?

Rubens si trovò in una situazione molto complicata, poiché stava dando la peggiore notizia possibile a una persona, il suo tempo di vita. Cercava di dare speranza, nonostante sapesse che il quadro di Carlos era molto grave.

— Suzana — disse Rubens. — L'aspettativa è solo una previsione. Ogni caso è un caso a sé.

Per quanto cercasse di dare loro speranza, Rubens non ci riusciva. La coppia era già molto scossa da quella aspettativa di vita. Percependo la tristezza della coppia, Rubens disse:

— Vi lascerò soli per parlare.

Rubens uscì dal consultorio. I due si abbracciarono e piansero. Suzana disse:

— Carlos, non voglio perderti. Non so stare senza di te! Nonostante i nostri litigi e disaccordi, ti amo e ti amo molto.

— Suzana, non voglio lasciarti te e Liza. Vi amo molto entrambe! Abbiamo molto da vivere insieme.

La coppia continuava a piangere ininterrottamente. Dopo un po' di pianto, si calmarono e chiamarono Rubens per continuare con la spiegazione del trattamento. Non appena entrò nella stanza, disse:

— Siete sicuri di voler continuare?

— Sì — rispose Suzana.

— Sì — disse Carlos. — Voglio sapere tutto.

— Va bene. Il tuo trattamento sarà con radioterapia a intensità modulata.

— E cosa significa? — chiese Carlos.

— Sarà un tipo di radiazione concentrata sul tumore, per evitare di colpire altre cellule del tuo cervello.

— E questo mi curerà?

— L'aspettativa è che il tumore si riduca fino a

scomparire.

Carlos era molto entusiasta:

— Dopo aver finito questo trattamento sarò curato!

— Carlos — disse Rubens con serietà. — Il tuo tumore è un glioblastoma di grado tre. È una forma molto aggressiva con la capacità di diffondersi nel cervello.

Carlos rimase nuovamente deluso:

— Il tumore può tornare?

— Può tornare e apparire in più aree del tuo cervello. Dopo il trattamento sarai nel periodo di remissione. In questo periodo non ci sono tumori, ma dovrai fare un monitoraggio costante per rilevare eventuali cambiamenti.

Per un momento, Carlos poté avere un po' di speranza nel suo trattamento, ma subito dopo fu confrontato con la sua realtà, un tumore che poteva tornare e diffondersi dopo il trattamento. Quello stava diventando un giorno molto difficile per Carlos e Suzana.

— Dottore — disse Carlos in tono scoraggiato. — Devo abituarmi all'idea che morirò presto. Non c'è altra via.

— Non dire così, Carlos! — ribatté Suzana. — Farai il trattamento e andrà tutto bene.

Carlos guardò negli occhi di Suzana e disse:

— Suzana, vorrei avere la fede che hai tu. Ma non ci riesco. So che la mia situazione non è buona.

— Ma Carlos, dobbiamo avere fede che andrà tutto bene, altrimenti ci arrendiamo alla tristezza e alla morte.

— Sto cercando di avere questa fede, ma è difficile.

— Carlos — disse Rubens. — Faremo il tuo trattamento e aspetteremo di vedere come evolve. Solo così avremo più risposte.

— Va bene. E questo trattamento ha qualche effetto collaterale?

— Sì. Durante la radioterapia potresti sentirti irritato e stanco. Inoltre, potresti avere nausea, vomito e mal di testa, ma questi sintomi sono più rari. Ti prescriverò un farmaco per controllare gli effetti collaterali della radioterapia.

— E per quanto tempo dovrò farlo?

— Circa sei settimane, dal lunedì al venerdì. Ogni sessione dura circa trenta minuti.

— È abbastanza veloce, vero?

— Sì. È un trattamento molto focalizzato sul tumore.

— E quando posso iniziare?

— Tra qualche giorno. Dovrai fare nuovi esami prima di iniziare il trattamento. Puoi farli oggi?

— Sì.

— Andiamo.

Uscirono dal consultorio e Carlos fece altri esami.

Sulla strada di casa, Carlos e Suzana parlavano:

— Carlos, pensi che dovremmo dire a Liza tutti i dettagli che il medico ci ha detto oggi?

— Intendi la mia aspettativa di vita e il fatto che il tumore potrebbe tornare e diffondersi?

— Sì.

— Penso che dovremmo parlare con lei.

— Carlos, sinceramente, preferirei non dirle nulla.

— Perché?

— È già molto scossa da quando le abbiamo parlato del tumore. Non esce più con i suoi amici. Penso che dirle di più potrebbe peggiorare la situazione. Approfittiamo al massimo del nostro tempo insieme.

— Capisco la tua preoccupazione da madre. Lasciamo stare così.

— D'accordo.

I due arrivarono a casa e rimasero insieme nella stanza, accarezzandosi, riscoprendo il vero amore che avevano l'uno per l'altra. In mezzo a una situazione così triste, la coppia stava tornando a essere veramente una coppia.

La settimana seguente, Carlos e Suzana andarono in ospedale per iniziare la radioterapia. Carlos fece il trattamento e si sentì stanco, come se avesse fatto un'attività fisica intensa.

Rubens gli diede dei farmaci per alleviare gli effetti collaterali.

Carlos e Suzana andarono in azienda. Nonostante la situazione, Carlos cercava di avere una vita normale, lavorando e svolgendo altre attività della sua routine.

Tre settimane dopo

Rubens parlava con loro in ospedale:

— Ho buone notizie!

Carlos si animò molto:

— Per favore, dottore, dicci!

— Il tuo tumore è diminuito molto. La radioterapia sta funzionando perfettamente.

— Che meraviglia!

— Che bello! — disse Suzana. — Carlos, ti avevo detto che sarebbe andato tutto bene.

Rubens disse:

— Continueremo con il tuo trattamento fino a quando il

tumore sarà scomparso.

— Andiamo!

Carlos era molto felice per quella notizia. Finalmente, qualcosa di buono stava accadendo nella sua vita.

Dopo altre tre settimane di trattamento, Rubens parlò di nuovo con la coppia:

— Carlos, il tuo tumore è stato completamente eliminato. Non ci sono più tracce negli esami.

Carlos era euforico e gridò:

— Che meraviglia!

Suzana era anche molto animata:

— Che bella notizia!

Carlos si alzò, abbracciò Rubens e disse:

— Molte grazie, dottore!

— È davvero una bella notizia. Ora, faremo un monitoraggio mensile con immagini del tuo cervello. Dobbiamo monitorare costantemente per rilevare eventuali cambiamenti.

— Va bene.

— Tra un mese dovrai tornare per nuovi esami.

— Va bene.

Carlos abbracciò di nuovo Rubens dicendo:

— Rubens, molte grazie! Mi hai salvato la vita!

— Salvare vite è la mia missione come medico.

Suzana lo abbracciò anche e disse:

— Grazie, Rubens, per aver salvato mio marito.

Quello fu un momento di commozione e gioia per tutti, dopotutto, Carlos era apparentemente guarito.

Di notte, Suzana andò nella stanza di Elizabete e disse:

— Liza, abbiamo novità per te. Andiamo in salotto.

Elizabete seguì Suzana e disse:

— Riguarda la malattia di papà?

— Sì.

— Non ditemi che qualcosa è peggiorato.

Si sedettero sul divano. Carlos era già lì e disse:

— No, figlia! È esattamente il contrario.

— È successo qualcosa di buono? — chiese Elizabete stupita.

— Mi è successo qualcosa di meraviglioso!

— Allora dimmelo, papà!

— Ho finito la radioterapia e il tumore è stato completamente eliminato!

Elizabete era raggiante per la notizia. Li abbracciò e disse:

— Che meraviglia, papà! Ora sei guarito!

— Non c'è più nessun tumore nel mio cervello.

— E la tua guarigione è definitiva, o può tornare?

Carlos e Suzana si guardarono, perché sapevano che la diagnosi non era così meravigliosa. Carlos disse:

— Liza, dovrò fare il monitoraggio mensile per vedere se va tutto bene.

Elizabete era un po' preoccupata per questa notizia:

— Allora, papà, puoi avere di nuovo il cancro?

Carlos si sentì a disagio, ma disse la verità:

— Purtroppo, sì. È necessario fare un monitoraggio costante. Ma ora sto bene.

— Poiché stai bene, dobbiamo uscire per festeggiare! — disse Elizabete con entusiasmo.

— Non posso bere alcolici.

— Non importa. Non abbiamo bisogno di alcolici per divertirci. Puoi mangiare, vero?

— Posso.

— Andiamo in un posto carino!

— Andiamo! — risposero.

— Sei cambiata molto, Liza — disse Suzana. — Vuoi uscire con i tuoi genitori.

— Mamma, dopo aver scoperto la malattia di papà, ho pensato molto alla mia vita. Ho capito che non dobbiamo perdere tempo con certe cose e dobbiamo dare attenzione alle persone che amiamo.

— Wow! Che bello! — disse Suzana abbracciando Elizabete. — Mia figlia sta maturando.

— Sto. In questo momento di tristezza abbiamo capito cosa conta davvero nella vita.

— Molto bene, Liza — disse Suzana. — La famiglia è ciò che conta di più nella vita.

I tre si abbracciarono e rimasero in silenzio, godendosi il momento. Dopo, uscirono per una cena in famiglia.

Ritorno alla normalità

Carlos faceva il suo monitoraggio mensile e i risultati erano ottimi. Percependo la situazione di tranquillità, Carlos tornò al suo comportamento di prima in relazione alla sua famiglia. Non era amorevole con sua moglie. Suzana cercava di stare al suo fianco, ma lui aveva un comportamento freddo e distante. Carlos cambiò solo durante il tempo in cui sentì la paura della morte.

I mesi passarono e non ci furono cambiamenti nella salute di Carlos, Rubens raccomandò che il monitoraggio fosse effettuato ogni tre mesi.

Dopo questa notizia, Carlos tornò a essere il Carlos di sempre. Andava a feste ed eventi, consumava molto alcool, andava a letto con altre persone, in sintesi, lo stesso di prima del cancro.

Sua figlia e sua moglie dicevano sempre che avrebbe dovuto cambiare il suo comportamento e stare più vicino alla famiglia.

Una sera, Carlos parlava con Elizabete in cucina.

— Papà, devi smetterla con questo! — disse in tono di avvertimento.

— Smettere cosa, Liza?

— Con questa vita folle.

Carlos disse con tono di disprezzo:

— Figlia mia, devo godermi la vita. Sono quasi morto.

— Lo so, ma potresti goderti la vita con le persone. Io e mamma vogliamo una vita familiare.

— Ma abbiamo una vita familiare.

Elizabete disse con un po' di irritazione:

— No, non l'abbiamo! Viviamo solo nella stessa casa, essere una famiglia è diverso!

— Non pensi che siamo una famiglia?

— Sono sicura di no. Siamo stati una famiglia solo durante il periodo in cui eri malato. Dopo di ciò, solo io e mamma abbiamo cercato di essere una famiglia.

Carlos cercava di giustificarsi:

— Ma Liza, sono molto occupato, ho molti impegni, lo sai.

— Immagina che i tuoi impegni siano solo tuoi, io e mamma non siamo mai stati coinvolti. Senza parlare di quanto bevi.

Carlos rimase senza risposta, perché l'argomento di Elizabete era inconfutabile. Cercò di ribaltare la situazione:

— Sono impegni importanti, non voglio infastidirvi.

— Sono così importanti che rimani fino all'alba, vero? Immagina se fossero buoni.

Ancora una volta Carlos era in difficoltà e anche così cercò di giustificarsi:

— È perché non riesco ad andarmene, e mi offrono da bere. Allora non resisto. — Carlos sorrise.

Elizabete scosse la testa in segno negativo e disse:

— Papà, stai facendo quello che facevo io un po' di tempo fa. Cercando di giustificare gli errori.

— Ma figlia, quando sarai adulta, capirai come funziona la vita.

Elizabete fece un gesto con le dita e disse:

— Ascolta papà! Sono già adulta, ho ventuno anni. So come funziona la vita.

Per cercare di difendersi, Carlos dice con tono delicato:

— Il tempo passa così in fretta. Mia figlia è già cresciuta.

Elizabete rispose all'ironia con tono aggressivo:

— È cresciuta da molto tempo, sembra che solo tu non te ne sia accorto!

Per cercare di difendersi, Carlos cercò di imporre la sua autorità di padre:

— Non parlarmi così! Rispetto, Elizabete!

— Cerco di rispettarti, ma tu non ti rispetti. E non ci rispetti.

— Elizabete! — Carlos disse alzando il tono di voce.

Per evitare la discussione, disse:

— Va bene. Mi fermo.

— Molto bene.

Elizabete stava uscendo, quando si voltò verso Carlos con le lacrime agli occhi e disse:

— Il giorno in cui io e mamma usciremo da questa casa, non verrò a cercarti chiedendo scusa e dicendo che tutto cambierà, sarà già troppo tardi.

In quel momento, Carlos si commosse e andò verso di lei con le braccia aperte per abbracciarla.

— Figlia, torna qui!

Lei si allontanò dicendo:

— Lasciami in pace!

Elizabete andò nella sua stanza, piangendo, pensando a come la sua famiglia fosse distrutta.

Carlos rimase pensieroso per un po', riflettendo sulle parole di sua figlia...

Due mesi dopo

Carlos continuava a "godersi la vita", senza alcuna

preoccupazione per la sua famiglia.

Un giorno, notò che Suzana aveva impiegato più del solito per arrivare in azienda, e quando arrivò, andò nel suo ufficio. Suzana era alla sua scrivania e Carlos rimase in piedi vicino alla porta. Disse:

— Hai cambiato il tuo orario di lavoro senza avvisarmi?

Suzana respirò profondamente e pensò alla risposta che avrebbe dovuto dare:

— Non sono la tua proprietà! Sono anche io la proprietaria dell'azienda. Non ti devo questo tipo di soddisfazione.

Ma disse:

— Carlos, per favore, niente scenate.

Suzana si alzò, mettendosi di fronte a Carlos, stava organizzando alcuni documenti.

E lui continuò con la domanda:

— Va tutto bene?

— Carlos Henrique. Per favore, lasciami in pace!

Carlos percepì che qualcosa non andava, perché Suzana lo chiamava così solo in situazioni più tese. Si avvicinò per abbracciarla, ma lei si allontanò, si voltò e disse:

— Cosa stai facendo?

— Voglio abbracciare mia moglie.

— Ora sono tua moglie? — disse Suzana in tono ironico.

— Tu sei sempre mia moglie.

— Non è vero! — Suzana disse in tono nervoso. — Sono tua moglie solo quando sei nei guai.

— Non è vero!

— Certo che è! — Suzana continuò in tono alterato. — Quando hai scoperto il tumore, eri solo amore, affetto, tenerezza, sembravi quasi il Carlos che ho conosciuto tanti anni fa. Ma dopo che sei guarito, sei tornato lo stesso di sempre. Alcol, feste, put... altre donne.

— Ma Suzana, io...

— Non voglio sentire scuse! Presto non dovrai più scusarti con me né parlarmi della tua vita.

Carlos rimase perplesso dalla frase di Suzana:

— Cosa intendi?

— Sarai di nuovo un uomo libero, potrai fare ciò che vuoi.

— Libero di nuovo? Non posso credere che tu voglia fare questo alla nostra famiglia!

— Ah, quindi ora sei preoccupato per la nostra famiglia? — disse Suzana con ironia.

— Sono sempre preoccupato.

— Se è così, in quale anno di università è Liza?

Carlos disse con tono incerto:

— Terzo?

— No, quinto.

— È perché è una studentessa irregolare. Non c'è modo di saperlo.

— Era una studentessa irregolare. Dopo che hai scoperto il tumore, è cambiata. Per cercare di alleviare il dolore, si è dedicata agli studi e ha recuperato parte del tempo perso. Alcuni giorni stava quasi tutto il giorno all'università.

Carlos si sentì imbarazzato dal comportamento di sua figlia e disse:

— Non lo sapevo.

— Ci sono molte cose che sono successe e che non sai.

— Ma Suzana, la colpa non è...

Suzana disse con tono fermo:

— Non devi spiegarmi nulla!

Suzana tirò fuori alcuni documenti dalla sua borsa e li consegnò a Carlos. Lui disse:

— Cosa sono questi?

— Sono i documenti del divorzio e il contatto del mio

avvocato.

Carlos rispose con stupore:

— Divorzio? Avvocato? Perché tutto questo?

— Perché sono stanca di questa famiglia disunita! Voglio un vero focolare per mia figlia.

— Ma il focolare perfetto è con i genitori insieme.

Le ironie di Carlos erano troppe, Suzana non resistette e gettò la sua borsa sul tavolo e iniziò a urlare in tono molto aggressivo:

— Basta con queste bugie! Non siamo una famiglia! Non siamo un focolare, non siamo più nulla!

— Suzana, per favore, calmati.

— Sono calma, solo non sopporto bugie e ironie!

— Penso che tu abbia preso una decisione affrettata, devi pensarci di più.

— Ci ho già pensato abbastanza! Ora, passo all'azione!

— E che azione farai?

— Oggi stesso lascio quella casa con Liza. Vivremo solo noi due.

— E pensi di portare via mia figlia così?

— È anche mia figlia ed è maggiorenne. Viene di sua spontanea volontà.

Carlos cercò di incolpare Suzana:

— Scommetto che viene perché hai insistito.

— Al contrario, Carlos. È stata lei a chiedermi di andare via di casa perché non sopportava più di essere triste, di vedermi triste e di vederti non fare nulla. Ho parlato con lei, le ho detto che ci avrei pensato. Ci ho pensato, ho dato un po' di tempo per vedere se miglioravi, ma nulla è cambiato. Quindi, ho preso la mia decisione.

Carlos si innervosì e disse:

— Non accetto questo!

— Se lo accetti o no, è un problema tuo. Io lascio la casa e poi vendo la mia parte in questa azienda. Non voglio avere legami con te.

Carlos afferrò il braccio di Suzana e puntandole il dito, disse:

— Ascoltami bene!

Lei si liberò e disse:

— Lasciami! O chiamo la polizia.

Rendendosi conto della determinazione di Suzana, Carlos si allontanò e disse:

— Va bene. Non c'è bisogno di questo.

— Ora, me ne vado da qui, perché ne ho abbastanza!

Suzana stava quasi uscendo dalla stanza e Carlos disse:

— E dove andrete?

Con nervosismo, Suzana disse:

— Non sono affari tuoi!

Lei sbatté la porta della stanza con forza e se ne andò.

Carlos rimase scioccato dalla notizia, Suzana avrebbe lasciato la casa e chiesto il divorzio. Quel giorno non riuscì a lavorare normalmente. All'ora di pranzo, Carlos andò in un ristorante, era vuoto, poiché stava quasi chiudendo. Si sedette a un tavolo e fece un'ordinazione al cameriere:

— Buon pomeriggio, una bottiglia di whisky, per favore.

Il cameriere, un uomo nero di mezza età, rimase sorpreso dall'ordine a causa dell'orario e disse:

— Buon pomeriggio, signore, stiamo chiudendo, non è meglio solo un bicchiere?

— Un bicchiere è poco per me, ne ho bisogno di molto per alleviare il dolore.

— Ha qualche problema grave, signore?

— Sì, un problema molto serio.

— Se vuoi parlare, sono a disposizione.

— Penso che parlare possa aiutarmi. Qual è il tuo nome?

— Jeferson e tu?

— Carlos. Puoi darmi del tu. E siediti, per favore.

Jeferson servì solo un bicchiere di whisky a Carlos, si sedette e disse:

— Cosa ti è successo?

— Mia moglie ha chiesto il divorzio e se ne andrà di casa con mia figlia.

— Uhm. Che cosa triste!

— È molto triste.

— Scusa l'intromissione, c'è stato un motivo specifico per questo?

— Secondo lei, sì.

— E puoi dirmi cos'è stato?

— Ha detto che è perché non mi importa di lei e di nostra figlia. E che lei è mia moglie solo quando sto male.

— E questo è vero?

— Certo che no!

— Sei sicuro?

— Sì. Cioè, più o meno.

— Come stava la vostra vita prima che lei chiedesse il divorzio?

— Qualche mese fa ho avuto un tumore al cervello, siamo stati molto vicini, lei mi accompagnava sempre, è stato un periodo molto difficile per me.

— Un tumore è sempre una cosa molto difficile. E sei guarito?

— Sì, sono seguito dopo la radioterapia, ma va tutto bene.

— Che bello. Grazie a Dio! E parlami di prima del tuo tumore, come vivevate?

— Vivevamo più distanti. Ognuno faceva quello che voleva. Io uscivo, lei usciva, non ci controllavamo. E funzionava.

— Sei sicuro che funzionava?

— Sì. Ognuno poteva avere la sua vita.

— E voi eravate felici?

— Sì, penso di sì. A volte sentivo una tristezza, ma passava subito.

— Tristezza per cosa?

— Mi ricordavo di quando ci siamo conosciuti, di quanto eravamo innamorati e felici.

— E hai mai parlato di questo con lei?

— No. Pensavo che non le interessasse.

— Carlos, tua moglie probabilmente ha provato e prova gli stessi sentimenti che hai tu. Anche lei desidera tornare al primo amore.

— Come lo sai?

— È quello che tutti vogliono. Tutti vogliono avere un amore eterno, un amore vero e sincero. È così che iniziano i matrimoni. Ma purtroppo, con il passare del tempo, le cose cambiano e le persone dimenticano cosa conta veramente.

— Cosa conta veramente?

— L'amore e la felicità della famiglia.

— Anch'io vorrei avere questo, ma sembra impossibile.

— Sembra impossibile ora, ma tutte le cose sono possibili.

— Come tutte le cose sono possibili?

— Perché le cose accadano, prima di tutto è necessario un atteggiamento. Qualcuno deve fare qualcosa perché tutto inizi a cambiare.

— Tipo parlare con mia moglie dei miei sentimenti?

— È un ottimo inizio! Così lei capirà cosa provi.

— E se pensa che sto mentendo o inventando?

— Penserà questo solo se non sarai sincero. Parla con lei con tutto il tuo cuore. Parla come se volessi conquistarla di nuovo.

— Ma se anche così non mi crede?

— Se non crede alle tue parole, inizia a fare qualcosa. Cambia il tuo comportamento. Fai qualcosa che mostri che sei disposto a cambiare.

— Ma cosa posso fare per mostrare che sono disposto a cambiare?

— Fai qualcosa di cui si lamenta. Cosa critica di più?

— Dice che non le do attenzione, che esco a cercare altre donne, cose del genere.

— Cambia questo, smetti di uscire, smetti di cercare altre donne.

— Jeferson, ci provo, ma non riesco. Vedo donne meravigliose a queste feste. Non resisto.

— E quando sei stato malato, sono state le donne meravigliose a prendersi cura di te?

Carlos pensò per un attimo e disse:

— No, solo mia moglie.

— E pensa ad altri momenti della vita, quando hai avuto difficoltà, chi c'era per aiutarti?

— Mia moglie.

— Vedi, tua moglie è quella che ti ama veramente e si preoccupa per te. Le donne delle feste vogliono solo quello che puoi offrire finché stai bene, dopo non importa a nessuno.

Carlos rimase pensieroso e si rese conto che Jeferson stava dicendo qualcosa di molto importante.

— È vero, Jeferson, solo mia moglie si preoccupa per me.

— Cerca un modo per riconciliarti con lei. Riscopri il vero amore che c'è tra voi.

— Ma se non ci riesco?

— Non pensare così, abbi fede che tutto andrà bene e provaci.

— Il problema è che se provo ora, sembrerà che lo faccia solo a causa della richiesta di divorzio.

— Sì, sembrerà così. Ma allo stesso tempo, mostrerà che ti importa veramente della tua famiglia e non vuoi perderla.

— È vero. Penserò a cosa fare per cambiare la mia situazione. Grazie mille per la conversazione.

— Di niente. E non hai nemmeno bevuto il tuo bicchiere.

— Stavo cercando di risolvere le cose nel modo sbagliato, ma ora ho capito qual è il modo giusto.

Carlos si alzò, aprì il portafoglio e diede una banconota da cento a Jeferson, che disse:

— Un attimo, vado a prendere il tuo resto.

— Il resto è la tua mancia. Il tuo aiuto è stato molto

prezioso, più di quanto questo denaro possa pagare.

— Grazie mille, Carlos. Dio ti benedica.

— Ho davvero bisogno dell'aiuto di Dio per risolvere la mia situazione.

— Lui ti aiuterà e tutto andrà bene. Abbi fede.

— Grazie per il supporto.

Carlos salutò Jeferson e tornò in azienda. Pensava a un modo per risolvere la sua situazione con Suzana.

Quello stesso giorno, arrivando a casa, Carlos si trovò solo. Suzana ed Elizabete se n'erano andate. Non c'era nessuno ad accoglierlo, nessuno con cui parlare. Solo quella grande casa vuota e il suo enorme senso di rimpianto e tristezza.

Un nuovo inizio

Nei giorni seguenti, Suzana si limitava a parlare con Carlos solo lo stretto necessario, evitandolo il più possibile.

Carlos cercò di seguire il consiglio di Jeferson: smise di andare alle feste e di cercare altre donne. Inoltre, ogni giorno lasciava un fiore, un cioccolatino e un biglietto romantico nella stanza di Suzana.

All'inizio, lei era resistente al romanticismo, ma a poco a poco iniziò ad apprezzare l'idea. Durante il tragitto verso l'azienda, pensava:

« Cosa avrà scritto oggi? »

Leggeva ogni biglietto e si sentiva felice per le parole di Carlos. Anche se era felice per l'atteggiamento di Carlos, Suzana non parlava con lui e non rinunciava al divorzio.

Il giorno della firma del divorzio, Suzana e Carlos si incontrarono all'ingresso dell'ufficio dello stato civile[1], ognuno con il proprio avvocato. Lei disse in tono serio:

— Hai portato tutta la documentazione per finire con questa storia?

Carlos rispose con calma:

---

[1] In Brasile, è possibile divorziare in un ufficio dello stato civile. Non è necessario un processo giudiziario o un giudice.

— Sì. Ma prima, possiamo parlare un attimo?

Suzana rispose con lo stesso tono serio:

— Parlare di cosa?

— Preferirei farlo in privato.

— Va bene, andiamo al parcheggio.

I due andarono al parcheggio, Carlos aprì la sua auto e prese un mazzo di fiori e una scatola di cioccolatini a forma di cuore. Suzana stava per criticarlo, ma notò che i fiori e i cioccolatini erano gli stessi che Carlos le aveva dato al loro primo appuntamento. Suzana accennò un leggero sorriso e disse:

— Cos'è questo?

— Sono gli stessi fiori e cioccolatini che ti ho dato al nostro primo appuntamento.

— E cosa ti aspetti con questo? Che ti baci e dica che rinuncio al divorzio? — disse Suzana in tono serio.

— È quasi così. Spero che tu riconsideri l'idea del divorzio.

— E perché dovrei farlo?

— Perché sono disposto a cambiare. Anzi, ho già cambiato. Non esco più e non cerco altre donne.

— Questo è solo il tuo dovere di marito.

— Lo so. Ma prima non facevo nemmeno il mio dovere. Ora ho preso coscienza di cosa devo fare.

— E pensi che solo questo sia sufficiente per farmi rinunciare al divorzio?

— Non è sufficiente, so che dobbiamo... Cioè, devo cambiare molto per farti riconsiderare.

— E perché pensi che ci sia una possibilità di riconsiderare il divorzio?

— Primo, porti ancora la fede.

— È solo un'abitudine. Non significa nulla.

— E secondo, ti piacciono le rose e i cioccolatini che lascio sulla tua scrivania.

— Come fai a essere così sicuro che mi piacciano?

— Non li butti via. Ho guardato nel tuo cestino per scoprirlo.

— Ah, quindi mi stavi spiando?

— No. Cioè, sì. Più o meno. Dovevo sapere se ero sulla strada giusta.

— E sei sulla strada giusta.

— Suzana, prima di prendere questa decisione del divorzio, voglio solo un'altra possibilità di riconquistarti. Voglio dimostrarti che ti amo e non voglio stare senza di te.

Queste parole toccarono i sentimenti di Suzana. Era combattuta tra procedere o meno con il divorzio. Fece un respiro profondo e disse:

— Carlos, voglio darti una possibilità, ma ho paura.

— Paura di cosa?

— Ho paura che tu mi faccia soffrire ancora di più. Ho paura che tu cambi solo per un po' e poi torni a essere come prima. L'hai già fatto una volta.

— Suzana, capisco la tua paura. So di non essere la persona più affidabile del mondo. Ma so anche che posso cambiare. Posso essere un uomo migliore, un marito migliore e un padre migliore.

— Sai che questa promessa è molto seria, vero?

— Sì, lo so.

— E ti impegnerai anche con tua figlia.

— Sì, mi impegnerò con entrambe. E manterrò la promessa.

— Sei sicuro che non ci deluderai? Né io né Liza potremmo sopportare tutto di nuovo.

— Sarò un uomo nuovo. Potete fidarvi.

— Spero che tu sia veramente cambiato.

— Sono cambiato — disse Carlos con fermezza.

— Facciamo così. Sei in un periodo di prova. Se vediamo che sei veramente cambiato, torneremo a casa e rinunceremo al divorzio.

Carlos fu felice delle parole di Suzana:

— D'accordo, facciamo così.

— Va bene, andiamo a dirlo agli avvocati.

I due tornarono dagli avvocati e dissero che non avrebbero proseguito quel giorno.

Gli avvocati se ne andarono. Carlos iniziò una conversazione:

— Hai piani per stasera?

— No. Perché?

— Vuoi uscire a cena? Solo noi due.

Suzana fu felice dell'idea:

— Sì.

— Durante il giorno, mi mandi il luogo così ti vengo a prendere.

— Va bene. A più tardi.

— A stasera.

Carlos e Suzana si salutarono, ma non sapevano cosa fare. Provarono a baciarsi, ma si ritrassero e tentarono un abbraccio, che non andò bene. Alla fine si strinsero la mano e se ne andarono.

Di notte, Carlos andò al luogo indicato da Suzana e aspettò vicino alla sua auto.

Suzana si avvicinò a lui, lo guardò e pensò:

« Wow! Che bell'uomo! »

Carlos era impeccabile. Con un abito sportivo molto elegante. Capelli appena tagliati, barba fatta. Inoltre, aveva un altro mazzo di fiori, questa volta rose rosse.

Quando Carlos vide Suzana, pensò:

« Wow! È meravigliosa. Se stessimo bene, la porterei in un altro posto dopo cena. »

Suzana indossava un vestito lungo e scarpe con tacco alto.

Quando Suzana si avvicinò, Carlos disse:

— Sei incredibile! Sei meravigliosa.

— Grazie. Anche tu sei molto bello.

— Grazie. Un altro regalo per te.

Carlos consegnò le rose a Suzana.

— Grazie. Sono bellissime.

Carlos aprì la portiera dell'auto per Suzana e disse:

— Prego, entra.

— Che cavaliere! — disse Suzana con felicità.

— Questo è solo l'inizio.

Suzana sorrise. Era entusiasta delle attenzioni di Carlos.

— Dove andiamo?

— Ti ricordi dove è stato il nostro primo appuntamento?

— Un ristorante vicino all'università?

— No, quello è stato il nostro secondo appuntamento. Abbiamo avuto un altro appuntamento prima, non ricordi?

— Un altro? Sei sicuro?

— Certo! È stata la prima volta che siamo stati insieme fuori dall'università.

Suzana cercò di ricordare, cercò nella sua memoria e ricordò:

— Quel carretto di hot dog il giorno della pioggia?

— Sì! Proprio quello. Ti sei ricordata?

— Mi sono ricordata, ma quello non è stato proprio un appuntamento. Hai approfittato di una situazione.

— In parte, sì.

Entrambi ricordarono quel giorno. Era la fine del semestre, Carlos e Suzana erano compagni di gruppo e stavano finendo un lavoro in biblioteca. Dopo aver finito, Carlos disse:

— Finalmente!

— Concordo, finalmente! — aggiunse Suzana.

— Cosa farai ora?

— Andare via. E tu?

— Anch'io.

— Andiamo!

Uscirono dalla biblioteca e continuarono a parlare:

— Suzana, hai fame?

— Un po', perché?

— Conosco un posto dove fanno ottimi hot dog vicino alla portineria.

— Hai già mangiato lì?

— Sì. È delizioso.

— Ma è pulito? Ho un po' paura del cibo di strada.

— Suzana. Nelle lezioni di chimica abbiamo imparato che siamo esposti a composti chimici in tutti i prodotti che consumiamo. Un hot dog con due o quindici germi non ci ucciderà.

Suzana scoppiò a ridere e disse:

— Due o quindici germi! Questa è stata fantastica!

— Davvero?

— Sì. È stata incredibile!

— Nessuno ha mai riso di questo.

— Persone senza senso dell'umorismo.

— Vuoi ancora l'hot dog con i quindici germi?

— Sì.

Andarono alla portineria e presero gli hot dog. Suzana assaggiò e disse:

— È meraviglioso!

— Te l'ho detto.

— Penso che i germi diano il sapore.

Carlos sorrise e disse:

— Stai imparando.

Mentre mangiavano, iniziò a piovere. Corsero sotto la copertura di un negozio e Carlos disse:

— Ora dobbiamo aspettare per andare via.

— Vero.

— Suzana.

— Cosa c'è, Carlos?

— È che…io…

— Hai qualcosa da dirmi?

— Sì! No! Non lo so. — Carlos era nervoso per la conversazione.

— Hai o non hai?

— Ho, solo non so come.

— Devi solo parlare.

— Ci proverò. Suzana, sei bellissima!

Suzana si imbarazzò e disse:

— Smettila! Sei tu il bell'uomo!

Carlos si stupì del complimento:

— Io? Bell'uomo?

— Sì. Sei intelligente, divertente e bello. Non so come non hai una ragazza.

— Non ho una ragazza perché voglio solo una persona.

— Chi?

— Tu!

Carlos si avvicinò a Suzana e la baciò. Lei si sorprese, ma si lasciò andare al bacio. Rimasero lì finché la pioggia passò. E da quel giorno iniziò la loro storia d'amore…

Dopo il ricordo, Carlos disse:

— Quel giorno è iniziata la nostra storia.

— È vero.

— E oggi faremo un flashback di quel giorno.

— Ma quel posto esiste ancora?

— Sì. Ma non è più lo stesso.

— Com'è?

— Oggi è una tavola calda completa. Ma vende ancora

hot dog. Suzana, so che forse questo non è l'appuntamento ideale per te, ma...

— Carlos, non dire così. Stai cercando di rivivere l'inizio della nostra storia. Questo è ciò che conta di più.

Carlos fu molto felice delle parole di Suzana e nutrì speranze per un nuovo futuro con lei.

Arrivarono al posto e mangiarono gli hot dog. Alla fine, Suzana disse:

— Penso che la prima volta fosse più buono.

— Allora c'erano i germi. Oggi c'è la vigilanza sanitaria.

Suzana sorrise e disse:

— Ecco di nuovo con la battuta sui germi. Ma penso che aiutassero a insaporire meglio.

— Forse.

— Carlos, come stanno i tuoi esami?

— Vanno benissimo. Rubens ha cambiato gli intervalli a tre mesi.

— Che bello. E hai sentito qualcosa?

— No. Sto benissimo.

— Sono molto felice di questo.

— E tu, Suzana, cosa hai fatto di bello?

Suzana rimase impressionata, poiché era da molto

tempo che Carlos non si interessava di suoi affari.

— Non ho fatto nulla.

— Puoi parlare, so che deve esserci qualcosa di interessante. Cosa fai tu e Liza?

— Non facciamo nulla di molto interessante. Un giorno siamo usciti a cena. Un altro giorno siamo rimasti a casa a guardare film e serie TV. Solo questo.

— Lei sente la mia mancanza?

— Sì. Sta facendo il tifo per noi.

— Sono felice di sapere che nostra figlia ci vuole bene.

— È una brava ragazza.

— È eccellente!

— Nonostante tutto, siamo stati bravi genitori per molto tempo.

— È vero.

Carlos guardò fuori dalla finestra e disse:

— Guarda lì fuori.

— Sta piovendo! Come hai fatto?

Carlos sorrise e disse:

— Non ho il controllo sulla pioggia.

— Ma è una coincidenza troppo grande.

— Specialmente perché siamo in inverno[2].

— Dio deve amarti molto.

— Forse sono le parole che Jeferson mi ha detto.

— Chi è Jeferson?

— Il giorno in cui mi hai dato i documenti del divorzio, sono andato in un ristorante per bere una bottiglia di whisky. Jeferson era il cameriere che mi ha servito. Invece di darmi tutta la bottiglia, mi ha servito solo un bicchiere e ha iniziato a parlare con me. Mi ha aiutato a vedere cosa stavo facendo alla nostra famiglia. Ho capito quanto fossi terribile, specialmente con te.

— Capisco. E hai chiesto altre dosi mentre parlavi?

— In realtà, non ho bevuto nemmeno quella dose. Alla fine l'ho ringraziato per la conversazione e lui mi ha detto: Dio ti benedica. Allora ho detto: ho bisogno dell'aiuto di Dio. Lui ha detto che tutto sarebbe andato bene e che dovevo avere fede.

— E hai avuto fede che sarebbe andato tutto bene?

— Sì, ho avuto fede e ho preso le iniziative che hai visto.

— Quindi, incontrare Jeferson è stato qualcosa di buono per noi, cioè buono per te.

---

[2] Nello stato in cui vive l'autore, le piogge in inverno sono molto rare.

— È stato fantastico. Era nel posto giusto al momento giusto.

— Andiamo via? — disse Suzana.

— Sta piovendo, dobbiamo aspettare.

— O potremmo stare sotto la copertura di un negozio, aspettando che la pioggia passi. — Suzana sorrise a Carlos.

— Possiamo cercare una copertura.

I due uscirono dalla tavola calda e andarono sotto la copertura di un negozio. Suzana disse:

— Carlos, voglio dirti una cosa.

— Puoi dirmelo, Suzana.

Suzana si avvicinò molto a Carlos e disse guardandolo negli occhi:

— Voglio questo Carlos ogni giorno. Per favore, non lasciarmi.

— Suzana, prometto che non ti lascerò. Voglio essere felice così ogni giorno.

Suzana lo abbracciò e poi lo baciò appassionatamente. Si baciarono intensamente, con molto amore e passione. Erano di nuovo come giovani innamorati. Durante quel bacio, ognuno poteva sentire il desiderio ardente nell'altro.

Dopo un lungo bacio, Carlos disse:

— Sarebbe troppo precipitoso dire che sono solo a casa?

— Per un primo appuntamento, sì. Ma questo non è un primo appuntamento, è un nuovo appuntamento . Quindi, non è precipitoso.

— Andiamo a casa nostra?

— Andiamo.

I due andarono a casa e, una volta arrivati, liberarono il loro amore e desiderio trattenuti da tanto tempo. La coppia fece l'amore, come non faceva da molto tempo. Fu come la prima volta che fecero l'amore, all'inizio c'era un po' di insicurezza, ma poi si lasciarono andare al piacere e al desiderio dei loro corpi, ebbero momenti meravigliosi.

Il giorno dopo, Carlos si svegliò presto e si assicurò di portare il caffè a letto per Suzana. Oltre alla colazione, portò un fiore. Suzana vide e disse:

— Sembra che tu sia davvero cambiato.

— Sì, te l'ho detto.

Suzana lo baciò e disse:

— Spero che continui così, sto amando tutto questo.

— Continuerò. Prometto.

La coppia stava rivivendo il romanticismo, Carlos era davvero disposto a migliorare e Suzana era molto felice con il nuovo Carlos.

Il colpo di scena

Il cambiamento di Carlos si rivelò saldo e duraturo, poiché i giorni passarono e lui continuò con il romanticismo e l'attenzione alla sua famiglia. Dopo circa un mese, Suzana ed Elizabete tornarono a casa. Carlos cambiò il suo atteggiamento come padre, dando attenzione a sua figlia, parlando di più con lei e accompagnando la sua vita.

La famiglia viveva un buon momento, Carlos si era consultato nuovamente con Rubens e nuovamente gli esami erano perfetti. Carlos avrebbe dovuto tornare nuovamente dopo sei mesi, per una nuova valutazione.

Cinque mesi dopo

La famiglia ebbe alcuni giorni di vacanza in un hotel-fattoria. E i giorni furono ottimi per loro. Tutti erano felici come mai prima d'ora.

Un giorno, Carlos decise di usare lo scivolo della piscina, scese più volte, divertendosi molto. In una delle discese cadde in piscina, ma non si alzò immediatamente, Suzana ed Elizabete pensarono che stesse immergendosi. Il bagnino si accorse che Carlos era immobile nell'acqua, saltò in piscina, lo tirò fuori e iniziò le procedure di rianimazione. Suzana ed Elizabete erano vicine e si disperarono per la situazione:

— Papà, svegliati!

— Carlos, amore mio, svegliati!

Dopo alcuni istanti, Carlos si svegliò tossendo l'acqua che aveva ingoiato, disse:

— Mio Dio! Cosa è successo?

Suzana ed Elizabete lo abbracciarono e dissero:

— Grazie a Dio! Sta bene.

— Carlos, cosa hai fatto?

Carlos era un po' stordito e cercava di articolare una frase:

— È che... Stavo cercando di nuotare... Poi... È...

Il bagnino disse:

— Vado a chiamare l'infermiera per valutarlo.

— Grazie. — disse Suzana.

Carlos si sdraiò su una sedia da spiaggia. L'infermiera arrivò e lo esaminò. Misurò la sua pressione arteriosa, i battiti cardiaci e la reazione degli occhi alla luce. Tutto era a posto. Chiese:

— Cosa è successo?

— Non lo so. Stavo scendendo dallo scivolo, sono caduto in acqua e non ho visto più nulla. Devo aver battuto la testa.

Suzana ed Elizabete si guardarono e fecero

un'espressione di preoccupazione, poiché sapevano cosa significava un blackout del genere.

L'infermiera disse:

— Vado a controllare la sua testa.

L'infermiera analizzò la testa di Carlos e non c'era alcun segno di botta. Disse:

— La sua testa è perfetta. Apparentemente non c'è stata nessuna botta.

— Allora, cosa potrebbe essere stato?

— Carlos, amore mio. Credo che tu sappia cosa è stato.

Carlos rimase sorpreso:

— Ma sarà?

L'infermiera disse:

— Ha fatto o fa qualche trattamento medico?

— Sì, radioterapia alla testa.

— E gli esami come stavano?

— Erano ottimi — disse Carlos. — Sto facendo il seguito dopo il trattamento.

— Capisco. Appena uscirà dall'hotel, deve andare nuovamente dal neurologo, questo episodio è stato abbastanza grave.

— Ci andrò. Grazie mille per tutto.

— Prego.

La famiglia si preoccupò nuovamente per lo stato di salute di Carlos, poiché un sintomo del tumore era riapparso. Vide la tristezza delle due e cercò di rallegrarle:

— Non restiamo tristi qui. Abbiamo ancora tre giorni per godercela.

— Ma Carlos e la tua salute?

— Ora sto bene. Eviterò cose più intense, per non correre rischi.

— Ma papà!

— Ma niente! Siamo così felici. Non pensiamo alla malattia ora. Promettete che vi divertirete con me?

— Papà, ci proverò.

— Amore mio, ci proverò anch'io.

— Allora, continuiamo con le nostre vacanze.

Nonostante tutto, la famiglia cercò di mantenere lo stesso ritmo di divertimento e felicità. Anche se non era possibile staccarsi completamente dalla preoccupazione, tutti approfittarono al massimo del tempo rimanente in hotel.

...

Dopo essere tornato a casa, Carlos cercò Rubens per una

consultazione medica e, come al solito, Suzana lo accompagnò. Raccontò al medico cosa era successo e Rubens disse con apprensione:

— Carlos, prima di qualsiasi conclusione, faremo gli esami di immagina.

Carlos disse con tono demoralizzato:

— Va bene, ma credo che entrambi sappiamo cosa sia.

— Cerca di stare più calmo, è ancora presto per concludere qualcosa. Facciamo gli esami e presto sapremo cosa è successo.

— Va bene.

Carlos fece gli esami di immagina, TAC e risonanza magnetica. Tornato nello studio, Rubens valutò le immagini e disse con tono serio:

— Carlos e Suzana.

— Non mi piace questo tono — disse Suzana.

— Nemmeno a me — aggiunse Carlos.

Rubens era un po' a disagio:

— Secondo queste immagini, c'è stato il ritorno del tumore nel tuo cervello.

— Ma come è tornato? Pensavo di essere guarito!

— Sei stato guarito durante questo periodo. Ne avevamo

già parlato, i tumori maligni possono tornare.

— E ora, cosa faremo? — disse Suzana.

— Carlos e Suzana, oltre al ritorno del tumore, c'è un altro dettaglio.

— Cos'altro mi è successo?

— Essendo maligno, il tumore si è diffuso, ora ce ne sono tre.

Per Carlos questa informazione fu come ricevere un colpo e rimanere senza fiato. Rimase disorientato. Avere un tumore era stato complicato e molto angosciante. Ricevere la notizia che ne aveva tre fu come decretare la sua morte immediata. Carlos non sapeva cosa dire:

— Eeeee... ora?

— Ora inizieremo un nuovo trattamento.

— Con radioterapia? — chiese Suzana.

— Questa voltano, poiché sono tre tumori, la radioterapia esporrebbe il cervello a molta radiazione. Utilizzeremo la chemioterapia.

— E come verrà fatta?

— La chemioterapia sarà prescritta e seguita da un altro medico, un oncologo. Sarà lui a fare l'analisi dei farmaci che verranno utilizzati e i cicli.

— Perché non può essere lei, Rubens? Lei mi ha seguito dall'inizio.

— Dall'inizio ti ho seguito con l'aiuto dell'oncologo. E poiché nella prima fase è stato un trattamento con radioterapia, non è stato necessario trasferirti a lui, perché ho conoscenze in questo tipo di trattamento. Ma un trattamento con chemioterapia ha molti dettagli che solo l'oncologo può gestire. Ti seguirò da vicino, ma non sarò il medico responsabile del trattamento.

— Capisco. E quando inizierò?

— Questo può dirlo solo l'oncologo, perché ha bisogno di tempo per analizzare il tuo caso e verificare la migliore medicazione.

— Va bene. Non c'è altra soluzione.

— Andiamo a conoscerlo?

— Sì.

Rubens li condusse nella stanza dell'oncologo, il dottor Lucas. Un uomo bianco di mezza età.

— Buongiorno, Lucas! — disse Rubens.

— Buongiorno, Rubens! — rispose Lucas. — Hai bisogno del mio aiuto?

— Sì. Ti ricordi di Carlos, di cui hai valutato gli esami e

indicato la radioterapia?

— Sì.

— Questi sono Carlos e sua moglie Suzana.

— È un piacere conoscervi. — Lucas li salutò.

— Il piacere è nostro — risposero.

Rubens continuò:

— È quasi un anno che il tumore è stato eliminato con la radioterapia, era normale nel seguito fino a quando ha avuto un sintomo ed è tornato per la consultazione. Abbiamo fatto gli esami di immagina e questa volta sono apparsi tre tumori.

Rubens consegnò i risultati dell'esame a Lucas, che fece una rapida valutazione.

— Capisco — disse Lucas. — E tu, Rubens, hai suggerito la chemioterapia a causa dell'esposizione cerebrale alla radiazione?

— Esattamente.

— Hai fatto molto bene. La radioterapia in una situazione del genere potrebbe danneggiare molte cellule cerebrali.

— E ora, Lucas, sto indirizzando Carlos a te, per analizzare il caso e prescrivere un nuovo trattamento.

— Sarà un piacere aiutarvi.

Rubens si rivolse a Suzana e Carlos:

— Siete in ottime mani.

— Grazie, Rubens. — Lo ringraziarono.

Rubens uscì dalla stanza e Lucas iniziò la conversazione:

— Sedetevi, per favore.

Carlos e Suzana si sedettero e Lucas continuò:

— Signor Carlos, come sta?

— Può darmi del tu. Sto bene, considerando la mia situazione attuale di quasi morto.

— Carlos! Non scherzare con questo! — Suzana lo rimproverò.

— Lei, cioè tu, stai lavorando e vivendo normalmente dopo la radioterapia?

— Sì, sto. Incluso ho riscoperto la mia vita in famiglia.

Carlos guardò Suzana e sorrise.

— Questo è fantastico. La famiglia è la parte più importante della vita. E la signora Suzana, come valuta la vita di suo marito?

— Non c'è bisogno di questa formalità, puoi darmi del tu. Mio marito è cambiato molto negli ultimi tempi.

— È cambiato, come? Puoi parlare?

— Ora è un buon marito e un padre premuroso. Ha smesso con le bevute e le feste. È molto più amorevole.

— E questo è stato durante il trattamento precedente?

— In realtà, no. Dopo il trattamento aveva una vita da adolescente. Feste, bevute, put..., scusa, donne.

— Va bene. Ho chiesto perché è importante sapere come sono i legami familiari nel momento del trattamento della chemioterapia. È un processo in cui il paziente ha bisogno di tutto il supporto possibile.

— Io e mia figlia siamo con lui in ogni momento.

Suzana abbracciò Carlos.

— Carlos, se lo desideri, abbiamo psicologi che potranno accompagnarti durante la chemioterapia.

— Per ora sono ancora tranquillo.

— Va bene, ma se ne avrai bisogno, puoi cercare, è qualcosa di normale.

— Va bene. Dottor Lucas, come sarà il mio trattamento?

— Rubens deve averti detto che ho bisogno di analizzare il tuo caso, vero?

— Sì, l'ha detto.

— Verificherò tutti i tuoi esami precedenti e attuali per elaborare un trattamento per te. In tre o quattro giorni dovrei contattarti per fissare una nuova consultazione, dove presenterò il tuo trattamento.

— Va bene.

— Carlos, sei un imprenditore?

— Sì.

— E devi essere sempre in azienda?

— No. Mia moglie è mia socia, si occupa di tutto quando non ci sono. Perché la domanda?

— Il trattamento potrebbe debilitarti e dovrai allontanarti dalle tue attività lavorative o farle con meno intensità, lavorando meno ore e da casa.

— Se succede qualcosa del genere, lavorerò meno.

Suzana disse:

— Se ti debiliti, non farai nulla! Mi occupo di tutto io.

— Grazie.

— Carlos, se puoi accettare la proposta di tua moglie, sarà ottimo. Più riposo fai, meglio sarà.

— Sarà difficile, ma ci proverò.

— Inizierò a studiare il tuo caso. E non appena avrò qualcosa di concreto, vi contatterò.

— Va bene — risposero.

I due uscirono dalla stanza e lungo la strada verso

l'azienda conversavano:

— Carlos, come stai?

— Bene.

— Intendo dentro, i tuoi sentimenti.

— Suzana, è complicato! Pensavo di essere guarito, che sarebbe andato tutto bene. E ora questo — disse con tono di sconforto.

Suzana cercava di incoraggiarlo:

— Carlos, hai già vinto una volta. E vincerai di nuovo.

— La prima volta era solo un tumore, ora sono tre. La situazione sta peggiorando. E se guarisco, cosa verrà dopo? Nove tumori?

— Non pensarci nemmeno! Guarirai!

— Sei sicura?

— No, ma ho fede che andrà tutto bene. E ho avuto la stessa fede l'altra volta e ha funzionato.

— Spero che funzioni di nuovo.

— Funzionerà, devi crederci.

— Ci proverò a crederci.

— Carlos, sto pensando, dirlo a Liza sarà complicato. Sarà molto triste.

— Sì. E ultimamente è così felice.

— È stata molto felice del tuo cambiamento e del nostro ritorno a casa.

— E questa volta, non appena mi vedrà, chiederà come sto. All'hotel, ho già notato che era preoccupata per me.

— È molto preoccupata. Ha paura di perderti, proprio come me.

— E io ho paura di morire e lasciarvi sole.

— Non succederà! Cambiamo argomento, perché siamo arrivati in azienda.

— Andiamo a lavorare, così non penso a quello che dovrò affrontare.

I due uscirono dall'auto, Suzana lo abbracciò e disse:

— Carlos, non affronterai nulla da solo, sarò sempre al tuo fianco.

— Grazie.

La coppia entrò in azienda per un'altra giornata di lavoro.

Alla fine della giornata, quando arrivarono a casa, Elizabete li stava aspettando in salotto. Li abbracciò e disse:

— Vi amo entrambi.

— Anche noi ti amiamo, figlia — risposero.

— Papà, com'è andata dal medico?

Carlos guardò Suzana e lei annuì, indicando che doveva dire la verità.

— Figlia, sediamoci.

Carlos e Suzana si sedettero insieme, ed Elizabete era di fronte a loro. Carlos prese la mano di sua figlia e disse:

— Purtroppo, i miei esami hanno indicato che ho tre piccoli tumori.

Elizabete rimase sconvolta e disse:

— Tre? Mio Dio!

— Sì, sono tre.

Gli occhi di Elizabete iniziarono a riempirsi di lacrime e Suzana disse:

— Tuo padre farà il trattamento e starà bene.

— Deve stare bene! Non voglio restare senza di lui.

Elizabete abbracciò Carlos e iniziò a piangere.

— Calma, figlia — disse Carlos. — Avremo fede che tutto andrà bene.

Suzana la abbracciò anche lei, cercando di consolarla:

— Liza, affronteremo questo insieme. Aiuteremo tuo padre in tutto ciò di cui avrà bisogno.

Per quanto Suzana cercasse di trasmettere fede e speranza a sua figlia, non era possibile. Elizabete rimase molto triste per quella notizia, poiché aveva molta paura di perdere suo padre.

...

Dopo alcuni giorni, Carlos ricevette la chiamata di Lucas e andò allo studio medico accompagnato da Suzana. Lucas spiegò loro il trattamento.

Questo sarebbe stato fatto con il serbatoio di Ommaya, iniettando il medicamento direttamente nel cervello.

Dopo la spiegazione, Carlos disse:

— Ci sono effetti collaterali?

— Carlos, come qualsiasi trattamento medico, anche questo ha i suoi effetti collaterali. Si verificano perché i farmaci della chemioterapia attaccano principalmente le cellule del cancro, ma possono attaccare anche le cellule sane. E in questo momento, compaiono gli effetti collaterali.

— E quali sono questi effetti?

Lucas consegnò una lista a Carlos e Suzana, che lessero attentamente.

Perdita di capelli, infiammazioni in bocca, perdita di appetito, nausea e vomito, diarrea, infezioni, ematomi o emorragie, affaticamento.

— Sono molti effetti. Avrò tutto questo? — Carlos si

preoccupò leggendo la lista.

— Probabilmente, no. Questi sintomi sono tutti quelli che possono verificarsi, in generale, il paziente non li ha tutti. La lista è per essere consapevoli dei sintomi e se qualcuno di essi compare, saprai che è legato al tuo trattamento. Ti prescriverò farmaci che aiuteranno ad alleviare i sintomi, se li avrai.

Carlos si sentì più sollevato dalle parole di Lucas:

— Grazie a Dio! Stavo già pensando di non fare questo trattamento.

— Carlos! — disse Suzana in tono di rimprovero.

— Se fosse certo avere tutto questo, non lo farei!

— Non scherzare con questo, Carlos! Farai il trattamento!

— Va bene, lo farò. Dottore, quanto tempo dura?

— Fisseremo la chirurgia per impiantare il dispositivo. Dopo di ciò, dovrai fare sessioni cinque volte alla settimana. Ogni giorno che verrai, ti sarà applicata un'iniezione nella testa.

— Dopo l'applicazione, posso andare via?

— No, Carlos. Devi rimanere in osservazione, per garantire che stai bene. Circa due ore dopo l'applicazione puoi andare.

— Certo. Quanto tempo durerà questa routine?

— Circa due mesi.

— Due mesi di sofferenza — disse Carlos in tono di sconforto.

Suzana cercava di incoraggiarlo:

— Non dire così, Carlos. Pensa che saranno due mesi fino a quando starai bene.

— È proprio così. — Aggiunse Lucas. — Considera il trattamento come un periodo di transizione tra essere malato e stare bene di nuovo.

— Ci proverò.

— Fissiamo la tua chirurgia?

— Sì.

— Può essere la prossima settimana?

— Sì.

— Il giorno della chirurgia non potrai guidare o lavorare. Vieni solo qui e rimani a riposo per il resto della giornata. E c'è un altro dettaglio, per fare la chirurgia è necessario rasare tutta la tua testa.

— Tutti i miei capelli?

— Sì, perché i capelli possono interferire con la

chirurgia.

Per Carlos, sentire questo fu difficile, poiché dall'adolescenza aveva sempre avuto molta cura dei suoi capelli, sempre orgoglioso di avere capelli scuri e folti.

— Visto che non ho scelta, devo rimanere calvo. — disse Carlos con tristezza.

— Amore mio, dopo questo i tuoi capelli ricresceranno.

— Sarà difficile rimanere calvo, non ero mai stato così.

— Sarà per un po', poi torneremo alla normalità.

— Certo. Che questo dopo arrivi presto.

— Suzana — disse Lucas. — Se non puoi portarlo e venire a prenderlo, chiedi a un'altra persona di farlo, perché non deve rimanere solo nelle prime ore dopo l'impianto.

— Certamente, verrò io.

— Vi aspetto la prossima settimana — disse Lucas.

— Certo — risposero.

Dopo la consultazione, andarono in azienda. Carlos rimase ansioso nei giorni seguenti, pensando a come sarebbe stata la sua chirurgia e quali effetti collaterali avrebbe avuto.

Il giorno della chirurgia, Carlos fu condotto nel luogo dove avrebbe rasato la sua testa. Nel momento della rasatura, Carlos versò alcune lacrime. I ciuffi di capelli cadevano su Carlos, insieme alle sue lacrime.

Suzana accompagnò Carlos e anche lei pianse con lui, non perché il suo aspetto era cambiato, ma perché suo marito stava soffrendo, in quel momento era come se il dolore fosse in lei.

Dopo questo momento, fu eseguita la chirurgia. Suzana e Lucas erano nella stanza con Carlos, lui disse:

— La mia testa è un po' dolorante.

— È normale — disse Lucas. — Il tuo cuoio capelluto è sensibile a causa del taglio fatto per impiantare il dispositivo.

Carlos si guardò allo specchio, vide il segno del taglio e anche una sinuosità nella testa. Disse:

— Sono orribile, calvo e con una montagna in mezzo alla testa.

— Non preoccuparti — disse Lucas. — Quando finirà il trattamento e rimuoveremo il dispositivo, tutto tornerà alla normalità.

— Spero che torni alla normalità.

— Applicherò la prima dose di chemioterapia.

— Va bene.

Lucas applicò la dose del farmaco nel dispositivo.

Inizialmente Carlos non sentì nulla, ma poi si sentì un po' stordito e si sdraiò. Suzana si preoccupò e chiese:

— Dottore, è normale?

— Sì, è stata applicata una dose di farmaci direttamente nel cervello.

Carlos rimase stordito per alcuni minuti e poi tornò alla normalità. E secondo le indicazioni mediche, rimase un po' di tempo in ospedale. Dopo una valutazione del dottor Lucas, Carlos fu dimesso. Lui e Suzana andarono a casa a riposare.

Trovando una nuova strada

Nei primi giorni della chemioterapia non ci furono sintomi più gravi, Carlos aveva solo alcune nausee e vomito, ma prendeva il farmaco prescritto e dopo un po' non aveva più sintomi.

Dalla terza settimana, Carlos notò che sembrava più magro e pallido. Nella sua stanza, parlò con Suzana:

— Suzana, hai notato qualcosa di diverso in me negli ultimi giorni?

— No, perché?

— Penso di essere più magro e più pallido. Non credi?

Suzana guardò bene, cercò di notare se c'era qualcosa di diverso, ma non riuscì a percepire nulla di anormale.

— Per me, sembra normale. Ho una bilancia conservata, vuoi verificare il tuo peso?

— Sì.

Suzana prese la bilancia e Carlos verificò il suo peso, era tre chili in meno del normale.

Carlos divenne più triste, fece un sospiro e disse:

— Questa è la mia nuova vita.

Suzana lo abbracciò e disse:

— Non stare così, Carlos, supereremo tutto questo,

insieme.

— Spero che supereremo.

Carlos non aveva molta speranza riguardo al suo trattamento e alla sua vita. L'unica cosa che gli dava animo era la sua famiglia.

Con l'evoluzione della chemioterapia, Carlos manifestò un altro sintomo, si sentiva sempre molto stanco, anche quando non aveva fatto nessuno sforzo fisico. Rimaneva a riposo il più tempo possibile. Inoltre, i suoi capelli crescevano in modo molto irregolare, c'erano molte lacune. Per evitare di essere interrogato sui suoi capelli, Carlos adottò l'uso di un cappello in tutti i momenti.

Carlos divenne molto triste per i cambiamenti nel suo aspetto. Inoltre, non aveva appetito né animo per fare nulla. Rimaneva sdraiato e a volte piangeva, altre volte diventava nervoso, era una miscela di sentimenti, nemmeno lui sapeva cosa sentire e pensare.

Carlos cercò lo psicologo per cercare di capire meglio i suoi sentimenti in quel momento, ma nemmeno il consiglio riuscì a cambiare qualcosa nei suoi sentimenti, si sentiva impotente e molto debole di fronte a tutto ciò che stava accadendo.

Un giorno, Carlos stava camminando in un quartiere vicino e vide un cartello di una chiesa con le seguenti parole:

— Tu che sei disperato e depresso, hai bisogno di aiuto urgente. Vieni questa sera per ricevere il tuo miracolo! Dio può cambiare la tua vita!

Carlos pensò:

« Non ho mai cercato Dio, forse ora è il momento. Proverò, perché in effetti, sono disperato. »

Quel giorno, Carlos si entusiasmò e non appena Suzana arrivò a casa, le raccontò cosa avrebbe fatto quella sera:

— Suzana, stasera vado in chiesa!

Lei si stupì e disse:

— Chiesa? Tu? Sei sicuro?

— Sì, certo!

— Cos'è successo per prendere questa decisione?

— Oggi stavo camminando e ho visto un cartello di una chiesa che diceva: Tu che sei disperato e depresso, hai bisogno di aiuto urgente. Vieni questa sera per ricevere il tuo miracolo! Dio può cambiare la tua vita!

— Ho già visto quel cartello.

— L'hai visto e non mi hai detto nulla?

— Carlos, non pensi che le cose non siano così semplici?

— Come?

— Non sei mai andato in chiesa, non hai mai cercato Dio e pensi che sia solo arrivare un giorno qualsiasi e sarai curato?

— Penso di sì. Non è così?

— Ho praticamente la certezza che non funziona così. Per quel poco che so, non è solo arrivare e ottenere ciò che vuoi. È necessario avere fede e fiducia in Dio.

Carlos pensò per un istante e disse:

— Pensandoci bene, ha senso. Comunque, andrò a vedere come funziona.

— Va bene, ti accompagno.

— Grazie.

La coppia andò in chiesa. Arrivando lì, Carlos e Suzana furono molto ben accolti e invitati a sedersi più avanti. Molte persone li salutarono e furono molto gentili e attenti. La coppia notò che la chiesa era una costruzione molto lussuosa.

Il culto fu come previsto, con musica e lettura della Bibbia. Dopo la lettura, il dirigente, un uomo bianco di mezza età, salì sul pulpito e chiamò Carlos e Suzana:

— Coppia, Dio ha qualcosa da dirvi.

Loro si stupirono, ma andarono da lui. Il dirigente proseguì:

— Qual è il vostro nome?

— Carlos e Suzana — rispose Carlos.

Il dirigente proseguì con un'interpretazione drammatica:

— Carlos! Suzana! Ecco cosa mi è stato rivelato su ciò che state passando. Siete in un momento molto delicato della vita. Qualcosa toglie la tranquillità alla coppia. È vero?

— Sì — rispose Carlos.

— Carlos! — proseguì l'uomo. — Sei in una situazione che sembra portarti alla morte e non sai come uscirne.

Carlos si entusiasmò con le parole dell'uomo e disse:

— Sì, è così.

L'uomo proseguì:

— Sei molto malato e pensi che morirai presto! Ma ecco, ho una parola per te!

— Parla, per favore! — Carlos era incantato dalle parole del dirigente.

— Sarai curato! Dipende solo dalla tua fede!

Carlos si entusiasmò e disse:

— Voglio essere curato! Cosa devo fare?

— Devi venire più spesso in questa chiesa! Devi cercare

di più Dio.

— Verrò tutti i giorni!

— Allora, figlio mio, verrai qui domani di nuovo e ti sarà mostrato cosa devi fare.

— Certamente verrò!

Suzana non rimase impressionata dallo spettacolo. Pensò che tutto fosse molto forzato.

— Chiesa, preghiamo per Carlos e sua moglie.

Tutti stesero le mani e pregarono per la coppia.

Dopo la fine del culto, varie persone andarono da Carlos e gli diedero parole di incoraggiamento:

— Dio è con te!

— Andrà tutto bene!

— La tua vittoria è già determinata in Nome di Gesù.

Carlos riceveva con gratitudine tutte le parole:

— Grazie. Molte grazie.

Nel suo viaggio di ritorno a casa, Carlos e Suzana conversavano:

— Suzana, hai visto cosa è successo?

— Ho visto qualcosa di strano accadere.

— Cosa strana? Quello è stato un miracolo! Il predicatore sapeva tutto di me.

Suzana sospirò e disse:

— Carlos, analizza la nostra situazione. Non siamo mai stati in quella chiesa, siamo arrivati in una macchina di lusso, sei debilitato, con la testa rasata. È ovvio che sei malato e hai paura di morire. Lui ha solo dedotto questo, non è stata una rivelazione di Dio.

Carlos pensò e disse:

— Potrebbe essere, non lo so. Ma tornerò lì e vedrò cosa succede.

— Ho quasi la certezza che non succederà nulla.

— Allora, non credi in Dio e nei miracoli?

— Certo che credo in Dio, ma non credo che le cose siano così semplici.

— Io credo che le cose possano essere semplici. Domani tornerò lì e scoprirò cosa devo fare per essere curato.

— Spero che non ti deluda.

— Non mi deluderò. Se noto che qualcosa è strano, smetterò di andare.

— Spero che tu lo faccia.

La sera seguente, Carlos tornò in chiesa, questa volta da solo. Durante il culto, il dirigente presentò una piccola bottiglia di olio e disse:

— Fratelli! Questo olio è l'olio del miracolo! — diceva con enfasi. — È stato fatto con olive di Israele, la Terra Santa. Se vi ungere con questo olio, la vostra vita cambierà. Tutto sarà diverso!

Carlos si interessò di poteri dell'olio.

Il dirigente proseguì:

— Per portare questa benedizione a casa vostra, chiediamo solo un contributo simbolico di trecento real[3]. Starete benedicendo la casa di Dio e portando prosperità alla vostra vita.

Carlos pensò:

« Un olio così potente per trecento real, è un ottimo affare. »

Il dirigente proseguì:

— Chi ha fede per portare questa benedizione a casa, può venire qui davanti.

Alcune persone andarono vicino al dirigente, tra loro c'era Carlos. Vedendolo, il dirigente disse:

— Guardate, fratelli, quest'uomo è stato qui per la prima volta ieri e oggi ha già capito lo scopo di Dio per la sua vita.

---

[3] Al momento della scrittura di questo libro, il valore di 300 real equivaleva approssimativamente al 25% del salario minimo in Brasile, che era di 1.212,00 real.

Più persone qui dovrebbero capire cosa Dio vuole fare, ma per questo è necessario avere fede.

Il dirigente continuò a parlare, invitando più persone a comprare l'olio. Dopo aver notato che nessun altro avrebbe comprato, disse in tono aggressivo:

— Le persone qui sono senza fede! Solo questi qui saranno benedetti da Dio!

Carlos pensò:

« Queste parole sono un po' strane. Sembra che Dio benedica solo chi compra l'olio. »

Poi, il dirigente consegnò l'olio e una busta affinché ogni persona depositasse il valore. Dopo il pagamento, fu fatta una preghiera per i compratori dell'olio benedetto.

Carlos arrivò a casa molto entusiasta. Nella sua stanza, raccontò a Suzana cosa aveva fatto:

— Suzana, ho comprato qualcosa che ci aiuterà molto!

— Cosa?

— Un olio benedetto!

Lei si stupì di quella frase:

— Olio benedetto? Esiste?

— Certo che sì! Viene direttamente da Israele, la Terra Santa!

— E come lo sai?

— L'ha detto il dirigente.

Suzana fece un'espressione di delusione e disse:

— E tu hai creduto a questo?

— Certo!

— E quanto è costato?

— È stato molto economico, solo trecento real!

Suzana disse sconvolta:

— Cosa? Trecento real? Sei impazzito?

Carlos cercò di calmarla:

— Suzana, non stare così. È per un bene maggiore. Questo olio può trasformare la nostra vita.

Suzana pensò:

« Lo uccido! Trecento real per una bottiglietta di olio! Oggi muore! »

Tuttavia, respirò profondamente, cercò di calmarsi e disse:

— E sei sicuro che funzionerà?

— Sì. Devo solo avere fede.

— Fede nell'olio, nel dirigente della chiesa o fede in Dio?

— È necessario avere fede in tutti.

— Carlos, questo sta iniziando a diventare strano.

— Strano, perché?

— Oggi è il secondo giorno che vai e torni con un olio da trecento real. Se rimani un mese lì, donerai la nostra casa.

— Non è così, Suzana! L'ho fatto solo perché voglio essere curato.

— So che vuoi essere curato, ma non puoi credere a tutto quello che dicono in giro.

— Non credo a tutto. Credo a quello che ha senso.

— Va bene, Carlos, se per te ha senso, continua a credere. Ma per l'amor di Dio, non comprare più nulla.

— Va bene, ci proverò.

Nonostante il rimprovero di Suzana, Carlos continuò entusiasta dei poteri dell'olio, lo passò sulla sua testa, nella speranza di essere curato dai suoi tumori.

Nei giorni seguenti, Carlos continuò ad andare in chiesa, credeva veramente che andando lì e facendo quello che il dirigente diceva, sarebbe stato curato dal suo cancro. Una sera, il dirigente iniziò la predica con il seguente passo biblico:

— Allora le convertirai in denaro, terrai stretto in mano questo denaro, andrai al luogo che il Signore, il tuo Dio, avrà scelto. Impiegherai quel denaro per comprarti tutto quello che il tuo cuore desidera[4].

Proseguì in modo drammatico:

— Fratelli! Dio sta dicendo che possiamo dare denaro per avere tutte le cose che desideriamo.

— Amen! — rispose la chiesa.

— Tutti noi dobbiamo dare denaro affinché Dio ci benedica! E più grande è la vostra necessità, più dovete dare a Dio.

— Oh Gloria! — rispondeva la chiesa in estasi.

— Oggi, chiamo qui persone coraggiose e con fede! Per fare un'offerta a Dio e ricevere la sua benedizione. Non fate un'offerta piccola, perché Dio non è un Dio piccolo, Lui è un Dio grande, che merita cose grandi.

Alcune persone andarono davanti alla chiesa e il dirigente iniziò a chiedere delle offerte:

— Fratello, qual è il valore della tua offerta?

— Cento real.

Il dirigente disse con disprezzo:

— La tua fede e la tua benedizione sono piccole, non è vero? Dando solo questo a Dio.

Si rivolse al prossimo:

---

[4] Deuteronomio 14:25-26a.

— E la tua offerta?

— Cinquecento real.

Ancora una volta il dirigente disprezzò l'offerta:

— Dio ti ascolterà più o meno. Non hai così tanta fede.

Proseguì con il suo interrogatorio:

— E la tua offerta?

— Mille real.

Il dirigente gridò:

— Alleluia! Gloria a Dio! Questo è un fratello con fede, che piacerà a Dio.

Carlos pensò:

« Posso dare tremila real, credo che mostrerà che ho molta fede. »

Si alzò e andò davanti. Subito il dirigente chiese dell'offerta:

— E qual è la tua offerta, fratello?

— Tremila real.

Il dirigente tolse il microfono, iniziò a girare e gridare:

— Alleluia! Alleluia! Alleluia! Alleluia!

Dopo essersi calmato, il dirigente disse:

— Questo qui è un uomo di fede! Dio realizzerà nella sua vita tutto ciò che desidera.

Carlos fu molto felice per la dichiarazione del dirigente, si sentì come se avesse ricevuto la notizia della cura del suo cancro.

Il dirigente continuò:

— Ora, fratelli, inginocchiatevi per ricevere l'unzione e la benedizione nelle vostre vite.

Tutti si inginocchiarono, il dirigente versò molto olio su ciascuno di loro e iniziò a pregare:

— Dio, benedici i tuoi servi che oggi sono qui a offrire per ricevere le tue benedizioni, che il Signore dia a ciascuno secondo la sua offerta e la sua fede.

Dopo la preghiera, Carlos tornò al suo posto estasiato, aveva piena e assoluta certezza che sarebbe stato curato presto. Uno degli aiutanti del dirigente si avvicinò a Carlos e disse:

— Sono venuto a prendere l'offerta.

— Non ho tutti i soldi qui.

— Può fare un bonifico?

— Sì.

Carlos utilizzò il suo cellulare per fare il bonifico.

Dopo il culto, Carlos andò a casa molto felice per gli eventi. Arrivando a casa, Suzana era nel soggiorno, aspettandolo con un'espressione molto arrabbiata.

— Carlos, cosa hai fatto? — disse Suzana furiosa.

— Io? Non ho fatto nulla. — Carlos fu sorpreso dalla reazione di Suzana.

— Se non hai fatto nulla, cosa significa questo debito di tremila nel nostro conto?

— Ah, è solo per questo!

Suzana era molto nervosa:

— E tu dici solo? Cosa hai fatto? Parla subito!

— Ho dato un'offerta in chiesa. Era per garantire la mia cura.

Suzana si voltò, guardò in alto e disse:

— Mio Dio! Non ci credo!

Carlos pensò che Suzana fosse felice per la notizia e disse:

— Anche io non ci credevo quando ho sentito il dirigente parlare.

Suzana si voltò verso di lui, e lei era così nervosa che respirava profondamente, afferrò le sue braccia e gridò:

— Carlos Henrique, sei un idiota! Credendo in un ciarlatano qualunque!

Carlos cercò di calmare sua moglie:

— Non dire così, Suzana! È per un buon motivo.

— È per un buon motivo! È per far arricchire il dirigente ha spese degli idioti come te!

— Ma lui ha letto la Bibbia e ha mostrato che bisogna dare il denaro per ricevere la benedizione.

Suzana si allontanò da Carlos dicendo:

— Non provare a spiegarti! Io rinuncio!

Carlos cercò di giustificarsi ancora una volta:

— Ma Suzana, per noi, il denaro non farà differenza.

— Carlos, la questione non è questa! Non mi importa del denaro.

— Allora, qual è il problema?

Suzana si calmò un po' e disse:

— Stai mettendo tutta la tua speranza nelle parole di quell'uomo e facendo tutto ciò che lui chiede.

— Suzana, faccio questo perché sono disperato. Voglio una cura! Voglio vivere e non morire!

Sentendo queste parole, Suzana divenne pensierosa e come per un miracolo si calmò. Lei percepì che Carlos fece tutto solo con lo scopo di mantenere la speranza in una cura, lui già non credeva più nel trattamento medico e la sua fede era l'unica cosa che lo rallegrava. Suzana lo abbracciò e disse:

— Carlos, mi dispiace per quello che ho detto. Tu stai solo cercando di avere speranza.

— Va bene, Suzana, anche io ti chiedo perdono per quello che ho fatto. Dovevo averti consultato prima di dare il denaro. Prometto che non farò mai più nulla così.

Dopo un momento di tensione, la coppia poté avere un momento di perdono e accettazione, anche se Suzana non concordava con l'attitudine di Carlos, lei desiderava che lui avesse speranza nella sua vita.

Non me aspettavo questo

Carlos continuò ad andare in chiesa diverse volte alla settimana, sperando che, frequentando assiduamente, avrebbe presto ottenuto la sua cura. Un giorno, durante il culto, il dirigente disse quasi gridando:

— Fratelli e sorelle! Oggi abbiamo qualcosa per cambiare le vostre vite. Ho qui un fazzoletto della benedizione. Questo fazzoletto contiene il sudore del fondatore della nostra congregazione. Come tutti sapete, è un uomo di Dio e ha realizzato molti miracoli.

Carlos pensò:

« Un fazzoletto con il sudore, questo è strano. »

Il dirigente proseguì:

— In altre chiese, molti fratelli hanno già acquisito il fazzoletto e oggi raccontano i miracoli. Ci sono state guarigioni, nuovi lavori, case nuove, auto nuove.

Carlos pensò:

« Ora è interessante, ha detto guarigioni. Questo è ciò di cui ho bisogno. »

Il dirigente continuò:

— Abbiamo vari fazzoletti come questo, i fratelli possono portare queste benedizioni a casa dando un'offerta per benedire la nostra chiesa. L'offerta è di duecento real!

Carlos pensò:

« Solo duecento real per un miracolo del genere, lo prendo subito! »

Il dirigente disse:

— Tutti coloro che porteranno queste benedizioni a casa vengano qui davanti.

Carlos e alcune persone si alzarono e andarono davanti alla chiesa. Come al solito, il dirigente esaltò le persone che comprarono il fazzoletto:

— Questi sono fratelli di fede! Credono che Dio agirà nelle loro vite!

Poi il dirigente pregò, raccolse le offerte e consegnò i fazzoletti alle persone. Carlos immediatamente passò il fazzoletto sulla sua testa. Nella speranza di essere guarito. Lo faceva sempre che possibile.

...

Alla fine del suo trattamento di chemioterapia, Carlos fece nuovi esami per verificare come stavano i suoi tumori. Carlos e Suzana erano nello studio con Lucas.

— Come sto? — Carlos era ansioso di sapere il risultato della chemioterapia.

Lucas disse con tono triste:

— Purtroppo, i tumori sono praticamente della stessa dimensione. La riduzione è stata minima.

Carlos rimase molto triste per la notizia, aveva speranza che le sue offerte in chiesa e i suoi acquisti lo aiutassero con la cura. Disse con indignazione:

— Non è possibile! Ero sicuro che sarei stato guarito!

— Carlos. — disse Suzana. — Sarai guarito, ci vorrà solo più tempo.

— Suzana, ma questo non è possibile! — Carlos continuava indignato per la sua situazione. — Ho fatto tutto quello che ha detto il dirigente, ho comprato tutto quello che ha venduto! Ho dato denaro, ho fatto tutto giusto!

Lucas si stupì e chiese:

— Scusate, ma chi è il dirigente?

— Spiego io — disse Suzana. — Carlos è andato in una chiesa e il dirigente di lì vende amuleti, olio sacro, fazzoletto sudato, chiede offerte in cambio delle guarigioni. Mio marito ha creduto che se avesse fatto tutto quello che lui chiedeva, sarebbe stato guarito.

— Uhm, ho capito. Era una di quelle chiese più orientate verso benedizioni materiali e vendite di oggetti, vero?

— Esattamente. Sono andata una volta e non ho voluto tornare. Ma Carlos ha continuato ad andare lì.

— Purtroppo, ci sono persone che si approfittano delle altre. E il peggio, usano il nome di Dio per questo.

— L'ho detto a Carlos, ma lui non mi ha ascoltato!

Carlos disse scoraggiato:

— Suzana, va bene, avevi ragione. Quello che ho fatto è stato vano.

Suzana cercava di incoraggiarlo:

— Carlos, tu volevi avere una speranza, questo non è stato vano. Ora devi continuare il trattamento e guarire.

— Suzana, purtroppo, non ho questa speranza.

Lucas disse:

— Carlos, capisco che sei frustrato e scoraggiato. Ma devi continuare il trattamento.

— Continuare per cosa?

— I tumori sono stabili, il che significa che la chemioterapia ha evitato la crescita. Quindi, c'è stato un miglioramento.

Suzana disse:

— Vedi Carlos, è necessario proseguire.

Con scoraggiamento, rispose:

— Va bene, ma cosa faremo, dottore?

— Sarà necessario utilizzare un medicamento più forte, poiché l'azione del medicamento attuale non è stata sufficiente per eliminare i tumori.

— E con medicamenti più forti, avrò più effetti collaterali?

— Con medicamenti più forti, gli effetti possono essere più forti anche.

— Allora, sarò ancora più debilitato?

— Purtroppo, è molto probabile di sì. Dovrai allontanarti definitivamente dal tuo lavoro.

Carlos scosse la testa in segno negativo e disse:

— La mia vita è finita!

— Non dire così, Carlos! — disse Suzana. — Stai rinunciando prima ancora di provare.

— Suzana, sii realista. Guarda la mia situazione, calvo e debilitato. Ora con medicamenti più forti, pensa come sarò! Sarò un morto-vivente.

— Non parlare di morte nemmeno per scherzo! Sarai vivo!

— Suzana, voglio essere vivo, ma ora il futuro sembra molto incerto.

Lucas disse:

— Carlos. Stai soffrendo per anticipazione. Inizieremo il tuo nuovo trattamento e seguiremo il tuo caso prima di trarre qualsiasi conclusione sulla tua salute.

— Dottore, vorrei avere questa calma, ma non ci riesco.

— Ma ora devi avere questa calma e speranza. Se ti arrendi alla malattia, tutto peggiorerà.

— Cosa intendi con questo?

— Le persone che si arrendono alla malattia, interrompono il trattamento e non seguono le raccomandazioni mediche, il che fa sì che la loro salute si debiliti ulteriormente, cedendo spazio alla malattia di avanzare.

— Sinceramente, dottore, ci sono momenti in cui ho voglia di lasciare tutto questo e lasciare che il cancro mi uccida subito. È troppa sofferenza cercare di essere guarito.

Suzana lo rimproverò:

— Carlos! Smettila! Non lascerai nulla!

— Ma Suzana!

— Ma nulla! Sarò con te tutto il tempo. Non ti lascerò rinunciare.

Carlos sospirò e disse:

— Va bene. Non c'è altro modo, farò questo trattamento più pesante.

Lucas disse:

— Carlos, possiamo iniziare domani?

— Sì.

— Vi aspetto domani.

— Va bene — risposero.

Quel giorno, Carlos non volle parlare né fare nulla. Andò a casa e rimase solo nel suo letto. Suzana cercò di avvicinarsi, ma lui disse:

— Suzana, grazie per tutto quello che hai fatto e per il tuo sostegno. Sei stata una moglie meravigliosa. Ora, voglio stare solo.

— Sei sicuro?

— Sì.

— Va bene.

— Grazie.

Carlos iniziò a pensare a tutto quello che aveva vissuto, alla sua infanzia, adolescenza, il suo matrimonio, la nascita di sua figlia, l'ascesa dell'azienda, l'allontanamento nel matrimonio, la sua malattia, la riconciliazione con sua moglie, ecc. Carlos pensò a tutti i suoi momenti come se fosse una retrospettiva. Si ricordò dei momenti più felici e dei momenti più tristi. Carlos piangeva e diceva a sé stesso:

— Non sono così giovane, ma nemmeno così vecchio. Non voglio morire ora. Voglio vedere mia figlia sposarsi. Voglio stare accanto a mia moglie fino a quando saremo molto vecchi.

Carlos si perse nei suoi pensieri e dormì cercando di dimenticare la dura realtà che viveva.

Dopo un po', si svegliò e si accorse che la sua casa era diversa, cercò Suzana ed Elizabete, e quando le trovò, erano anche diverse, sembravano più vecchie. Disse loro:

— Cosa è successo a voi? E a questa casa?

Non risposero, lui ci provò di nuovo:

— Ehi! Sono qui! Qualcuno può rispondere?

Non ci fu risposta e Carlos non capì cosa stava succedendo. Con tono triste, Suzana disse a Elizabete:

— Mi manca tanto tuo padre.

— Anche a me manca — disse Elizabete anche con tono triste.

— Anche con il passare degli anni, non credo ancora che se ne sia andato.

Carlos cercò di interrompere la conversazione:

— Non me ne sono andato, sono qui!

Elizabete continuò:

— Anche io non ci credo, mamma. Lui aveva il sogno di accompagnarmi in chiesa al mio matrimonio.

— Lui aveva questo sogno, ma purtroppo non è stato possibile realizzarlo.

— È morto improvvisamente, dopo aver iniziato la chemioterapia più forte.

Carlos si disperò:

— Non sono morto! Sono ancora vivo!

Suzana disse:

— Ora, siamo solo noi due.

Si abbracciarono e piansero. Carlos cercava di abbracciarle e dire che era vivo, ma non ci riusciva. Era come se fosse muto e invisibile. Dopo un po' di tentativi, Carlos sentì una voce che chiamava:

— Carlos! Carlos!

— Cosa c'è?

— Carlos! Svegliati!

Carlos si svegliò gridando:

— No! Non sono morto!

Suzana lo abbracciò e disse:

— Cosa è successo?

Carlos guardò tutto intorno, si accorse che tutto era normale e che Suzana aveva la stessa età. Disse:

— Ho avuto un incubo terribile!

— Com'era?

— Ho sognato che la casa era diversa, tu e Liza eravate più vecchie. Parlavate che era passato molto tempo da quando ero morto. Ero morto doppo aver iniziato la seconda chemioterapia.

— Che orribile! Ma era solo un incubo. Sei vivo. Stai calmo.

Carlos iniziò a piangere e disse:

— Suzana, non voglio morire! Voglio continuare a vivere!

Piangendo, Suzana lo abbracciò e disse:

— Non morirai! Vivrai.

La coppia visse un momento di profonda tristezza, con l'incertezza sul futuro di Carlos.

Dopo alcune settimane con il nuovo trattamento, Carlos presentò sintomi più severi, non aveva appetito in nessun momento e mangiava pochissimo. Come conseguenza del non mangiare, perse molto peso.

In una delle sessioni di chemioterapia, Lucas si accorse che Carlos era molto magro e disse:

— Carlos, ho notato che hai perso peso con il nuovo trattamento.

— Sì, ho perso qualche chilo. Non ho praticamente appetito.

— Questo è uno degli effetti collaterali della chemioterapia. Ti farò fare alcuni esami, poiché a causa della perdita di peso, potresti avere anemia o carenza di alcuni nutrienti.

— Va bene, farò gli esami.

Dopo alcuni giorni, Carlos e Suzana erano nello studio con Lucas.

— Carlos, i tuoi esami indicano che hai anemia e carenza di alcuni nutrienti. Dovrai fare la riposizione dei nutrienti con medicinali.

Carlos sospirò e con scoraggiamento disse:

— Altri medicinali nella mia vita! Che durezza!

— Non dire così, Carlos — disse Suzana.

Lucas continuò:

— Carlos, so che è difficile, ma hai bisogno dei medicinali.

— Lo so, dottore. Ma la mia situazione è molto complicata!

Suzana cercava di incoraggiarlo:

— E per migliorare la tua situazione, hai bisogno dei medicinali.

— Va bene, li prenderò, visto che non c'è altro modo. — Carlos era un po' contrariato.

Lucas continuò con le istruzioni:

— Con il supplemento alimentare, nutrirai il tuo corpo.

Suzana disse:

— Carlos, inizierai a prendere questi medicinali oggi.

— Va bene, visto che insisti.

Anche sapendo che la sua salute era debilitata, Carlos aveva resistenza a proseguire con il trattamento. Ma grazie all'accompagnamento e insistenza di Suzana, finiva per seguire tutte le raccomandazioni mediche.

Piacere di conoscerti

La chemioterapia era avanzata e Carlos era già alla fine del secondo ciclo. Si sentiva molto debilitato, tanto che quasi non usciva di casa, passando la maggior parte del tempo a riposare. Suzana ed Elizabete erano sempre al suo fianco, cercando di tirarlo su di morale. Una domenica mattina, Carlos era sdraiato sul divano quando Elizabete si avvicinò, si sedette accanto a lui e disse:

— Papà, andiamo al parco?

Carlos rispose con scoraggiamento:

— Liza, non mi sento bene per uscire di casa.

— Invece sì, papà! — disse Elizabete con entusiasmo. — Dai, per favore!

— Ah, non so se ce la faccio.

Carlos parlava con scoraggiamento. Poteva uscire, ma la sua tristezza era grande e preferiva restare a casa.

— Ce la fai! Devi solo tirarti un po' su di morale.

— Avere spirito nella mia situazione è complicato.

— Lo so, papà. Ma non avere spirito è molto peggio.

— È vero.

Elizabete notò che sua madre si avvicinava e chiese il suo aiuto:

— Mamma! Aiutami con papà.

— Che c'è, figlia mia?

— Sto cercando di convincerlo ad andare al parco, ma non vuole.

— È un'ottima idea! Andiamo, Carlos?

Carlos brontolò e disse:

— Il sole è troppo forte, non mi farà bene.

Suzana rispose:

— In realtà, il clima è fresco. E hai bisogno di sole, è una raccomandazione medica.

Carlos si rese conto che non valeva la pena continuare con le scuse e rispose:

— Va bene, vengo.

Elizabete lo abbracciò e disse con entusiasmo:

— Grazie, papà, sei il migliore!

— Lo faccio solo per voi. Altrimenti, resterei qui tutto il giorno.

Suzana rispose:

— Non ti lasceremo stare qui tutto il giorno!

— Ho capito.

I tre andarono al parco. Passarono un bel momento in famiglia. Parlarono molto e anche Carlos si divertì. Per qualche istante, fu come se avesse dimenticato il suo trattamento e vissuto una giornata normale, senza malattia.

Prima di tornare a casa, i tre andarono in una piazza vicino al parco e si sedettero su una panchina. In quella piazza si stava svolgendo un evento di una chiesa evangelica, con una presentazione musicale, una predicazione biblica e la distribuzione di volantini con messaggi biblici.

A un certo punto, uno degli organizzatori dell'evento, Luciano, si avvicinò, consegnò i volantini e disse:

— Buon pomeriggio, famiglia! Tutto bene?

Suzana trovò il ragazzo simpatico e rispose:

— Tutto bene!

Elizabete trovò il ragazzo attraente, era giovane, bianco con la pelle abbronzata, occhi castano chiaro, capelli neri corti, di altezza media e atletico. Disse:

— È tutto meraviglioso.

Luciano continuò:

— Vi state godendo il nostro evento?

— Sì! — risposero.

— Meraviglioso. Sono passato per lasciarvi un messaggio. Sono venuto a dirvi che, indipendentemente da ciò che state passando nella vostra vita quotidiana, c'è la possibilità di cambiare. Basta chiedere l'aiuto di Dio, che è l'unico che può veramente aiutare.

Carlos era scettico dopo la sua esperienza nella chiesa precedente e disse in tono brusco:

— E per avere l'aiuto di Dio, quanto bisogna pagare?

Suzana disse:

— Carlos! Che maleducazione!

— Signore, non bisogna pagare nulla. La Grazia di Dio è gratuita per tutti coloro che credono.

Carlos continuò con la maleducazione:

— Tutti dicono sempre la stessa cosa! E poi non succede nulla.

— Tutti chi? — chiese Luciano sorpreso.

— Tutti voi, i credenti. Dite sempre che Dio può fare questo e quello, ma alla fine non succede nulla nelle nostre vite.

— Signore, l'azione di Dio nelle nostre vite dipende dal Suo piano per ciascuno di noi. Spesso stiamo chiedendo qualcosa a Dio, ma non arriva nel tempo che desideriamo. Tutto ha un tempo determinato da Dio.

Carlos cominciò a irritarsi, si alzò e disse:

— Tempo di Dio? È così che chiami la sofferenza delle persone?

Suzana si sentì molto a disagio per le affermazioni di Carlos. Si alzò e cercò di calmarlo:

— Carlos, per favore, smettila!

— Perché dovrei smettere? Ho ragione e lui torto!

Luciano proseguì:

— Immagino che lei abbia avuto una brutta esperienza con qualche chiesa e con qualche richiesta, ed è per questo che si sente così. Ma posso garantirle che il potere di Dio è reale nelle nostre vite.

— Non ci credo!

Luciano cominciò a irritarsi e disse:

— Viviamo in un paese libero, lei non è obbligato a credere in nulla. Ma deve rispettare chi crede.

Carlos disse con ironia:

— Quindi è così che il bigottino mi risponde?

Elizabete cercò anche lei di calmare suo padre:

— Papà! Smettila! A che serve questa discussione?

Carlos rimase inflessibile:

— Devo discutere. Non sopporto queste persone che ingannano gli altri con false promesse.

Luciano perse la pazienza con Carlos e disse in tono aggressivo:

— Ascolta! Lei non mi conosce né conosce il lavoro della nostra comunità. Quindi è meglio che lei non parli di ciò che non sa!

— Ma io penso...

Suzana interruppe:

— Carlos, basta! Tu non pensi nulla!

Elizabete aggiunse:

— Lascia che il ragazzo faccia il suo lavoro!

Carlos si calmò e smise di discutere. Suzana parlò in disparte con Luciano:

— Mi scuso per il comportamento di mio marito.

— Sono io che mi scuso per essermi alterato.

— Mio marito sta passando un momento difficile. È andato in un'altra chiesa e le cose non sono andate come previsto.

— Ho immaginato che fosse successo questo. Le persone che hanno avuto una delusione diventano insensibili.

— È molto deluso e scettico ultimamente. Sto cercando di dargli forza, ma ci sono momenti in cui è complicato — disse Suzana scoraggiata.

— In un momento come questo, anche lei ha bisogno di aiuto. E il vero aiuto viene da Dio.

— Ho davvero bisogno del Suo aiuto. E puoi chiamarmi Suzana.

— Va bene, Suzana. Ti invito a farci visita un giorno. Nella nostra chiesa ci sono molte persone che possono parlare con te e aiutarti.

— Grazie mille per l'invito. Farò del mio meglio per venire.

— Arrivederci. Che Dio benedica la tua famiglia.

— Arrivederci. Grazie.

Luciano continuò il suo lavoro nella piazza e Suzana tornò da Carlos ed Elizabete.

— Carlos, che cos'era quella scenata? — disse Suzana indignata.

— Stavo solo dissentendo da lui.

— Hai fatto molto di più. Stavi cercando di litigare senza motivo!

— Ma...

— Ma niente! Andiamo via, perché dopo questa confusione non ho il coraggio di restare qui.

I tre se ne andarono, Suzana ed Elizabete si sentivano

imbarazzate per il comportamento di Carlos.

Qualche giorno dopo, Suzana decise di fare una visita alla chiesa di Luciano. Era nella sua stanza, preparandosi. Carlos chiese:

— Che cosa vai a cercare lì?

— Vado a conoscere il posto. Quel ragazzo con cui hai discusso mi ha invitato.

— Sono sicuro che lì è la stessa cosa che nell'altra! Ti chiederanno soldi e faranno un mucchio di promesse e bla bla bla! — disse Carlos aggressivamente.

Suzana non volle alterarsi e continuò a parlare nello stesso tono:

— Non so com'è lì. Vado a conoscerlo per saperlo. Vuoi venire?

— Io no! Non mi avvicino nemmeno a quel posto! — Carlos era molto deciso.

— Va bene. Io e Liza andiamo.

Carlos si stupì:

— Liza va? Perché?

— Semplicemente perché vuole.

— Non ha mai avuto interesse ad andare in chiesa, perché ora?

— Non lo so.

Suzana sapeva che era a causa dell'interesse di Elizabete per Luciano, ma preferì non commentare nulla, poiché sapeva che Carlos si sarebbe infuriato se avesse saputo che sua figlia era interessata a Luciano.

— Questo è molto strano.

— Non è strano. È una cosa buona, è meglio della tua vecchia vita.

— Non so se è meglio.

Elizabete gridò dalla sua stanza:

— Mamma, sono pronta! Andiamo?

Suzana rispose:

— Sto arrivando, Liza!

Suzana e Carlos andarono in salotto, dove si trovava Elizabete. Carlos rimase sorpreso dall'aspetto di sua figlia, che indossava un vestito lungo, tacchi alti e un trucco molto marcato.

— Liza, vai a una festa? — disse Carlos.

Elizabete cercò di giustificarsi:

— Papà, voglio essere ben vestita, perché ci sono chiese dove le donne sono molto eleganti.

— Certo. — Carlos non credette a quello che disse

Elizabete.

— È vero — ribadì Elizabete.

— Spero che sia solo questo.

Percependo la situazione di Elizabete, Suzana interruppe:

— Andiamo, Liza! Altrimenti arriveremo in ritardo.

— Andiamo, mamma. Ciao, papà!

— Ciao, Liza.

Suzana baciò Carlos e disse:

— A dopo.

— A dopo.

Durante il tragitto, parlarono:

— Liza, ti sei esposta troppo! Perché ti sei vestita così?

— Ah, mamma. Voglio attirare l'attenzione di Luciano.

— Penso che non ce ne fosse bisogno. Solo per il fatto di essere visitatrici attireremo l'attenzione.

— Non ci ho nemmeno pensato.

— Lo so che non ci hai pensato. E non sai nemmeno se il ragazzo è impegnato.

— Penso di no. Ho notato le sue mani e non ho visto nessun anello.

Suzana rimase sorpresa dalla capacità di osservazione di

Elizabete:

— Sei attenta!

— Quando si tratta di qualcuno di interessante, bisogna essere veloci.

Dopo qualche minuto di conversazione, Elizabete disse:

— Mamma, penso che siamo arrivate.

Si guardarono intorno e si resero conto che era un quartiere più povero. Suzana controllò l'indirizzo e disse:

— Siamo già nella strada della chiesa, dobbiamo solo trovarla.

— Deve essere lì, dove c'è quel movimento di persone.

Suzana andò lì e in effetti era il luogo della chiesa. Era piuttosto semplice e modesta, una parte era ancora in costruzione. Scesero dall'auto e subito una donna venne a salutarle:

— Buonasera! Benvenute!

— Grazie — risposero.

— È la prima volta che venite qui?

— Sì — rispose Suzana.

— Quali sono i vostri nomi?

— Io sono Suzana e questa è mia figlia Elizabete.

— Suzana ed Elizabete, è un piacere avervi con noi.

— Grazie per l'attenzione — rispose Suzana.

— Prego, entrate e sedetevi.

Non appena entrarono in chiesa, Suzana ed Elizabete furono salutate da Luciano:

— Benvenute!

— Grazie! — risposero.

Elizabete disse:

— Ti ricordi di noi?

— Fammi vedere... Penso di sì, tu sei Suzana, la moglie del tipo che ha discusso con me?

— Sì. Che brutto ricordo. — Suzana sorrise.

Luciano sorrise e disse:

— L'episodio è stato brutto, ma è servito ad aiutarmi a ricordare. E tu devi essere sua figlia.

Guardando Elizabete, Luciano pensò:

« Wow! Che bella ragazza! »

Elizabete rispose:

— Sì! Mi chiamo Elizabete, ma puoi chiamarmi Liza. — Elizabete cercava di stabilire una conversazione più intima con Luciano.

— Va bene, Liza.

Qualcuno si avvicinò a loro e disse qualcosa a Luciano.

Lui parlò con Suzana ed Elizabete:

— Suzana e Liza, stiamo per iniziare il culto. Alla fine, parliamo di più, va bene?

— Sì — risposero.

— Prego, sedetevi. Avete portato una Bibbia?

— No — rispose Suzana.

— Allora, prendete la mia e segnate un posto accanto a voi per me.

Elizabete rimase affascinata dalla disponibilità di Luciano. Disse:

— Grazie mille! Sei molto gentile.

— Di niente! È il minimo che possa fare per le mie ospiti.

— Grazie — rispose Suzana.

— Ora, scusatemi.

— Prego — rispose Suzana.

Elizabete non si trattenne e disse:

— Mamma, è incredibile!

— È molto educato e gentile.

Il culto iniziò con una preghiera e poi furono cantati alcuni inni. Luciano era uno dei cantanti.

Dopo i canti, Luciano si avvicinò a Suzana ed Elizabete.

Il pastore Gilberto prese la parola. Era un uomo di

quarantanove anni, con circa vent'anni di ministero pastorale. Era un uomo nero, alto, con la pelle scura, occhi castano scuro e calvo.

— Saluto tutti con la pace del Signore Gesù Cristo.

Tutti risposero:

— Amen.

— Questa sera abbiamo qui due visitatrici invitate da nostro fratello Luciano. Per favore, alzatevi, Suzana ed Elizabete.

Si alzarono e il pastore continuò:

— Siamo tutti molto felici della vostra venuta. E Dio è ancora più felice. Benvenute.

— Grazie — risposero.

In quel momento fu suonata una musica e praticamente tutti in chiesa le salutarono. Suzana ed Elizabete rimasero sorprese dall'affetto di tutti.

Poi fu il momento della lettura della Bibbia. Luciano aprì la sua Bibbia e la consegnò a Suzana ed Elizabete dicendo:

— Potete leggere. Seguirò sul mio cellulare.

— Grazie — rispose Elizabete.

E il testo letto fu Ecclesiaste capitolo tre, versetti uno all'otto:

— 1 Per tutto c'è il suo tempo, c'è il suo momento per ogni cosa sotto il cielo: 2 un tempo per nascere e un tempo per morire, un tempo per piantare e un tempo per sradicare ciò che è piantato, 3 un tempo per uccidere e un tempo per guarire, un tempo per demolire e un tempo per costruire; 4 un tempo per piangere e un tempo per ridere, un tempo per fare cordoglio e un tempo per ballare, 5 un tempo per gettar via pietre e un tempo per raccoglierle, un tempo per abbracciare e un tempo per astenersi dagli abbracci; 6 un tempo per cercare e un tempo per perdere, un tempo per conservare e un tempo per buttar via, 7 un tempo per strappare e un tempo per cucire, un tempo per tacere e un tempo per parlare; 8 un tempo per amare e un tempo per odiare, un tempo per la guerra e un tempo per la pace.

Gilberto continuò:

— Fratelli e sorelle, questo testo è molto conosciuto. Ci offre un'ottima riflessione sul tempo in cui tutto deve accadere. Il testo mostra che c'è un tempo determinato per tutte le cose. Spesso vogliamo che tutto accada nel nostro tempo e dimentichiamo che tutto è nel tempo di Dio. Durante le nostre vite abbiamo diversi momenti di sofferenza e chiediamo a Dio la soluzione dei nostri problemi. Spesso vogliamo che sia immediato, secondo il nostro bisogno. Tuttavia, per Dio, tutto ha il suo tempo opportuno, che è molto meglio del nostro tempo.

Durante tutta la predica, il pastore parlò della fiducia nel tempo di Dio e nella sua azione al momento giusto. Fu una predica molto toccante per Suzana, che riuscì a capire un po' del tempo di angoscia che la sua famiglia stava vivendo.

Dopo la fine del culto, Luciano parlò con Suzana ed Elizabete:

— Cosa ne pensate della nostra chiesa?

Elizabete disse:

— Penso che sia la prima volta che vengo in una chiesa evangelica. Mi è piaciuta molto.

Suzana disse:

— È la seconda volta in una chiesa evangelica. E mi è piaciuta qui. Sono stata in un'altra dove tutto sembrava molto superficiale, tutti sembravano interessati solo a ricevere qualcosa da Dio. Sai com'è?

— Purtroppo, lo so. Sono chiese basate su benedizioni, beni materiali, in generale predicano solo ciò che soddisfa i desideri delle persone.

— È stato più o meno così. E vendevano anche amuleti

sacri.

— Questo è qualcosa completamente fuori dai sentieri di Dio. Dio ci dà la libertà di cercarlo dove e come siamo. Non abbiamo bisogno di nessun oggetto per avvicinarci a Dio. Inoltre, le benedizioni di Dio non sono legate all'oggetto. Sono legate alla nostra obbedienza e al piano di Dio nelle nostre vite.

Suzana rimase impressionata dalle parole di Luciano:

— Luciano, sai così tante cose. E parli in modo così coinvolgente.

Luciano sorrise e disse:

— Grazie. Cerco di fare del mio meglio. Perché quando facciamo qualcosa per Dio, deve essere il nostro meglio.

Anche Elizabete lo elogiò:

— Sei incredibile!

— Grazie, Liza. Ora, vi presento il nostro pastore.

I tre andarono in un'altra parte della chiesa dove si trovava il pastore Gilberto. Luciano lo chiamò:

— Pastore Gilberto, queste sono le nostre visitatrici. Suzana ed Elizabete.

— Piacere di conoscervi!

— Il piacere è nostro — risposero.

— Vivete da queste parti?

Suzana rispose:

— No. Viviamo nella zona nord della città.

— È un po' lontano. E come avete saputo della nostra chiesa?

— Abbiamo conosciuto Luciano a un evento in una piazza.

— Ah, sì! Organizziamo sempre questi eventi per annunciare la parola di Dio e invitare le persone a conoscere un po' di più del nostro lavoro.

— Da quello che ho visto quel giorno, è un lavoro molto interessante.

— È interessante e dà frutti, dopotutto, siete venute a conoscerci. — Gilberto sorrise.

— È vero. — Anche Suzana sorrise.

Un'altra persona si avvicinò a loro e chiamò Gilberto, che disse:

— Scusatemi, devo risolvere una questione.

— Va bene.

— È stato un piacere e spero che torniate.

— Torneremo.

Gilberto se ne andò e subito dopo arrivò un'adolescente

bianca che abbracciò Luciano dicendo:

— Luciano!

— Ciao, Aline!

Luciano disse:

— Suzana e Liza, questa è mia cugina Aline. Cioè, è quasi una sorella.

Aline salutò Suzana ed Elizabete con un abbraccio dicendo:

— Piacere di conoscervi!

— Il piacere è nostro! — risposero.

— Siete di un'altra chiesa? — chiese Aline.

— No — rispose Suzana. — In realtà, non apparteniamo a nessuna chiesa.

Aline rispose con entusiasmo:

— Allora, sappiate che siamo sempre a braccia aperte per voi!

— Grazie.

— E tornate più spesso!

— Torneremo sicuramente! — disse Elizabete guardando Luciano.

Luciano rafforzò l'invito:

— Sarete molto benvenute.

— Grazie per la gentilezza — rispose Elizabete.

— Molte grazie — aggiunse Suzana.

— Ora — disse Luciano. — Scusatemi, devo organizzare alcune cose.

— Va bene — disse Suzana. — Liza, dobbiamo andare anche noi.

Suzana si congedò da Luciano:

— Luciano, grazie mille per l'invito e l'attenzione.

— Grazie mille, Luciano. — aggiunse Elizabete.

— Grazie per la vostra visita.

— Alla prossima — disse Elizabete.

— A presto!

Luciano si allontanò, loro si congedarono da Aline e se ne andarono.

Non ce la faccio più

Il giorno seguente, a colazione, Carlos parlava con Suzana:

— Com'è andata ieri? Quanto hai dovuto donare? — disse ironicamente.

— Non ho dovuto donare nulla.

Carlos continuò con l'ironia:

— E quali erano gli amuleti in vendita?

— Non c'era nessun amuleto. Carlos, non tutte le chiese sono uguali a quella.

— Questo non lo so. Per me, sembra tutto uguale.

— Come ha detto Luciano, ti sei deluso lì e ora pensi che sia tutto lo stesso.

Carlos rispose con indignazione:

— Ah! Quindi ora stai anche usando le parole di quel bigottino?

— Carlos, non essere ridicolo! Sto solo dicendo qualcosa che è chiaro.

— Per me, l'unica cosa chiara è la tua volontà di difendere quel ragazzo.

Suzana si irritò per le parole di Carlos e disse in tono più aggressivo:

— In effetti, lo sto difendendo! Quel giorno stava facendo il suo lavoro e tu sei stato molto scortese.

— L'ho già detto! Ho solo difeso il mio punto di vista e la mia esperienza.

— Quindi, quello era solo il tuo punto di vista e la tua esperienza?

— Sì.

— Allora, anche Luciano ha difeso il suo punto di vista e la sua esperienza. Se tu puoi, anche lui può.

Carlos rimase senza parole e cercò di cambiare discorso:

— Ma nel mio caso è diverso! Sono stato ingannato.

Suzana sospirò e disse:

— Carlos, fin dall'inizio avevo detto che quel posto non sembrava buono. E tu hai insistito.

— Avevo speranza che tutto sarebbe andato bene lì.

— Ma non è andata bene. E non significa che tutti i posti siano così. Quindi, basta parlare di questo.

— Va bene! Mi fermo.

— È meglio fermarsi, perché io e Liza torneremo lì.

— Tornare, perché?

— Ci è piaciuto il posto e le persone.

— Fate come volete. Resterò a casa.

— Ultimamente, penso che tu stia troppo a casa.

Carlos sospirò e disse:

— Purtroppo, non ho voglia di fare nulla.

— Ma non puoi stare così!

— Suzana, ci provo, ma non ci riesco! Ho voglia di stare sempre tranquillo e senza fare nulla.

Suzana si alzò, abbracciò Carlos e disse:

— Sono con te, ti darò forza.

— Grazie, Suzana. Senza di te non ce la farei.

Carlos era molto depresso per tutto quello che stava succedendo e Suzana era il suo sostegno nella sua angoscia.

...

Come aveva detto, Suzana ed Elizabete tornarono alla chiesa di Luciano e ascoltarono nuovamente una parola toccante per le loro vite. Alla fine del culto, Luciano si avvicinò con due Bibbie e disse:

— Suzana e Liza, ecco due Bibbie per voi, così potete seguire qui e leggere a casa. Insieme a loro c'è un biglietto con il mio numero di telefono, nel caso abbiate qualche dubbio.

Rimasero impressionate dal gesto di Luciano. Suzana lo abbracciò e disse:

— Grazie mille, Luciano!

Anche Elizabete lo abbracciò dicendo:

— Sei un angelo nelle nostre vite.

Luciano sorrise e disse:

— Grazie. Voglio solo aiutare.

Erano molto felici per il regalo e per la disponibilità di Luciano ad aiutarle. Luciano era impegnato a farle conoscere di più il cammino di Dio.

Suzana ed Elizabete andavano in chiesa di tanto in tanto, un giorno parlarono con Luciano e gli spiegarono la situazione di Carlos. La sua malattia, i trattamenti fatti, cosa era successo nell'altra chiesa.

Luciano diceva sempre loro che dovevano avere fede nell'azione di Dio, perché lui stesso era stato testimone dell'azione di Dio nella sua vita, ma non dava dettagli su come fosse successo.

...

Dopo aver completato il secondo ciclo di chemioterapia, Carlos fece nuovi esami per verificare la sua situazione. Lui e Suzana erano nello studio medico, parlando con Lucas:

— Dottore, come sto?

— Carlos, questa volta il tuo trattamento si è rivelato

molto efficace, i tumori sono stati ridotti a livelli minimi, ci sono solo alcune particelle nel tuo cervello.

— Hai detto che sono stati ridotti? — Carlos si rattristò per questa risposta. — Quindi, vuol dire che ho ancora il cancro?

— Sì, sono stati ridotti e sono minuscoli.

— Il mio trattamento non ha funzionato?

— Ha funzionato sì. Non hai avuto danni alle cellule cerebrali e...

— Nessun danno? — disse Carlos con le lacrime. — Guarda il mio stato! Calvo, magro, con un affare attaccato alla mia testa. Se questi non sono danni, cosa sono?

Suzana abbracciò Carlos e disse:

— Calma, amore mio. Hai avuto buone notizie.

— Buone per chi?

— Buone notizie per noi. Hai reagito bene al trattamento.

— In realtà, sono sopravvissuto al trattamento.

Lucas cercava di incoraggiare Carlos:

— Carlos, i tuoi risultati sono molto promettenti. Con un altro ciclo dovresti eliminare tutti i residui di tumore.

— Un altro ciclo? Non ce la faccio!

— Carlos! — disse Suzana. — Devi continuare il trattamento per guarire.

— Guarire per cosa? Per avere altri tumori e fare altra chemioterapia.

— Non pensare così!

— E cosa dovrei pensare?

Carlos era inconsolabile per la sua situazione e cominciò a piangere. Per quanto Suzana e Lucas parlassero, non riusciva a trovare alcun conforto. Dopo qualche istante di pianto, disse:

— Non farò più nessun trattamento!

Suzana disse:

— Carlos! Sei impazzito?

— No! Sto perfettamente bene. Non farò la chemioterapia, non farò più nulla. Se devo morire, morirò, e che sia veloce!

Suzana rimase scioccata nel sentire questo e con le lacrime disse:

— Non puoi fare questo, Carlos! Non puoi lasciarmi!

— Se me ne vado, sarà meglio per te e per tutti!

Le lacrime di Suzana aumentarono e lei disse:

— Smettila di dire così!

Carlos era deciso, si alzò e disse:

— Dottor Lucas, grazie mille per tutto quello che ha fatto, ma ora è finita.

Suzana lo trattenne, ma lui si liberò e uscì dallo studio. Lei si alzò per seguirlo, ma Lucas disse:

— Suzana, lascialo andare.

— Ma dottore!

— Ti spiego. Ma prima, asciuga le tue lacrime.

Lucas diede una scatola di fazzoletti a Suzana, che asciugò le sue lacrime e cercò di calmarsi.

— Suzana. Questa è una reazione molto comune nei pazienti con cancro. Carlos è depresso e scoraggiato dal trattamento, anche con i progressi che sono stati fatti.

— E cosa faremo?

— Ora, è meglio lasciarlo pensare.

— E se si mantiene fermo e non vuole fare il trattamento?

— Suzana, ho già curato molti pazienti, e loro tornano sempre.

— Ne sei sicuro?

— Sì. Se Carlos rimane senza trattamento, i tumori possono crescere di nuovo, influenzare le sue funzioni cerebrali e causare i sintomi che ha già provato. Con questo, vorrà tornare al trattamento.

Suzana si sentì un po' più sollevata e disse:

— Spero che torni al trattamento.

— Abbi speranza e fede, tornerà.

Suzana si alzò e abbracciò Lucas dicendo:

— Grazie per il tuo supporto, dottore, ero molto angosciata.

— È il minimo che posso fare per voi. Il trattamento del cancro non è facile né per il paziente né per la famiglia.

— E ora, pensi che dovrei andare dietro a Carlos?

— Penso di no. Ha bisogno di stare un po' da solo per pensare alla sua situazione.

— Ma non è pericoloso nello stato in cui si trova?

— Fisicamente, sta bene. Secondo gli esami, tutte le funzioni sono a posto.

— Bene. Lo lascerò stare.

— Potrebbe essere che nei prossimi giorni non voglia parlare con nessuno. Da questo spazio.

— Va bene, ci proverò. E grazie ancora.

— Prego.

Suzana uscì dallo studio e nella sua auto pianse di

nuovo. Era disorientata per la decisione di Carlos. Pensò:

« Cosa farò ora? Mio Dio! Dio... È così! Chiederò l'aiuto di qualcuno che ha un buon contatto con Dio. Forse Luciano può aiutarmi. »

Suzana lo chiamò:

— Pronto, Lu... Luciano? — Suzana aveva la voce tremante per il pianto.

— Sì. Chi parla?

— Sono... Suzana.

Luciano percepì il pianto nella voce e disse:

— Cosa è successo?

— È mio marito.

— Sta bene?

— Sì. Cioè, più o meno.

— Suzana, posso incontrarti da qualche parte? Sarà meglio parlare.

Suzana fu molto felice per l'invito di Luciano e disse:

— Grazie mille! Ho bisogno di parlare con qualcuno. Puoi venire qui? Non so se riesco a guidare.

— Sì, inviami l'indirizzo sul mio cellulare.

Suzana inviò la sua posizione a lui. Circa venti minuti dopo, era già arrivato. Quando lo vide, Suzana andò da

Luciano e lo abbracciò.

— Grazie mille per essere venuto!

— Calmati. Andrà tutto bene. Andiamo in quella piazza così mi spieghi cosa è successo.

Andarono in piazza, si sedettero e Luciano iniziò la conversazione:

— Cosa è successo?

— Mio marito vuole rinunciare al trattamento.

— Vuole rinunciare a quello che sta facendo e iniziare un altro?

— No! Vuole rinunciare e non fare nessun trattamento.

— Ma perché ha deciso questo?

— È nel secondo ciclo di chemioterapia e i farmaci non hanno eliminato completamente i tumori. Il medico ha detto che i risultati erano già ottimi, ma mio marito non vuole continuare il trattamento. Vuole lasciare che la malattia avanzi e morire presto! — Suzana iniziò a piangere di nuovo.

Luciano le tenne le mani e disse:

— Piangi. Tira fuori tutta la tua angoscia.

Suzana pianse per qualche istante e quando si riprese, disse:

— E cosa farò?

— Suzana, ora devi lasciarlo solo. Sta provando qualcosa che nessuno può capire, il desiderio di morire e porre fine alla sua sofferenza.

— E come sopporterò questo? Resterò senza fare nulla?

— No. Farai la cosa migliore che chiunque possa fare.

— Cosa?

— Consegnerai il tuo fardello a Gesù.

— Cosa significa esattamente?

— Gesù disse: Venite a me, voi tutti che siete affaticati e oppressi, e io vi darò riposo. Prendete su di voi il mio giogo e imparate da me, perché io sono mansueto e umile di cuore, e voi troverete riposo per le anime vostre; poiché il mio giogo è dolce e il mio carico è leggero[5].

— E cosa significa esattamente?

— Significa che devi chiedere aiuto a Gesù, affinché ti dia sollievo e riposo.

— E c'è una preghiera standard?

— No. Devi dire tutto ciò che il tuo cuore desidera dire.

— E può essere ora?

— Certo! Dammi le tue mani e chiudi gli occhi. Ora di'

---

[5] Matteo 11:28-30

quello che il tuo cuore desidera.

— Gesù, sono disperata. Non riesco a sopportare questa situazione con mio marito. Ho bisogno del tuo aiuto per continuare. Ho bisogno di forza, perché da sola non ce la faccio più! Per favore, aiutami!

— Amen.

— Ho fatto bene?

— Non c'è giusto o sbagliato, c'è solo la voce del cuore e dell'anima. Ora respira profondamente e vai avanti, perché Dio è con te.

— Grazie, Luciano. È stato molto bello parlare con te.

— Sono a disposizione per qualsiasi cosa di cui hai bisogno.

— Ora, penso di poter andare a lavorare.

— Vai e cerca di distrarti.

— Ci proverò. Luciano, grazie ancora. Se non avessi parlato con te, non so cosa mi sarebbe successo.

— È il mio dovere come cristiano. Portare l'amore di Gesù a chi ne ha bisogno. E ricorda, puoi chiedere aiuto direttamente a Dio, Lui è sempre disponibile.

— Chiederò, sicuramente.

— Alla prossima.

— A presto!

Suzana andò al lavoro in pace. Si sentì sollevata da tutta quella pressione che stava provando. Per la prima volta dopo tanto tempo, poté avere una giornata tranquilla. Tutto il tempo pensava:

« La mia preghiera è stata ascoltata. Grazie mille, Gesù! »

...

Dopo essere uscito dallo studio di Lucas, Carlos entrò in un taxi e andò a casa sua. Elizabete era all'università. Si sedette nel suo ufficio e sul suo computer vide tutti quei soldi sul suo conto (era un saldo con otto cifre[6]) e pensò:

« A cosa serve tutto questo? Se non posso guarire. Che differenza fanno questi soldi ora? »

Carlos iniziò a piangere e disse:

— Una persona povera e senza malattia è molto più felice di me con tutti questi soldi!

Carlos guardò intorno e vide una foto della famiglia durante la gita alla fattoria. Prese la cornice e disse:

— Perché non ho avuto più momenti come questo nella mia vita? Ho sempre voluto avere tutto e ho lasciato passare

---

[6] Un saldo con otto cifre in Real brasiliani significa essere ricchi. Sono più di dieci milioni di Real. È circa due milioni di dollari statunitensi o euro.

la cosa più importante, la mia famiglia.

Carlos si chinò sul tavolo e pianse amaramente. Dopo qualche istante disse:

— Forse merito davvero di morire! Sono stato un pessimo marito e un pessimo padre. Ho lasciato passare tante cose importanti. E mi sono lasciato trasportare da tante cose inutili. Mi preoccupavo solo di divertirmi, bere e donne.

In quel momento, Carlos pensava di aver sprecato la sua vita.

— Avrei dovuto prestare più attenzione alla mia famiglia, ma non l'ho fatto. Tutte quelle feste non mi hanno portato a nulla! Quando morirò, forse mia moglie troverà un altro uomo, migliore di me. E forse, lui presterà più attenzione a mia figlia.

Carlos aveva molti rimpianti, pentimenti e una tristezza mortale. Per lui, la sua vita era già finita e mancava solo la sua morte. Dopo molto pianto, Carlos andò in camera sua e si sdraiò, ma non riuscì a dormire. La sua mente era inondata da molti pensieri e angosce. Per cercare di dormire, cercò dei farmaci, trovò un ansiolitico che aveva consumato in un'altra occasione. Carlos vide che il farmaco era scaduto e pensò:

« L'effetto deve essere diminuito, quindi prenderò una dose extra. »

Carlos prese tre compresse e circa trenta minuti dopo riuscì ad addormentarsi.

Qualche ora dopo, Elizabete tornò a casa e si accorse che suo padre era lì, vide il computer dell'ufficio ancora acceso e poi cercò suo padre, lo trovò addormentato e lo lasciò stare.

Qualche ora dopo, Suzana tornò a casa e parlò con Elizabete in salotto:

— Tuo padre è a casa?

— Sì, sta dormendo da quando sono arrivata.

— Liza, devo dirti una cosa molto seria.

— Oh, mamma! Non mi piace questo tono.

— Tuo padre sta attraversando un momento delicato.

— Cosa è successo?

— Il medico ha valutato gli esami e ha visto che i tumori erano minuscoli, e avevano bisogno di più tempo di chemioterapia per essere eliminati completamente.

Elizabete disse con entusiasmo:

— È fantastico, mamma!

— Ma tuo padre non la pensa così. Ha detto che interromperà il trattamento e vuole morire presto.

Elizabete si rattristò e disse:

— Oh no! Mio padre non farà questo.

— Nemmeno io voglio che lo faccia. Ma non mi ha ascoltato.

— E cosa farai?

— Il medico mi ha spiegato che è qualcosa che succede ad alcuni pazienti, ma poi tornano al trattamento.

— Spero che mio padre torni al trattamento il prima possibile.

— Inoltre, oggi è successo qualcosa di molto bello per me.

— Cosa, mamma?

— Dopo essere uscita dallo studio, ero disperata e triste. Ho chiamato Luciano, mi ha incontrata e abbiamo parlato un po'. Mi ha parlato di un passo della Bibbia, sul sollievo di Gesù dal nostro fardello e sul riposo.

— È vero, mamma, hai bisogno di sollievo. Hai passato tante cose.

— Dopo questo, ho fatto una preghiera chiedendo a Gesù di aiutarmi. E la mia giornata è stata trasformata da quel momento. Mi sono calmata e sollevata. È stato come togliere un peso dalle mie spalle.

— Wow, mamma! È incredibile!

— È stato davvero incredibile. Sono sicura che Gesù ha ascoltato la mia preghiera e mi ha aiutata.

— Conoscere Luciano è stato fantastico per noi!

— È una persona meravigliosa. È uscito da dove si trovava, mi ha incontrata e mi ha ascoltata.

— È una persona amorevole.

— È vero! Ora vado a vedere come sta tuo padre.

— Va bene.

Suzana andò nella sua stanza e Carlos stava ancora dormendo. Pensò:

« È molto stanco di tutto questo. »

Poi Suzana guardò il comodino e vide la confezione di compresse con tre unità aperte, pensò:

« Non può essere! »

Immediatamente cercò di svegliare Carlos scuotendolo e chiamandolo:

— Carlos, svegliati! Carlos! Svegliati!

Carlos non aveva alcuna reazione. Suzana mise l'orecchio sul petto di Carlos e si accorse che i suoi battiti erano molto lenti. Gridò a Elizabete:

— Liza, vieni qui! — disse disperata.

— Cosa c'è, mamma?

— Chiama un'ambulanza! Tuo padre ha preso dei sonniferi e non si sveglia!

— Perché l'ha fatto?

— Non lo so! Chiama subito l'ambulanza!

Elizabete chiamò il pronto soccorso e pochi minuti dopo arrivarono a casa loro. Dopo le procedure iniziali, uno dei soccorritori disse a Suzana:

— Tuo marito ha avuto un'overdose con questo farmaco. Per questo, i battiti sono molto deboli, dobbiamo portarlo in ospedale per disintossicarlo.

— E c'è qualche rischio per lui?

— Apparentemente, no. I battiti sono stabili. Ma deve tornare alla normalità.

— Grazie a Dio! — disse Suzana sollevata.

Carlos fu portato in ospedale e furono eseguiti i procedimenti per la disintossicazione. Dopo essersi svegliato, Suzana ed Elizabete furono chiamate. Non appena entrarono nella stanza, entrambe lo abbracciarono e iniziarono a piangere. Suzana disse:

— Carlos, non voglio restare senza di te! Perché hai fatto questo?

Suzana pensava che Carlos avesse tentato il suicidio.

— Papà, non farlo mai più!

— Cosa ho fatto?

Carlos non capiva ancora cosa fosse successo.

— Carlos, sei quasi morto!

— Ma come?

— Con la tua overdose di sonniferi!

— Cosa? Overdose?

— Sì! Hai preso tre compresse tutte insieme. Volevi ucciderti?

— Morire non sarebbe così male.

— Smettila, papà! Non dire mai più una cosa del genere!

— Ma non le ho prese con l'intenzione di uccidermi, era solo per dormire.

Suzana disse:

— E avevi bisogno di tre compresse?

— Erano scadute, pensavo che avessero perso efficacia.

Il medico arrivò e disse:

— Buonasera. Quello che sta dicendo è un pensiero molto comune, ma è sbagliato.

— Buonasera — risposero.

— Come sarebbe, dottore? — chiese Carlos.

— Un farmaco ha un'efficacia garantita fino alla data di scadenza. Ma dopo, non è una regola che perda efficacia e diventi più debole.

— Wow! Quindi i farmaci che ho preso potevano avere il cento per cento di efficacia?

— Potevano.

— Non l'avrei mai immaginato!

— Nessuno lo immagina. Ma perché ha preso i farmaci?

— Non riuscivo a dormire, e pensavo che mi avrebbero aiutato.

— Non ti hanno fatto dormire, hanno causato un brusco calo della tua attività cardiaca e cerebrale. È stato come se fossi svenuto per un lungo periodo. Sei stato molto fortunato che tua moglie se ne sia accorta e abbia chiamato i soccorsi.

— Mia moglie si prende sempre cura di me.

— Dottore — disse Suzana. — Va tutto bene con mio marito?

— Sì. La disintossicazione è stata eseguita e può tornare a casa.

— Grazie mille.

— Prego.

Il medico uscì dalla stanza e Carlos disse:

— Ti ho detto che non stavo cercando di uccidermi. Ho solo sbagliato la dose del farmaco.

Suzana guardò Carlos negli occhi e disse:

— Per l'amor di Dio, non fare mai più nulla del genere!

— Ci proverò.

— Papà, non ci proverai. Non farai mai più nulla del genere!

— Va bene! Visto che insistete.

Carlos acconsentì, ma dentro di sé pensava:

« Se morissi così, non sarebbe così male. Non ho sentito alcun dolore. In realtà, ho sentito un grande sollievo mentre ero incosciente. Per un momento, non mi sono preoccupato di nulla. È stato meraviglioso. »

Tutti tornarono a casa. Suzana non commentò nulla sull'accaduto nello studio medico, poiché aveva deciso di dare tempo e spazio a suo marito. Carlos rimase con quel pensiero suicida, immaginando come sarebbe stato morire e porre fine alla sua sofferenza.

La vita continua

Il giorno seguente, alzandosi, Suzana ricordò tutto ciò che era accaduto il giorno precedente e fece la seguente preghiera:

— Dio, dammi la forza di sopportare un altro giorno. Signore, aiutami ad affrontare tutto e a non scoraggiarmi. Amen.

Dopo che Suzana ed Elizabete erano uscite, Carlos si alzò e iniziò a camminare avanti e indietro per la casa, pensando a come sarebbe stato il suicidio e a come porre fine alla sua sofferenza:

« Come sarà liberarsi da tristezza? Se muoio, non mi succederà nulla. Semplicemente smetterò di esistere e basta! Sembra una buona idea, visto che morirò comunque! »

Cercò i farmaci che aveva usato, ma non li trovò. Non c'erano farmaci più forti, solo analgesici di base. Carlos pensò:

« Dannazione! Suzana deve aver avuto paura e ha buttato via tutto! Penso che dovrò considerare altre opzioni... »

...

Elizabete stava uscendo dall'università, entrò nella sua

auto e vide la Bibbia che Luciano le aveva dato. Pensò:

« Dio, la situazione a casa è così complicata. Per favore, aiutami. »

Aprì la Bibbia a Geremia, capitolo 29, versetti 11 e 12:

— 11 Infatti io so i pensieri che medito per voi, dice il Signore, pensieri di pace e non di male, per darvi un avvenire e una speranza. 12 Voi m'invocherete, verrete a pregarmi e io vi esaudirò.

— Sì, Dio, ho davvero bisogno di un futuro e di una speranza.

Dopo la lettura, Elizabete poté avere più speranza nel miglioramento della sua situazione.

...

Nonostante le sue preoccupazioni, Suzana riuscì ad avere una giornata normale. Con molto lavoro, ma tutto ben gestito e senza sovraccarichi.

Alla fine della giornata, tornando a casa, Suzana trovò Carlos sdraiato nella stanza e disse:

— Come stai?

— Come al solito — rispose con scoraggiamento.

— Cosa hai fatto durante il giorno?

— Non ho fatto nulla di speciale.

— Dovresti fare qualcosa per distrarti. Stare tutto il giorno senza fare nulla è molto negativo.

— Suzana, per quanto ci provi, non riuscirò a distrarmi. Penso sempre alla stessa cosa.

— Al tuo trattamento?

— No, penso a trovare sollievo da questa angoscia.

Suzana non rispose immediatamente, poiché sapeva che non avrebbe dovuto insistere perché Carlos continuasse il trattamento. Dopo aver pensato un po', disse:

— Ti aiuterò a migliorare questa angoscia.

— E come puoi farlo?

— Standoti accanto.

Suzana si sdraiò e lo abbracciò.

— Grazie, Suzana, stai facendo tutto il possibile per aiutarmi. Ma questa angoscia non è così facile da curare.

Carlos si voltò dall'altra parte. Percependo la tristezza di suo marito, lei lo baciò e disse:

— Ti amo! Se hai bisogno, chiamami.

— Ti amo anch'io.

Suzana uscì dalla sua stanza e andò nella stanza di Elizabete, che stava studiando.

— Liza, come stai?

— Sto bene, mamma, e tu?

— Sto bene anch'io. Oggi, ancora una volta, Dio ha risposto alla mia preghiera.

— E com'è andata?

— Appena mi sono svegliata, ho chiesto l'aiuto di Dio per sopportare un altro giorno. E tutto è andato bene.

— Fantastico, mamma! Questo accade perché Dio ha piani di pace per noi, per darci un futuro e una speranza.

Suzana rimase impressionata dalle parole di Elizabete e disse:

— Uhm! Dove hai imparato questo? Hai chiamato Luciano e vi siete incontrati?

— Magari. L'ho imparato leggendo la Bibbia.

Suzana abbracciò Elizabete e disse:

— Fantastico, figlia mia! Dio ci sta aiutando in questo momento.

— Sì.

Elizabete si alzò, chiuse la porta della sua stanza e disse:

— Mamma, pensi che papà abbia davvero cercato di uccidersi?

— Dice di no. E in parte, gli credo.

— E perché in parte non gli credi?

— Tuo padre è molto disperato e depresso. Dopo che ha rinunciato al trattamento, non dubito più di nulla.

— Sì, papà è diverso da quando ha scoperto questa malattia.

— È vero. Alcune cose sono migliorate, come la nostra famiglia. Ma altre sono peggiorate.

Elizabete abbracciò Suzana e disse:

— Ma resteremo forti, mamma! Tutto migliorerà!

— Dio ci aiuterà.

— Lui ci aiuterà. Dio ha piani di pace.

Suzana ed Elizabete cercavano di avere fede in giorni migliori, perché i giorni attuali non sembravano buoni.

Nei giorni seguenti, Carlos continuò con la sua angoscia e tristezza. Tuttavia, mise da parte i pensieri suicidi. Ma continuava fermo nell'idea di non fare più il suo trattamento, cosa che angosciava molto sua figlia e sua moglie.

Suzana ed Elizabete andarono di nuovo alla chiesa di Luciano. Come sempre, furono molto ben accolte da lui e da tutti. Durante la lettura della Bibbia fu letto il testo di Genesi, capitolo 41, versetti 50-52:

— 50 Prima che venisse il primo anno della carestia,

nacquero a Giuseppe due figli, che Asenat, figlia di Potifera, sacerdote di On, gli partorì. 51 Giuseppe chiamò il primogenito Manasse, perché disse: « Dio mi ha fatto dimenticare ogni mio affanno e tutta la casa di mio padre ». 52 Il secondo lo chiamò Efraim, perché, disse: «Dio mi ha reso fecondo nel paese della mia afflizione. »

Poi il pastore Gilberto iniziò la predica:

— Fratelli e sorelle, la storia di Giuseppe è molto conosciuta. In sintesi, Giuseppe era il figlio più giovane di Giacobbe ed era il suo preferito. I suoi fratelli erano invidiosi di lui, quindi lo vendettero come schiavo agli egiziani. Giuseppe finì nella casa di Potifar, dove era uno schiavo molto rispettato dal suo padrone. La moglie di Potifar cercò di sedurre Giuseppe, ma lui temeva Dio e fuggì da lei. Nonostante ciò, la donna lo accusò di abuso e Giuseppe fu portato in prigione. In prigione, Giuseppe fu messo a guardia degli altri prigionieri. E interpretò i sogni di due servitori del faraone e la rivelazione si avverò. Tempo dopo, il faraone ebbe dei sogni e si turbò, Giuseppe fu chiamato e interpretò tutto ciò che Dio aveva rivelato al faraone. Questa interpretazione fece sì che Giuseppe fosse onorato dal faraone. Giuseppe fu nominato governatore dell'Egitto, il secondo uomo più importante del paese.

Suzana pensò:

« Che svolta nella vita di Giuseppe. »

Gilberto continuò:

— La storia di Giuseppe mostra quanto Dio si prenda sempre cura di chi è fedele a Lui. Giuseppe passò attraverso molte cose negative, ma fu sempre fedele a Dio e fu benedetto. E alla fine della storia, Giuseppe fu responsabile della salvezza della sua famiglia, fornendo cibo a tutti. Fratelli e sorelle, Dio ha piani per tutti noi, possiamo non capire questo piano, ma Dio dirige i nostri cammini per il meglio nelle nostre vite. Ai nostri occhi può sembrare qualcosa di negativo e inspiegabile, ma agli occhi di Dio è un cammino che ci mostrerà qualcosa nelle nostre vite. Alcune prove sono lunghe, sembrano interminabili. Tra la vendita di Giuseppe e la sua ascesa a governatore passarono circa tredici anni di attesa. E vediamo che Giuseppe rimase fermo per tutto il tempo. Non cedette mai alle circostanze e non si lamentava con Dio.

Gilberto continuò a parlare del piano di Dio nella vita delle persone e di come la sua realizzazione mostra sempre che quel cammino è il migliore.

Alla fine del culto, Luciano chiamò Gilberto e gli chiese di pregare per Suzana ed Elizabete. Gilberto pregò per loro e chiese a Dio di dare loro forza e di aiutare Carlos in questo momento così delicato.

Dopo la preghiera, Gilberto disse a Luciano:

— Luciano, potresti parlare con Carlos.

Luciano si stupì e disse:

— Io?

— Sì, tu.

— Impossibile! — Luciano fu enfatico nella sua risposta. — La prima volta che mi ha visto, ha voluto affrontarmi. Non mi ascolterà.

— Non ha voluto ascoltare il Luciano evangelista. Ma forse vorrà ascoltare la storia del Luciano sopravvissuto.

— Sono sicuro che non vorrà ascoltare nulla della mia storia.

Suzana ed Elizabete erano curiose di sapere quale fosse la storia di Luciano, ma preferirono non chiedere.

— Luciano, la tua storia è molto toccante. Sono sicuro che ti ascolterà.

— Pastore. Sono sicuro di no. Carlos è molto arrabbiato con la chiesa. Non vorrà nemmeno parlare con me.

— Devi comunque provare. Tu capisci come si sente.

Queste parole di Gilberto risvegliarono una certa sensibilità in Luciano:

— Capisco. Ci penserò e forse proverò a parlare con lui. Ma se non vorrà ascoltarmi, non potrò fare nulla.

— Se non ti ascolta, riprovi.

— Lei parla così perché non è al mio posto!

— Ora non sono al tuo posto, ma ci sono stato molte volte e ho visto cosa può fare Dio quando facciamo la nostra parte.

Di fronte a un argomento così forte, Luciano cedette:

— Va bene, pastore. Insisterò.

— Grazie. E sono certo che anche Suzana ed Elizabete apprezzano il tuo aiuto. Non è vero?

— Sì — risposero.

— Ora, scusatemi, ho alcune cose da risolvere.

— Va bene — risposero.

Gilberto andò in un'altra parte della chiesa. Elizabete disse a Luciano:

— Parlerai davvero con mio padre?

— Ci proverò. Non so se mi ascolterà.

Suzana disse:

— Non preoccuparti se non ti ascolta. Ultimamente, non ascolta nessuno.

— Tuo marito sta attraversando un momento molto delicato ed è difficile ascoltare ciò che dicono gli altri. Ma proverò a parlare con lui.

— Grazie mille — disse Suzana.

Mentre parlavano, Aline e Célia si avvicinarono. Luciano le vide, le abbracciò e disse:

— Ciao, Aline, ciao mamma.

— Ciao, Luciano — risposero.

Suzana notò che la madre di Luciano sembrava familiare.

Luciano presentò sua madre:

— Suzana e Liza, questa è Célia, mia madre.

Suzana pensò:

« Célia. Ho già sentito questo nome, ma non ricordo dove. »

Rispose:

— Piacere di conoscerti.

Anche Elizabete la salutò:

— Piacere.

— Il piacere è mio! — rispose Célia.

Luciano continuò:

— Non avevate ancora conosciuto mia madre perché è un autista di app e non è sempre disponibile durante gli orari dei culti.

In quel momento, Suzana si ricordò della conversazione che aveva avuto con Célia mentre tornava a casa. Pensò:

« Sono sicura che non si ricorda di me. Ci sono così tanti passeggeri. »

Célia disse:

— Suzana, penso di averti già vista da qualche parte.

— Sì. È passato più di un anno. Abbiamo parlato un po' e mi hai dato un volantino della chiesa. Mi scuso per non essere venuta prima.

— Non c'è problema. Sono sicura che è stato tutto secondo il piano di Dio. Lui ha pianificato che tu venissi ora.

— Deve essere come ha detto il pastore oggi, tutto ha un piano e un tempo per realizzarsi — rispose Suzana.

— Certamente.

Una persona si avvicinò a loro e chiamò Célia. Lei si congedò:

— Gente, scusatemi. Hanno bisogno di me.

— Va bene — risposero.

Célia e Aline andarono in un altro posto. Luciano continuò a parlare con Suzana ed Elizabete:

— Suzana, avevi già parlato con mia madre?

— Sì. Stavo tornando a casa. Abbiamo iniziato a parlare delle nostre famiglie e lei mi ha dato un volantino della chiesa. Ho promesso che sarei venuta a visitare, ma non l'ho mai fatto.

— Che vergogna, mamma!

— Sono rimasta solo alla promessa. Ma sono successe così tante cose che non sono riuscita a ricordare di venire qui.

— Non preoccuparti — disse Luciano. — Tutto ha il suo tempo. E parlando di tempo, devo provare a parlare con tuo marito, ma non so come fare.

— Per curiosità, perché il pastore ti ha chiesto di parlare con lui?

Luciano esitò all'inizio, ma rispose con un tono più triste:

— Ho attraversato un periodo molto complicato nella mia vita. Ho perso alcune persone importanti e ho sofferto molto. Sono uscito dalla chiesa, ero completamente scoraggiato. Il pastore mi ha chiesto di parlare con lui perché ho qualche esperienza in situazioni di angoscia e depressione.

— Capisco. Luciano, Liza e io penseremo a qualcosa per farvi incontrare.

— Penso sia meglio incontrarci tutti insieme.

— È vero. Dobbiamo controllarlo.

— È per questo che voglio tutti insieme. — Luciano sorrise.

— Lascia fare a me. Farò del mio meglio.

— Grazie.

— Luciano, sono io che ti ringrazio. Ora scusaci, dobbiamo andare.

— A presto, Suzana! A presto, Liza.

— Ciao, Luciano — risposero.

Suzana ed Elizabete se ne andarono pensando a come organizzare un incontro che coinvolgesse Carlos e Luciano, in modo che Carlos ascoltasse ciò che Luciano aveva da dire.

La storia della mia vita

Nei giorni seguenti, Suzana ed Elizabete cercavano di pensare a un modo per far sì che Carlos ascoltasse Luciano, ma questo incontro sembrava impossibile da realizzare. Nonostante le circostanze sfavorevoli, erano fiduciose nell'azione di Dio per far accadere l'incontro tra loro. Non sapevano come sarebbe successo, ma erano certe che sarebbe accaduto al momento giusto.

Tutto continuava allo stesso modo. Carlos era depresso e senza voglia di fare nulla. Suzana lavorava e chiedeva sempre l'aiuto di Dio per sopportare tutto. Elizabete leggeva la Bibbia e cercava di imparare di più su Dio. Continuavano a frequentare la chiesa.

...

Un giorno, nel soggiorno, Carlos parlava con Suzana:

— A volte sento la mancanza di andare a lavorare e fare qualcosa.

— È fantastico! Vuoi fare qualcosa. Se stessi bene, potresti andare in azienda un giorno. Chissà, potrebbe aiutarti.

— Potrebbe essere, chissà…

— Andiamo domani. Tutti chiedono sempre di te.

— Davvero?

— Sì!

— Allora, andrò domani, proverò a lavorare tutto il giorno.

— Se non riesci a stare tutto il giorno, stai qualche ora.

— Potrebbe essere. Non ricordo nemmeno più com'è il lavoro.

Suzana sorrise e disse:

— Certo che te lo ricordi!

— Vedremo domani.

Per un istante, Carlos si entusiasmò all'idea di un giorno diverso nella sua vita. E Suzana fu felice del suo desiderio di fare qualcosa e uscire di casa.

Quello stesso giorno, Luciano mandò un messaggio a Suzana dicendo che aveva avuto un'idea per incontrare Carlos. Poiché lei era molto occupata, chiese di parlare con Elizabete. Suzana inviò il numero a lui.

Luciano chiamò Elizabete e fissò un appuntamento per spiegarle cosa avrebbe fatto. Per sembrare un appuntamento, Elizabete insistette che Luciano venisse a prenderla a casa, e lui accettò. L'incontro sarebbe stato il giorno seguente, al tramonto.

...

Il giorno seguente, Carlos e Suzana andarono insieme in azienda. Al loro arrivo, c'era una festa di benvenuto preparata per Carlos. Lui fu molto felice di questo.

Durante tutto il giorno, Carlos si sentì bene e lavorò con molta dedizione. Era così entusiasta di tutto ciò che faceva che non si accorse nemmeno del passare delle ore. Alla fine della giornata, Suzana andò nel suo ufficio e lo chiamò:

— Andiamo a casa?

— Wow! È già ora! Non ho visto il tempo passare.

— Oggi sei stato molto animato e concentrato.

— Sì, è stato fantastico essere venuto!

— Te l'ho detto che devi fare qualcosa.

— Suzana, voglio farlo, ma allo stesso tempo non voglio. Mi capisci?

— Ti capisco. Ma guarda, oggi hai avuto una buona giornata. E puoi avere più giorni buoni.

— Ci proverò.

— Ti aiuterò a provare.

— Grazie di tutto.

— Ora andiamo, perché sono quasi le sette.

— Andiamo.

Quando arrivarono all'auto, Suzana disse:

— Vuoi guidare?

— Certo!

A casa, Elizabete stava finendo di prepararsi per l'appuntamento quasi con Luciano. Era pensierosa su come comportarsi, poiché non voleva sembrare troppo audace. Luciano arrivò a casa di Elizabete praticamente alle sette in punto. Rimase in auto e inviò un messaggio per avvisarla che era arrivato.

Luciano aspettò per qualche istante e presto apparve Elizabete. Lui uscì dalla sua auto per salutarla e vedendola, pensò:

« È molto bella! »

Anche Elizabete notò Luciano e pensò:

« È carino, come sempre! »

Luciano tese la mano per salutare Elizabete, ma lei lo abbracciò a lungo. Dopo l'abbraccio, lui disse:

— Andiamo?

— Certo.

Quando stavano per entrare in auto, Suzana e Carlos arrivarono. Elizabete e Luciano si guardarono e fecero espressioni preoccupate. Pensavano:

« Ora si mette male! »

Carlos vide la scena e disse a Suzana:

— Guarda, Liza sta uscendo con qualcuno.

Riconobbe che era Luciano e disse nervosamente:

— Ah, no! Non ci credo che stia uscendo con quel bigottino!

— Carlos, per l'amor di Dio, calmati!

— Come posso calmarmi? Guarda cosa sta facendo nostra figlia!

— Non sta facendo nulla di male. È già uscita tante altre volte e non ti è mai importato.

— Ma ora è diverso!

Carlos fermò la sua auto, camminò nervosamente verso Luciano ed Elizabete e disse:

— Elizabete! Cosa pensi di fare?

Elizabete mantenne la calma e rispose:

— Papà, non sto facendo nulla di male.

— È chiaro che sì!

— Carlos, smettila! — disse Suzana.

— No! Questo bigottino sta cercando di ingannare nostra figlia e tu lo permetti?

Luciano si difese:

— Non sto ingannando nessuno. Da dove hai preso questa idea?

Carlos disse con disprezzo:

— Scommetto che si è mostrato educato e premuroso con te. E ora ti sta portando fuori. So bene dove andrà a finire.

Luciano cercava di mantenere la calma. Ma questa insinuazione fu troppo per lui, che rispose in modo più aggressivo:

— Cosa stai cercando di dire con questo?

Carlos si avvicinò a Luciano e disse:

— Esattamente quello che hai capito.

Luciano stava diventando più nervoso e rispose:

— Non lo so! Spiegamelo!

Carlos rise e disse:

— Ora farà finta di non capire. Te lo spiego. Sei interessato solo ai soldi che mia figlia può darti.

Suzana ed Elizabete furono molto imbarazzate dalla dichiarazione di Carlos e dissero contemporaneamente:

— Carlos!

— Papà!

Carlos rispose con ironia:

— Cosa ho detto?

Luciano respirò profondamente per cercare di mantenere la calma e rispose:

— Non mi conosci, quindi non parlare di ciò che non sai.

Carlos sorrise e disse:

— Non ho bisogno di conoscerti per sapere tutto. Basta guardarti e vedere.

Luciano non apprezzò la provocazione e rispose:

— Guardarmi e vedere cosa?

— Vedere che sei un approfittatore, che sei uscito non so da dove per cercare di ottenere qualcosa qui.

Luciano non sopportò questo insulto e rispose con molta rabbia:

— Non sono niente di tutto questo! Chiudi la bocca!

— Vieni a chiudermela allora!

Carlos cercò di avventarsi su Luciano, ma Suzana lo trattenne. Luciano si rivolse a Elizabete e disse:

— Liza, è meglio che io vada, altrimenti succederà qualcosa di brutto qui.

— Va bene, Luciano. Scusa il comportamento di mio padre.

— Cercherò di dimenticare.

Luciano stava andando via e Carlos disse:

— Vai via, codardo! Deve essere questo tipo di educazione che hai avuto nella tua famiglia.

Sentendo queste parole, Luciano si infuriò e si avventò su Carlos dicendo:

— Lascia i miei genitori fuori da questione!

Carlos rispose con ironia:

— Ora si è innervosito!

— Se hai qualche problema, risolvilo con me! Ma non menzionare nemmeno i miei genitori.

— E qual è il problema a parlare di loro? Forse sono troppo buoni?

— Ti ho già detto di smettere di parlare di loro! — Luciano era ancora più nervoso.

— E se non smetto, cosa farai? Chiamerai tutti per aiutarti?

Luciano gridò:

— Non chiamerò nessuno! Sono solo e sarò sempre solo! Non avrò mai più la mia famiglia! Li ho persi tutti!

Luciano si voltò, abbassò la testa e iniziò a piangere.

Elizabete lo abbracciò e disse:

— Calmati. Va tutto bene.

E Carlos continuava a provocare:

— Inizierai a piangere?

— Carlos, smettila! — disse Suzana. — Guarda come sta!

Luciano disse:

— Mamma... Papà... Fe... Come mi mancate.

Suzana ed Elizabete furono sorprese dalle parole di Luciano. Elizabete disse:

— Cosa è successo?

— Sono tutti morti.

Tutti rimasero sorpresi dalle parole di Luciano. Carlos si commosse e smise di provocare. Disse:

— Sono morti?

— Sì.

Suzana pensò:

« Mio Dio! Che tragedia! »

Luciano continuò con le lacrime e disse:

— Devo andare. Non ce la faccio più a stare qui.

Elizabete rispose:

— Sei molto sconvolto. Non puoi guidare così. Entriamo, ti lascerò andare solo quando ti sarai calmato.

— Resta, Luciano — disse Suzana.

In un gesto inaspettato, Carlos disse:

— Per favore, Luciano, entra in casa nostra e calmati.

Suzana ed Elizabete rimasero sorprese dal comportamento di Carlos. Luciano rispose:

— Va bene, resterò e vi racconterò tutto quello che è successo.

Tutti entrarono e andarono in soggiorno. Elizabete si sedette accanto a Luciano, tenendogli la mano. Carlos e Suzana si sedettero di fronte a loro. Dopo essersi ripreso, Luciano disse:

— Abbiamo pregato affinché Dio creasse un'opportunità per raccontare la mia storia a Carlos e ora abbiamo l'opportunità. Dio ha operato a nostro favore.

— È vero — rispose Suzana.

Luciano respirò profondamente e disse:

— Bene, la mia storia ha un inizio abbastanza normale. A casa, i miei genitori erano un esempio di coppia, mio padre era meraviglioso con tutti noi. Mia madre era molto dedita. In altre parole, la mia casa era molto benedetta da Dio. Facemmo un viaggio e io stavo guidando. Eravamo su una strada a una corsia, anche se era giorno, era molto tranquillo. All'improvviso apparvero alcuni veicoli, un'auto sull'altra corsia sorpassò in un punto vietato, cercai di deviare, ma ci colpì. La nostra auto fu sbalzata in una scarpata e si capottò più volte. La mia cintura di sicurezza si ruppe e fui sbalzato fuori e svenni.

Tutti fecero espressioni di tristezza. Suzana disse:

— Mio Dio. E cosa è successo?

— Mi svegliai qualche giorno dopo, in un ospedale, i miei nonni mi diedero la notizia che tutti erano morti. Mi sentii in colpa per l'incidente e per la morte di tutti.

Carlos disse:

— Ma Luciano, non è stata colpa tua. La colpa è stata dell'altro conducente.

— Carlos, oggi lo capisco, ma all'epoca non lo accettavo. Pensavo sempre, se avessi reagito più velocemente, se avessi frenato più velocemente. Pensavo a un milione di cose che avrei potuto fare e salvare tutti.

— Capisco.

— Desideravo dal profondo del mio cuore di essere morto con loro, o che solo io fossi morto. Non riuscivo a pensare a nient'altro.

Suzana disse:

— E le persone che ti conoscevano, hanno cercato di aiutarti?

— Sì. Tutti hanno fatto del loro meglio per aiutarmi. Mi hanno invitato a vivere nelle loro case, mi hanno consigliato, hanno cercato di tirarmi su di morale. Ma nulla funzionava. Ero morto dentro, sono morto con la mia famiglia.

Suzana disse:

— E stavi andando in chiesa?

— No. In quel momento volevo solo capire il perché di tutto questo. Perché una disgrazia del genere mi ha colpito? E mi chiedevo: Dio, se sei così buono, perché permetti questo tipo di cose? E la mia risposta è arrivata immediatamente. Ho letto un brano di Ecclesiaste capitolo tre: Per tutto c'è il suo tempo, c'è il suo momento per ogni cosa sotto il cielo: un tempo per nascere e un tempo per morire, un tempo per piantare e un tempo per sradicare ciò che è piantato, un tempo per uccidere e un tempo per guarire, un tempo per demolire e un tempo per costruire; un tempo per piangere e un tempo per ridere, un tempo per fare cordoglio e un tempo per ballare. (Ecclesiaste 3:1-4)

— Wow! — disse Carlos. — Una risposta dura.

— Carlos, in quel momento pensai la stessa cosa, ma poi capii che tutto era passeggero. E che il tempo di tristezza sarebbe finito. Solo non sapevo quando. Mi allontanai dalla chiesa e da Dio. L'unica cosa che desideravo era alleviare il mio dolore. E l'unico modo che riuscivo a pensare era il suicidio.

In quel momento, Carlos si identificò con Luciano. Disse:

— Sei davvero arrivato in fondo al pozzo.

— In realtà, sono andato oltre il fondo del pozzo.

— E hai tentato il suicidio?

— Sì, ma Dio non ha permesso che mi uccidessi.

Carlos si stupì per quella dichiarazione e disse:

— Come sarebbe? Dio non ha permesso?

— È proprio così, Carlos. Ho tentato diverse volte, ma non ci sono riuscito.

Carlos rimase impressionato dalla risposta di Luciano:

— Cosa? Diverse volte?

— Sì. Diverse volte. Ma prima di tentare, una persona in chiesa mi aveva detto: Luciano, Dio sa cosa hai passato e che ti senti in colpa per quello che è successo alla tua famiglia. Ma Dio ti dice, torna ai miei sentieri e accetta il mio amore, accetta il conforto di Dio per la tua vita e smetti di avere questi pensieri suicidi. Questi pensieri ti faranno solo soffrire e non ti porteranno da nessuna parte. Non ho dato ascolto a questo e ho iniziato con i tentativi. Prima ho provato a tagliarmi i polsi. Ma non avevo il coraggio di fare un taglio profondo. Poi ho provato a impiccarmi. Ma Dio è così meraviglioso che nel momento in cui sono rimasto appeso, la corda si è rotta e sono caduto a terra.

— Ma questo deve essere perché la corda era vecchia e debole.

— No, Carlos. La corda era nuova. L'avevo comprata appositamente per il suicidio. Dopo questo, ho preso del veleno. Ho preso un veleno per topi e l'ho ingerito. E non so perché, immediatamente ho vomitato tutto, ho visto tutto quello che avevo preso. Il mio corpo non ha assorbito nulla del veleno. Ho deciso di appellarmi a qualcosa che fosse davvero rapido e senza ritorno.

— Cosa hai fatto?

— Ho deciso di usare un'arma. Ma anche l'arma ha fallito.

— Come?

— Sono andato in un bosco con l'arma carica. Ho puntato alla mia testa, ho premuto il grilletto e nulla. Ho premuto di nuovo il grilletto e nulla. In quel momento, pensai che l'arma fosse difettosa. Sparai in aria e funzionò perfettamente. E con la canna calda, misi l'arma in bocca e premetti il grilletto. E di nuovo l'arma fallì. Gettai via l'arma e tornai a casa pensando a cosa fare.

— In quel momento, non c'era più nulla da fare. O forse sì?

— C'era, Carlos. Mancava che mi gettassi da qualche parte. Questa volta, ero sicuro che avrebbe funzionato. Era solo cadere.

— E cosa è andato storto questa volta?

— Sono salito su un viadotto che passava sopra un'autostrada, avevo pianificato tutto. Se la caduta non mi avesse ucciso, sarei stato investito e sarei morto comunque. Per me il piano era perfetto. Stavo osservando il traffico, quando mi accorsi che un camion si stava avvicinando, mi gettai. Caddi pensando che fosse la mia fine. Ma mi sbagliavo. Caddi sopra un camion di granaglie, strappai il telone e rimasi sepolto nella sabbia. Iniziai a gridare e l'autista si fermò e mi tirò fuori di lì. L'autista mi disse: ragazzo, non so se credi in Dio, ma è stato Lui a salvarti. Stavo guidando e ho avuto il presentimento di accelerare. L'ho fatto e tu sei caduto nel cassone, sopra la sabbia.

Carlos rimase impressionato:

— Mio Dio! Questo è incredibile!

— Carlos, questo è il potere di Dio. Dopo che il camionista mi ha raccontato questo, mi sono inginocchiato, ho iniziato a piangere e a chiedere perdono a Dio. Finalmente ho capito che non dovevo morire e che Dio aveva un piano per la mia vita. E il piano di Dio è così perfetto che sono diventato amico del camionista e della sua famiglia. Il suo nome è Manuel, è il marito di Célia e il padre di Aline.

Suzana ed Elizabete rimasero sorprese da questa informazione. Suzana disse:

— Luciano, è molto impressionante.

— In quel momento raccontai a Manuel cosa mi stava succedendo e lui disse che mi avrebbe aiutato in ogni modo possibile. Mantenni i contatti con lui e fui presentato alla sua famiglia. Tutti mi accolsero in modo incredibile. Mi sentii di nuovo parte di una famiglia. Mi perdonai per quello che pensavo di aver fatto alla mia famiglia e rimasi tranquillo perché so che tutti sono con Dio. Ci sono momenti in cui rimango sconvolto, come quando tu, Carlos, hai detto che avrei dovuto chiamarli. Ma riesco a convivere con questo.

Carlos si sentì imbarazzato e disse:

— Luciano, mi dispiace, non sapevo che la tua storia

fosse così toccante.

— La maggior parte delle persone non lo sa. Preferisco mantenerlo segreto, è meglio così. Carlos, ti perdono di cuore, anche tu stai attraversando un momento molto complicato nella tua vita. Spero che la mia storia ti sia utile e che tu possa riflettere su Dio e sulla vita.

— Luciano, la tua storia è incredibile e sicuramente sarà utile.

— Sono molto felice di questo. Ora tutti sanno cosa mi è successo.

Elizabete lo abbracciò e disse:

— Sapere tutto quello che hai passato ha solo aumentato la mia ammirazione. Non è da tutti passare attraverso tutto questo e riuscire a recuperarsi.

— Per recuperarsi è necessario avere Dio che ti tende la mano e ti solleva di nuovo.

Suzana disse:

— Per rialzarsi da una situazione come questa è solo Dio.

Luciano si alzò e disse:

— Penso di poter andare via. Sono più calmo e sollevato.

Carlos si alzò, tese la mano per salutare Luciano e disse:

— Ancora una volta, chiedo perdono per quello che ho detto oggi e per tutto quello che avevo detto prima. Ero molto nervoso e ho detto cose che non avrei dovuto.

Luciano lo salutò e disse:

— Va bene, Carlos. Ti ho già perdonato. Non preoccuparti di questo.

— Certo che mi preoccupo. Ti ho mancato di rispetto e alla tua fede.

— Ti capisco. Anch'io mi sono trovato nella stessa situazione. Ora dobbiamo andare avanti con un nuovo inizio, lasciandoci alle spalle tutto quello che è stato detto.

— Certo! Prometto che non dirò mai più quelle cose.

— Accetto la tua promessa e credo davvero che non le dirai più.

— Grazie mille.

— Ora, vado.

— Ti accompagniamo fuori.

Suzana disse:

— È meglio che solo Liza ti accompagni.

Luciano ed Elizabete andarono verso l'uscita. Quando erano vicini all'auto di Luciano, Elizabete lo abbracciò e gli diede un bacio sulla guancia. Lui la guardò negli occhi e si avvicinò fino a baciarla sulla bocca. E quello fu un lungo bacio. Luciano cercò di allontanarsi dicendo:

— Liza, non dovrei...

— Non dire nulla. Goditi solo il momento.

Si baciarono di nuovo, godendosi quel momento tanto sognato da Elizabete.

Dopo alcuni lunghi baci, Luciano disse:

— Liza, ora devo andare.

— Sei sicuro?

— Sì.

— Ci vediamo domani.

— Va bene.

— A domani!

— A domani.

Luciano se ne andò ed Elizabete lo guardava mentre si allontanava.

L'inizio del cambiamento

Tutti rimasero molto colpiti dalla storia di Luciano, specialmente Carlos. Il giorno seguente, lavorò e pensò molto a ciò che aveva sentito. Nella sua stanza, parlava con Suzana:

— Come ha fatto Luciano a superare una tragedia del genere?

— Carlos, questa è una domanda a cui ha già risposto. È stato aiutato da Dio.

— Anche così! È stato qualcosa di molto pesante e terribile.

— Umanamente parlando, sembra impossibile superare quello che ha passato. Ma ho già imparato che Dio agisce in modo soprannaturale ed è al di là della nostra comprensione.

Carlos non capì le parole di Suzana:

— Al di là della nostra comprensione? Come?

Suzana si sentì un po' a disagio nel rispondere, poiché non aveva molta conoscenza su questo. Tuttavia, ci provò:

— Carlos, Dio ha modi diversi di agire nella vita delle persone. Molte volte non riusciamo a capire il perché di certe cose, ma tutto ha un piano. Capisci?

— Uhm... Più o meno.

— Se hai dubbi, segna un appuntamento con Luciano o con il pastore Gilberto, sono sicura che saranno felici di ascoltarti e rispondere.

— Davvero?

— Certo! Luciano ci aiuta sempre quando ne abbiamo bisogno. E sono sicura che il suo pastore è lo stesso.

Suzana inviò il numero di Luciano a Carlos. Lui inviò messaggi e fissò una conversazione a casa di Luciano quella notte.

Carlos fu molto felice della disponibilità di Luciano e per facilitare la conversazione, annotò le sue domande.

...

Luciano fu molto felice del desiderio di Carlos di conoscere di più sull'azione di Dio nella vita delle persone. Sperava che Carlos potesse avere un cambiamento nella sua vita.

Era anche molto felice del bacio di Elizabete. Anche se Luciano aveva una vita felice, la possibilità di una relazione amorosa lo rese ancora più felice.

Fissò di incontrarla per pranzo e parlare di ciò che era successo il giorno prima.

Durante il pranzo, parlarono un po' di sé stessi, per conoscersi meglio.

...

Di notte, Carlos, Gilberto e Luciano erano a casa di Luciano. Erano seduti in soggiorno, Carlos iniziò la conversazione:

— Ho fatto una piccola lista con le mie domande.

Carlos mostrò un foglio con alcune domande. Gilberto disse:

— Per favore, dicci qual è la tua prima domanda.

— Oggi, ho sentito la storia di Luciano e sono rimasto molto colpito da tutto quello che ha vissuto, e ho pensato anche alla mia vita. Mi sono chiesto, perché Dio, essendo così buono come dite, permette che cose brutte accadano alle persone?

Luciano e Gilberto si guardarono, e quest'ultimo disse:

— Carlos, questa è una questione molto complicata e non ha una risposta semplice e rapida. Prima di tutto, dobbiamo capire che l'essere umano è limitato e non può comprendere la totalità dei piani di Dio, che sono molto più grandi di quanto possiamo pensare. Nel caso di Luciano, l'incidente non è stata colpa sua, ma lui pensava che lo fosse e ha sofferto per questo.

— E nel caso di una malattia come la mia, un cancro al cervello senza spiegazione?

— Carlos, un caso come il tuo entra in questioni che non possiamo controllare, dobbiamo solo cercare di convivere nel miglior modo possibile. Ma c'è uno scopo nella tua vita.

— Ma la sofferenza può avere uno scopo nella vita delle persone?

— Certamente. E ti faccio una domanda. Da quando hai scoperto di avere il cancro, cosa è cambiato nella tua vita?

Carlos pensò per un momento e disse:

— Da quando ho scoperto questa malattia, sono diventato più vicino a mia moglie e a mia figlia. Ho avuto più momenti in famiglia. Ho smesso con alcuni comportamenti inappropriati per un uomo sposato, queste cose.

— Hai visto cosa hai detto? Dopo che hai iniziato a soffrire per la malattia, hai iniziato a vivere meglio in famiglia. E questo cambiamento nella tua vita familiare è stato brutto?

— No, è stato qualcosa di ottimo per tutti.

— Hai risposto da solo alla tua domanda. La sofferenza

della tua malattia ha avuto come scopo l'unione della tua famiglia. O pensi che la tua famiglia starebbe meglio se non fossi malato?

— Al contrario, se stessi bene, probabilmente non ci sarebbe nemmeno una famiglia.

In quel momento, Carlos poté capire quanto la sua vita fosse migliorata dopo aver scoperto il suo cancro.

Luciano disse:

— Carlos. A volte pensiamo che qualcosa sia venuto solo per farci soffrire, ma poi capiamo che è qualcosa che ci aiuterà in qualche modo. La Bibbia ha un testo che parla della differenza tra i piani di Dio e quelli degli uomini, è in Isaia, capitolo cinquantacinque, versetti otto e nove.

Luciano aprì la sua Bibbia e lesse:

— « Infatti i miei pensieri non sono i vostri pensieri, né le vostre vie sono le mie vie », dice il Signore. «Come i cieli sono alti al di sopra della terra, così sono le mie vie più alte delle vostre vie e i miei pensieri più alti dei vostri pensieri. »

Gilberto completò:

— Pensa alla seguente analogia: noi, che siamo genitori, non realizziamo sempre i desideri dei nostri figli quando e come vogliono. Pensiamo sempre se questo sarà meglio per loro. E quando capiamo che non è buono, diciamo di no. Per loro, sembra che siamo cattivi, ma stiamo solo cercando di fare il meglio. La nostra postura davanti a Dio è la stessa di un figlio davanti al padre, chiediamo e speriamo, ma a volte la risposta non è quello che vogliamo, ma è quello che è meglio per noi.

— Bene, con queste spiegazioni ho capito meglio questa questione della volontà di Dio per le nostre vite.

— E qual è la tua prossima domanda?

— Vediamo. È possibile negoziare qualcosa con Dio, attraverso offerte in chiesa?

— No, con Dio non si negozia. Lui è il donatore di tutto, quindi non ha senso voler negoziare con qualcosa che già gli appartiene. Pensa a questo: cosa penseresti se dessi dei soldi a tua figlia, lei ti comprasse un regalo e poi esigesse che tu dessi più soldi perché ti ha dato un regalo?

— Direi che ti ho già dato i soldi, e che il regalo è stata una prova d'amore per me, ma che non ti darò di più solo perché mi hai regalato. Lei l'ha fatto di sua spontanea volontà e con dei soldi che io stesso le avevo dato.

— Questo è esattamente il punto. Le persone sono benedette da Dio e poi vogliono negoziare con qualcosa che hanno ricevuto da lui. È una grande mancanza di maturità nella fede.

— E pensare che ci credevo anch'io.

Luciano disse:

— Carlos, quando ci credevi, eri fragile e disperato. Era il tuo primo contatto con la chiesa. Per te, tutto sembrava giusto e vero.

— Sembrava giusto. Pensavo che sarei stato curato e che tutto sarebbe andato bene. A proposito, Dio cura qualsiasi malattia?

Luciano continuò:

— Certamente. Ma ci sono due dettagli molto importanti.

— Quali?

— Primo, la persona non può trascurare la medicina umana. È necessario avere saggezza e capire che Dio ha dato intelligenza all'essere umano per sviluppare molte cose, come i farmaci, i trattamenti, le apparecchiature e tutto il resto. E che la cura può venire attraverso qualcosa fatto dall'essere umano, poiché Dio ha molti modi di agire. E il secondo dettaglio è che la cura dipende dalla volontà e dai piani di Dio, specialmente in casi delicati, come il tuo, dove la soluzione è al di sopra della capacità umana.

— Ho capito. Anche se la persona ha fede, non può mettere da parte le raccomandazioni mediche, vero?

— Sì!

— C'è un'altra cosa. Nella chiesa dove sono stato, c'erano degli amuleti e oggetti che dicevano essere sacri, e chi li comprava sarebbe stato benedetto. Questo è una follia, vero?

Gilberto rispose:

— Questo è solo inganno e sincretismo religioso. Dio non lavora in questo modo. Lui è ovunque e tutti hanno accesso a Lui. Non hai bisogno di un oggetto per essere più vicino a Dio ed essere benedetto. L'unica cosa di cui hai bisogno è avere un cuore sincero e avere fede che Dio agirà nella tua vita.

— E cos'è il sincretismo?

— Il sincretismo è quando una religione aggiunge cose di un'altra religione alla sua.

— Ho capito.

— Hai altre domande?

— Penso di no. Tutto è stato chiarito durante la nostra conversazione.

— Se hai domande, puoi cercarmi o cercare Luciano.

— Va bene. Molte grazie per la conversazione.

— Prego.

— Ora, vado via, perché domani proverò ad avere un altro giorno di lavoro.

Luciano disse:

— Liza mi aveva detto che stai provando a tornare alla normalità.

— Sì. E parlando di normalità. Penso che tornerò dal medico per vedere come sto.

— Hai sentito qualcosa?

— No. Al contrario, sto benissimo. Voglio tornare perché c'era un residuo di tumore, devo sbarazzarmene, per essere più tranquillo.

— È vero. Non puoi trascurare la salute.

— Non posso!

Carlos si alzò e disse:

— Molte grazie per tutto, è stato molto chiarificatore.

— È stato un piacere aiutarti.

Carlos li salutò e se ne andò. Era molto soddisfatto delle risposte che aveva ottenuto e poté capire molti aspetti di cui aveva dubitato.

Luciano disse a Gilberto:

— Pensi che abbia capito tutto?

— Credo di sì. Sembrava molto aperto e interessato a quello che dicevamo.

— Spero che abbia capito e possa accettare la volontà di Dio per la sua vita.

— Sarebbe ottimo per lui e per la sua famiglia.

— Dio benedica che questo accada.

...

Il giorno seguente, Carlos andò di nuovo al lavoro ed era molto entusiasta. Durante alcuni momenti pensava alla conversazione che aveva avuto con Luciano e Gilberto, e a tutti i dettagli di cui avevano parlato. Nella sua stanza, parlava con Suzana:

— Vuoi venire dal medico con me?

Suzana rispose con tono preoccupato:

— Medico? Stai bene?

— Sto bene. Ma voglio continuare il trattamento per il cancro.

Suzana fu felice della notizia e rispose con entusiasmo:

— Davvero? Che meraviglia!

Lei lo abbracciò e disse:

— Cosa ti ha fatto cambiare idea?

— Ho pensato a tutto quello che ha passato Luciano, a come ha avuto una seconda possibilità e a come ha imparato a gestire la perdita. Oggi ha una vita praticamente normale. Ho pensato che dovrei provare ad avere la miglior vita possibile.

— Sono molto felice che tu stia pensando così.

— Proverò a fare del mio meglio per tutti nel tempo che mi resta.

— Abbi fede in Dio! Avrai ancora molto tempo.

— Proverò ad avere fede.

— Ti aiuterò in ogni momento.

— Grazie. E non mi hai ancora risposto se vuoi accompagnarmi.

— Certo!

La coppia si baciò in modo molto amorevole.

...

Alcuni giorni dopo, Carlos e Suzana andarono alla visita medica. Lucas fu molto felice di rivederli. Carlos si scusò per il suo comportamento nell'ultima visita e raccontò a Lucas cosa aveva imparato da Luciano e dalla sua storia.

Carlos spiegò a Lucas come stava la sua vita personale e

il suo lavoro.

Carlos fece tutti gli esami e attese alcuni giorni per la nuova visita con la presentazione dei risultati. Il giorno della presentazione, Lucas era sorpreso dagli esami, li guardava, ma non credeva a quello che era scritto. Carlos chiese:

— Dottore, va tutto bene con me?

— Carlos, va tutto meglio che bene. Va tutto benissimo!

Carlos si stupì della risposta e chiese:

— Come sarebbe a dire che va tutto benissimo?

— Non ci sono segni di tumore nel tuo cervello.

— Ma l'ultima volta non c'erano tre tumori minuscoli dopo la chemioterapia?

— Sì. Ma ora non c'è più nulla.

— E come è possibile?

— Considero un'ipotesi. L'effetto della chemioterapia è continuato per un po' di tempo dopo che hai interrotto il trattamento e così i tumori sono scomparsi.

Carlos fu molto entusiasta e disse:

— Questo significa che sono guarito?

— In questo momento, sì.

Carlos abbracciò Suzana e disse:

— Grazie a Dio! Sto bene! E grazie al dottore, con la sua

medicina.

Suzana fu molto felice della notizia:

— Meraviglioso!

Il medico disse:

— Carlos, ricorda che il tuo caso riguarda tumori maligni e che devi fare il seguito per vedere se ci sono stati cambiamenti.

— Farò tutto.

— E se senti qualcosa, cercami.

Carlos sorrise e disse:

— Spero di non doverti cercare.

Lucas sorrise anche e disse:

— E anch'io spero che tu non abbia bisogno di me.

Carlos e Suzana si alzarono per salutare Lucas. Carlos lo abbracciò e disse:

— Dottore, molte grazie per tutto!

— Mi scuso se ti ho fatto disperare in qualcosa.

— Non mi hai fatto disperare in nulla, sei stato un ottimo medico.

Anche Suzana lo ringraziò:

— Molte grazie per tutto.

— Sono a disposizione per qualsiasi cosa di cui avrete

bisogno.

I due uscirono dallo studio molto felici della notizia della scomparsa dei tumori. Durante il viaggio verso l'azienda, Carlos parlava con Suzana:

— Non riesco a credere a quello che è successo! I tumori sono scomparsi.

— Posso a malapena crederci. Dio è meraviglioso!

— Spero che i tumori non tornino.

— Se tornano, affronteremo la situazione insieme, a testa alta. E con l'aiuto di Dio, andrà tutto bene.

— Spero che vada davvero tutto bene.

Carlos visse una situazione miracolosa nel suo trattamento. Una parte di lui voleva credere che fosse stata l'azione di Dio a curarlo e che tutto sarebbe andato bene, ma era ancora riluttante riguardo alla possibilità che i tumori tornassero. Era diviso tra fede e ragione.

...

Carlos inviò un messaggio a Luciano, chiedendogli di venire a casa sua quella notte per dirgli qualcosa di importante. Luciano andò e quando arrivò, vide che Carlos aveva un'espressione molto allegra. In soggiorno, Luciano si sedette accanto a Elizabete e Carlos iniziò:

— Luciano, ti ho chiamato perché ho qualcosa di importante da dire a mia figlia e vorrei che anche tu lo sapessi. Dopotutto, fai parte di quello che sta succedendo.

Luciano non capì e disse:

— Non so cosa sia, ma dal tuo aspetto sembra qualcosa di buono.

— È qualcosa di più che buono! È qualcosa di ottimo! — Carlos era molto entusiasta. — Oggi sono andato dal medico a vedere i risultati dei miei esami e sono completamente libero dai tumori.

Luciano fu molto felice e disse:

— Gloria a Dio! Che benedizione!

— È fantastico, papà!

— Quando il medico l'ha detto, non ci credevo. Ha detto che potrebbe essere perché la medicina ha continuato ad agire anche dopo che ho interrotto il trattamento. Ma comunque sia, sono molto felice di questo!

Suzana disse:

— Penso che sia un miracolo.

— Anch'io credo — disse Luciano.

Carlos disse:

— Luciano, penso che sia come mi hai detto quel giorno,

Dio agisce anche attraverso ciò che è stato creato dall'essere umano.

— È proprio così, Carlos. Dio può agire in molti modi.

— Mi piacerebbe che andassimo da qualche parte per festeggiare. Cosa ne pensate?

— Sembra una buona idea — disse Elizabete.

— Per me va bene — disse Luciano.

— Penso che sia ottimo — rispose Suzana.

— Andiamo a cena.

Tutti andarono in un ristorante e trascorsero una serata meravigliosa.

Voglio credere

Nei giorni che seguirono, Carlos continuò a essere diviso tra il credere che i tumori fossero scomparsi grazie alla chemioterapia o se fosse stata davvero l'azione di Dio a suo favore. Pensava:

« So che Dio è meraviglioso e può fare tutte le cose. Ma può davvero fare una cosa così incredibile per me? Io che fino a poco tempo fa ero tutto arrabbiato e non volevo saperne di chiesa né di nulla del genere. So di non essere degno di un miracolo simile... »

Carlos continuava a pensare a questo tutto il tempo. Per cercare di chiarire cosa fosse successo, chiese l'aiuto di Luciano e fu organizzata una nuova conversazione con lui e Gilberto.

Nel suo ufficio in azienda, parlava con Suzana:

— Suzana, da quando ho ricevuto la notizia che i tumori sono scomparsi, sono diviso. Una parte di me vuole credere che siano stati solo i farmaci. Ma un'altra parte vuole credere che ci sia stata davvero un intervento di Dio.

— Sono sicura che sia stata l'azione di Dio.

— E come puoi esserne così sicura?

— Carlos, è qualcosa di difficile da spiegare. Io

semplicemente so che è stato così. È come se qualcosa dentro di me lo confermasse senza lasciare dubbi.

— Sei fortunata. Perché in me ci sono ancora dubbi. E per cercare di chiarire, parlerò con Luciano e Gilberto oggi.

— Sono sicura che ti aiuteranno.

— Loro sanno tante cose.

— E quello che non sanno, Dio glielo insegna.

— Sono persone diverse quando si tratta di religione.

— È vero, Carlos. Si dedicano a imparare e a insegnare agli altri.

Carlos e Suzana tornarono alle loro mansioni lavorative. Lui era ansioso per la conversazione che avrebbe avuto con Luciano e Gilberto. Carlos voleva capire come potesse essere stato benedetto con un miracolo, anche se non era fedele a Dio.

Quella sera Carlos andò a casa di Luciano, e in salotto, Gilberto iniziò la conversazione:

— Carlos, in cosa possiamo aiutarti?

— Ti ricordi dell'ultima volta che sono stato qui? Ho detto che sarei tornato dal medico per continuare il trattamento.

— Sì, mi ricordo.

— Sono andato dal medico, ho fatto gli esami e con mia sorpresa, i tumori sono scomparsi.

— Luciano me l'ha detto qualche giorno fa. Ha detto che eri molto felice della tua guarigione.

— Sì. Il medico ha detto che potrebbe essere stato l'effetto residuo della chemioterapia a eliminare i tumori. Luciano, mia moglie e mia figlia credono che sia stato un miracolo di Dio.

— Anch'io credo che sia stato un miracolo di Dio.

— È in questo che risiede il mio dubbio. Come posso ricevere un miracolo se non vado nemmeno in chiesa? E fino a poco tempo fa ero arrabbiato con Dio e con tutti.

— Capisco il tuo interrogativo. È perfettamente naturale avere questo tipo di dubbio. Ti risponderò basandomi sulla Bibbia, va bene?

— Sì.

— Carlos, la misericordia di Dio è nelle nostre vite ogni giorno. Guarda questo testo, che si trova nelle Lamentazioni di Geremia, capitolo tre, versetti ventidue e ventitré: è una grazia del Signore che non siamo stati completamente distrutti; le sue compassioni infatti non sono esaurite, si rinnovano ogni mattina. Grande è la tua fedeltà!

— Sono guarito grazie alla misericordia di Dio?

— Esattamente. Dio ha avuto misericordia di te e della tua famiglia. Tua moglie e tua figlia hanno pregato perché tu fossi guarito. Loro avevano fede nella tua guarigione.

— Mia moglie ha molta fede. Dice sempre che tutto andrà bene, anche quando tutto è un caos.

Luciano disse:

— Carlos. Lei crede in ciò che non vede ancora. Guarda questo passo sulla fede, si trova nella Lettera agli Ebrei, capitolo undici, versetto uno: Or la fede è certezza di cose che si sperano, dimostrazione di realtà che non si vedono.

Carlos sorrise e disse:

— Credo di capire. Suzana aveva fede nella mia guarigione, anche vedendo che ero ancora malato. Lei sperava in qualcosa che non poteva vedere.

— Esattamente. Suzana ha sempre creduto che tutto sarebbe andato bene, indipendentemente dalla situazione. E la sua fede ha fatto sì che la guarigione avvenisse in te.

— Un momento! La fede di una persona può aiutare un'altra?

Gilberto rispose:

— Certamente! Dio benedice alcuni attraverso la fede

degli altri. Ad esempio, in tutte le funzioni facciamo preghiere per vari motivi e molti di quelli che pregano lo fanno per altre persone. Su questa azione, così è scritto nella Bibbia, nella prima lettera a Timoteo, capitolo due, versetto uno: Esorto dunque, prima di ogni altra cosa, che si facciano suppliche, preghiere, intercessioni, ringraziamenti per tutti gli uomini.

— Questo è interessante. Pensavo che qualcosa accadesse solo con la preghiera della persona stessa.

Luciano disse:

— Dio è così buono che ci benedice attraverso le richieste di altre persone.

— Sto percependo quanto Dio è buono con le persone.

— Lui è molto buono. Devi solo avere fede che Dio si sta prendendo cura di tutto.

— Ma sembra difficile. Specialmente quando viviamo una situazione negativa.

Gilberto rispose:

— Sono d'accordo con te, Carlos. Parlare di fede quando tutto va bene è molto facile, ma quando le cose vanno male, è molto più difficile. In chiesa ci sono molte persone che vivono per fede.

— Come sarebbe a dire, vivono per fede?

— Sono persone che affrontano situazioni complicate, come la disoccupazione, la mancanza di denaro, malattie, la perdita di familiari.

— E non si disperano e si preoccupano?

— Preoccupate, sì, disperate, no.

— Come possono non disperarsi?

— Hanno fede che tutto andrà bene e che Dio aiuterà in tutto ciò di cui avranno bisogno.

— Queste persone hanno una fede molto forte.

— Una fede così si costruisce nel tempo. La persona ha già vissuto altre situazioni complicate ed è stata aiutata da Dio. Lei sa che non deve disperarsi.

— Forse, un giorno avrò questo tipo di fede.

— Una situazione difficile risolta da Dio ce l'hai già, ora manca solo credere.

— Vero.

— Carlos, altre domande?

— No. Gilberto e Luciano, ancora una volta, grazie per la disponibilità nel rispondere ai miei dubbi. Parlare con voi è sempre molto chiarificatore.

— Carlos. Ti ringrazio per la fiducia che hai in me.

Luciano disse:

— Carlos. Ti ringrazio anche per la tua fiducia in me.

— Voi due siete persone molto sagge e intelligenti.

Luciano rispose:

— Non avremmo alcuna conoscenza se non fosse data da Dio. È Lui che ci rende capaci di fare l'opera.

— E voi siete molto capaci. Grazie di tutto.

Gilberto rispose:

— Prego.

Carlos se ne andò molto soddisfatto di ciò che aveva imparato sulla fede ed era più convinto che la sua guarigione fosse stata un miracolo di Dio. Appena arrivato a casa, andò nella sua stanza per parlare con Suzana:

— Suzana, credo di aver capito cosa è successo ai miei tumori.

— Bene! Dimmi cosa pensi che sia successo.

— Credo che le preghiere e la fede tua e degli altri abbiano fatto sì che Dio abbia avuto misericordia di me e mi abbia guarito.

Suzana rimase impressionata dalla risposta e disse:

— Che risposta!

— È quello che ho capito dalle spiegazioni di Gilberto e

Luciano. Hanno detto che possiamo pregare per aiutare altre persone e che Dio è buono nel benedire.

— È vero.

— Ora ho più convinzione di essere stato benedetto da Dio con la guarigione di quei tumori.

Suzana lo abbracciò e disse:

— Non sai quanto mi renda felice sentire queste parole. Significa molto per me.

— Queste parole significano molto anche per me. Credo di iniziare a credere veramente nell'azione di Dio nella mia vita.

— Credo che Dio agisca e stia agendo nelle nostre vite. Rimaniamo fermi in questa fede e tutto sarà diverso. Anche se affronteremo situazioni complicate, avremo Dio per aiutarci.

— Suzana, voglio avere questa fede in Dio! Puoi aiutarmi?

— Certo, amore mio!

Ci fu un lungo bacio e poi Carlos disse:

— Dillo di nuovo.

— Cosa?

— Chiamami amore mio.

Suzana sorrise e disse:

— Amore mio.

Carlos sorrise e disse:

— Mi è piaciuto. Voglio che mi chiami così da ora in poi.

— Va bene. Ma voglio che anche tu lo dica.

— Certo!

Carlos guardò negli occhi di Suzana e disse in tono romantico:

— Amore mio!

Suzana si sentì molto amata e diede un altro lungo bacio a Carlos. In quel momento la coppia sentì il desiderio ardente della passione e si abbandonarono l'uno all'altra, godendo del loro amore in modo pieno e intenso.

...

Qualche giorno dopo, Elizabete e Luciano si incontrarono in un parco per parlare del loro rapporto.

Decisero di ufficializzare la loro relazione alle loro famiglie.

...

Un giorno, Carlos decise di andare in chiesa con Elizabete e Suzana. Poco prima della funzione, la famiglia di Carlos arrivò in chiesa. Come sempre, furono accolti molto bene e salutati da tutti. Carlos rimase colpito dall'affetto che tutti avevano per lui e per la sua famiglia. E, allo stesso tempo, si rese conto che quell'affetto non era solo perché erano ricchi, Carlos notò che tutti i visitatori ricevevano lo stesso trattamento, senza distinzioni. Pensava:

« Sembra che qui tutti siano uguali. Sono affettuosi con tutti, non sono selettivi. »

Luciano li accolse, salutò tutti e li indirizzò verso alcuni posti che aveva riservato.

Durante tutto il periodo delle canzoni, Carlos osservava tutto attentamente, il comportamento delle persone, i testi delle canzoni, insomma, tutto. In un certo momento, una canzone attirò la sua attenzione:

Non c'è mai stata una notte, che potesse impedire,
Il sorgere del sole e la speranza.
E non c'è problema che possa impedire,
Le mani di Gesù di aiutarmi.

Non c'è mai stata una notte, che potesse impedire,
Il sorgere del sole e la speranza.
E non c'è problema che possa impedire,

Le mani di Gesù di aiutarmi.

Ci sarà un miracolo dentro di me,
Scende il fiume per darmi la vita.
Questo fiume che emana dalla croce,
Dal fianco di Gesù.

Ci sarà un miracolo dentro di me,
Scende il fiume per darmi la vita.
Questo fiume che emana dalla croce,
Dal fianco di Gesù.

Ciò che sembrava impossibile,
Ciò che sembrava non avere via d'uscita,
Ciò che sembrava essere la mia morte.
Ma Gesù ha cambiato la mia sorte,
Sono un miracolo,
E sono qui.

Usami. Sono il tuo miracolo.
Usami. Voglio servirti.
Usami. Sono la tua immagine.

Usami. Oh, figlio di Davide[7].

Carlos rimase molto colpito dal seguente passaggio:

Ciò che sembrava impossibile,

Ciò che sembrava non avere via d'uscita,

Ciò che sembrava essere la mia morte.

Ma Gesù ha cambiato la mia sorte,

Sono un miracolo,

E sono qui.

Pensava:

« Il mio caso sembrava impossibile e sembrava non avere via d'uscita. Pensavo che sarei morto immediatamente. Ma Gesù ha cambiato la mia vita e ha fatto un miracolo. E io sono qui. Questo testo è la storia della mia vita. »

Quel momento fu molto commovente per Carlos.

Dopo le canzoni, Gilberto proseguì con la conduzione della funzione:

— Questa sera abbiamo una visita molto speciale, è

---

[7] Canzone: Sou um milagre (Sono un miracolo)
Artista: Voz da Verdade (Voce della Verità)
Album: Coração Valente (Cuore Valente)

Carlos, marito di Suzana e padre di Elizabete. Carlos, siamo molto felici della tua visita. E Dio è ancora più felice. Benvenuto.

— Grazie — rispose Carlos.

Come di consueto, fu suonata una canzone e praticamente tutti in chiesa salutarono Carlos e tutti i visitatori. Poi fu il momento della lettura della Bibbia. Il testo letto fu Geremia, capitolo ventinove, versetti quattro a quattordici:

— 4 Così parla il Signore degli eserciti, Dio d'Israele, a tutti i deportati che io ho fatto condurre da Gerusalemme a Babilonia: 5 "Costruite case e abitatele; piantate giardini e mangiatene il frutto; 6 prendete mogli e generate figli e figlie; prendete mogli per i vostri figli, date marito alle vostre figlie perché facciano figli e figlie; moltiplicate là dove siete e non diminuite. 7 Cercate il bene della città dove io vi ho fatti deportare e pregate il Signore per essa; poiché dal bene di questa dipende il vostro bene". 8 Infatti così dice il Signore degli eserciti, Dio d'Israele: "I vostri profeti, che sono in mezzo a voi, e i vostri indovini non v'ingannino e non date retta ai sogni che fate. 9 Poiché quelli vi profetizzano falsamente nel mio nome; io non li ho mandati", dice il

Signore. 10 Poiché così parla il Signore: "Quando settant'anni saranno compiuti per Babilonia, io vi visiterò e manderò a effetto per voi la mia buona parola facendovi tornare in questo luogo. 11 Infatti io so i pensieri che medito per voi", dice il Signore, "pensieri di pace e non di male, per darvi un avvenire e una speranza. 12 Voi m'invocherete, verrete a pregarmi e io vi esaudirò. 13 Voi mi cercherete e mi troverete, perché mi cercherete con tutto il vostro cuore; 14 io mi lascerò trovare da voi", dice il Signore. "Vi farò tornare dalla vostra prigionia e vi raccoglierò da tutte le nazioni e da tutti i luoghi dove vi ho cacciati", dice il Signore; "vi ricondurrò nel luogo da cui vi ho fatti deportare".

Gilberto proseguì e iniziò la predica:

— Questo testo fu scritto dal profeta Geremia durante il tempo della cattività di Israele a Babilonia. Prima di questa cattività, Dio aveva inviato molti profeti che annunciavano e predicavano contro i cammini della nazione e dei re di Israele. Ma nessuno li ascoltò, anzi, cercavano i profeti per ucciderli. Dopo di ciò, Dio permise che il popolo fosse portato in cattività a Babilonia. Fratelli, vediamo la prima lezione in questa situazione. Tutto accadde per una permissione di Dio sulla vita del popolo di Israele. Dopo molti avvertimenti, Dio compì ciò che aveva detto. Lo stesso vale per noi oggi. Molte volte siamo su strade sbagliate e opposte alla volontà di Dio. Lui ci mostra questo e ci dice quale strada dobbiamo seguire. E quando non seguiamo, siamo soggetti ai frutti delle nostre scelte.

In quel momento, Carlos pensò:

« Questo mi fa ricordare quando Suzana voleva il divorzio. Anche lei mi ha detto molte volte che dovevo cambiare il mio comportamento, ma non l'ho mai fatto, così un giorno se ne è andata e a ragione. »

Gilberto proseguì:

— In secondo luogo, vediamo l'orientamento riguardo alla manutenzione del popolo durante i suoi anni di cattività. Dio ordina che tutti coltivino la terra, si sposino e abbiano figli. Il Signore stava dicendo al popolo che quella situazione di cattività sarebbe durata molto tempo, ma dovevano cercare di vivere nel miglior modo possibile in quel paese. Dio aveva l'intenzione di benedirli e moltiplicarli lì. Allo stesso modo, noi dobbiamo cercare il miglior modo di vivere, conforme a ciò che abbiamo a disposizione. Anche se abbiamo avuto tempi migliori, è importante valorizzare il tempo presente e pensare a un futuro migliore. Non serve a nulla lamentarsi del presente e non fare nulla per cambiare la nostra situazione. Dobbiamo sempre essere attenti a ciò che possiamo fare per migliorare ciò che viviamo e sempre fidandoci in ciò che Dio ha detto che farà per noi.

Carlos pensò:

« Dopo che sono uscito da quella postura di malato e depresso. Ho potuto vedere quanto posso vivere bene per il tempo che mi resta. »

Gilberto proseguì:

— Un'altra lezione molto importante è la promessa di Dio per il suo popolo. Il Signore dice che ha piani di pace, piani per dare un futuro e una speranza. Dobbiamo essere fermi nella speranza del Signore Dio, perché solo Lui conosce i piani che ha per noi. Molti di noi non immaginavano che saremmo stati dove siamo oggi, ma è Dio che sa e controlla tutte le cose, e ci ha permesso di arrivare dove siamo arrivati. Ma affinché tutto ciò accada è necessario cercare Dio. Il Signore dice che sarà trovato quando il popolo lo cercherà con tutto il cuore. Questo significa cercare veramente Dio, non per interesse, ma per ciò che Lui è, il nostro Signore, il nostro padre amorevole, la nostra unica e vera speranza. Molti cercano Dio solo quando sono interessati a qualcosa, ma lo dimenticano quando tutto va bene nelle loro vite.

In quel momento Carlos si vide nelle parole di Gilberto:

« Ho fatto esattamente questo. Non ho mai cercato Dio e nel momento in cui mi sono ammalato sono andato in una chiesa cercando una cura immediata. Che idiota sono stato a pensare così. »

Gilberto proseguì:

— E quando cerchiamo Dio con tutto il nostro cuore, lo troviamo veramente e Lui ci benedice, non conforme a ciò che chiediamo, ma conforme alla sua volontà e al suo piano per le nostre vite. E infine, Dio dice che radunerà le persone da dove sono disperse. Portando alla nostra realtà, Dio ci ascolta e ci aiuta ovunque siamo. Per Lui non fa differenza essere vicini o lontani. Dio è in tutti i luoghi ed è accessibile a tutti noi, purché lo cerchiamo con tutto il nostro cuore.

Carlos rimase molto colpito da quella predica, perché sentì che molte cose erano state dette direttamente a lui.

Dopo la fine del culto, Gilberto parlò con Carlos e la sua famiglia:

— Carlos. Che bello che sei venuto qui oggi!

— Gilberto, le tue parole erano ispirate a me?

— No, Carlos. Le mie parole erano ispirate da Dio. Prima di predicare, chiedo sempre a Dio di guidare le mie parole.

— Sembrava che tutto fosse ispirato alla mia vita!

— Dio dice ciò che deve essere detto. In questo caso, si è applicato a te. E probabilmente si è applicato anche alla vita di altre persone.

— Ho capito. È stato qualcosa di impressionante.

— L'agire di Dio è molto impressionante.

— Me ne sto rendendo conto. E c'è un'altra cosa, mi è piaciuta molto una canzone che è stata suonata.

— Quale?

— Una che diceva: ciò che sembrava impossibile, ciò che sembrava non avere via d'uscita.

— Questa canzone si chiama "Sono un miracolo", del gruppo Voz da Verdade. Il testo è molto marcante, vero?

— È molto marcante! Ancora una volta, sembrava che fosse stata fatta per me. Vado anche ad annotare il nome qui, per cercarla dopo.

— Carlos, da quello che ho visto, ti è piaciuto il nostro culto.

— Mi è piaciuto molto. Voi qui siete diversi dall'altro

posto dove sono stato.

— Diversi come?

— Così, non so spiegare bene. Qui trattate tutti allo stesso modo, siete premurosi. Quando sei andato a parlare, non hai parlato gridando e nemmeno facendo drammi. Capisci cosa voglio dire?

Gilberto sorrise e disse:

— Credo di aver capito cosa vuoi dire.

— E c'è di più. Qui parlate poco di denaro. Il momento dell'offerta è qualcosa di semplice, solo con una canzone. Non c'è quella pressione per il denaro. E guarda che ne avete bisogno, perché state costruendo.

— Carlos, abbiamo bisogno di denaro per la costruzione, ma questo arriverà al momento giusto. La cosa più importante per noi è parlare di Dio, del suo messaggio e del suo amore per le persone. Dopotutto, Dio non è limitato a questo luogo fisico. Dio è in ciascuno di noi, attraverso lo Spirito Santo.

Carlos abbracciò Gilberto e disse:

— Gilberto, più parlo con te, più ti ammiro e ti rispetto.

— Grazie, Carlos.

Sentendo questo, Suzana disse:

— Amore mio, sono impressionata da quello che hai detto!

— Perché?

— Fino a poco tempo fa, non volevi sapere di chiesa né di Dio. E oggi dici che rispetti e ammiri un pastore. Questo è un grande cambiamento.

— Sono cambiato in questi ultimi tempi.

Carlos disse a Luciano:

— Luciano, da quel giorno. Sento che qualcosa è cambiato in me. È come se la mia mente si fosse aperta per imparare e accettare di più le cose della vita e di Dio. Capisci?

Luciano disse:

— Capisco, Carlos. Tutti noi abbiamo un momento di apertura e di accettazione nella vita. Specialmente quando affrontiamo situazioni difficili.

— Credo che tu abbia detto la parola giusta. Accettazione. Prima, ero in rivolta e depressione. Ora sto accettando ciò che mi è successo e imparando a gestire tutto. È come se fosse un processo di maturità riguardo alla vita.

— Grazie a Dio sei in questo processo. Sono sicuro che con l'aiuto di Dio riuscirai a maturare ancora di più.

— Certamente, Luciano.

Suzana abbracciò Carlos e disse:

— Sono felice che il mio amore stia pensando così.

— Sono ancora più felice di sapere che il mio amore mi sta sempre sostenendo.

La coppia si baciò ed Elizabete disse con felicità:

— I miei genitori sono un amore!

Gilberto disse:

— Questo è ottimo. La coppia deve sempre mostrare il proprio amore.

Dopo il bacio, Suzana disse:

— Credo che sia ora per noi.

— Sì, andiamo! — disse Carlos.

— Andiamo Liza?

— Potete andare. Devo ancora salutare Luciano.

— Va bene.

Carlos e Suzana salutarono Gilberto e Luciano. E poi andarono alla loro auto.

Elizabete salutò Gilberto e camminò mano nella mano con Luciano fino alla porta della chiesa, dove si salutò con un bacio. Poi andò all'auto dei suoi genitori.

Quello fu un giorno molto speciale. Carlos era andato in

chiesa e gli era piaciuto molto tutto. Ci fu un momento di felicità, perché la vita di tutti stava andando bene.

Seguendo nella fede

Dopo la sua visita in chiesa, Carlos si sentì ancora più motivato a imparare nuove cose su Dio. Acquistò persino una Bibbia e la leggeva ogni volta che poteva. Poiché non comprendeva tutto perfettamente, chiedeva aiuto a Gilberto e Luciano. Un giorno, si trovavano a casa di Luciano, Carlos aveva chiesto una spiegazione su cosa fosse la Grazia di Dio.

Carlos iniziò la conversazione:

— Ho letto un passaggio nella Bibbia e non l'ho capito. È in Romani, capitolo tre, dal versetto ventuno al ventisei.

— 21 Ora però, indipendentemente dalla legge, è stata manifestata la giustizia di Dio, della quale danno testimonianza la legge e i profeti: 22 vale a dire la giustizia di Dio mediante la fede in Gesù Cristo, per tutti coloro che credono. Infatti non c'è distinzione: 23 tutti hanno peccato e sono privi della gloria di Dio, 24 ma sono giustificati gratuitamente per la sua grazia, mediante la redenzione che è in Cristo Gesù. 25 Dio lo ha prestabilito come sacrificio propiziatorio mediante la fede nel suo sangue, per dimostrare la sua giustizia, avendo usato tolleranza verso i peccati commessi in passato, 26 al tempo della sua divina pazienza; e per dimostrare la sua giustizia nel tempo presente affinché egli sia giusto e giustifichi colui che ha fede in Gesù.

— Non ho capito questa questione della giustificazione per la grazia di Dio.

Gilberto disse:

— Certo. Cercheremo di spiegartelo. Carlos, pensa a questo. Dio è santissimo e perfetto. E tutti noi, esseri umani, siamo fallibili, siamo soggetti a sbagliare e peccare. Questo ti è chiaro?

— Sì.

— Se siamo soggetti a peccare, allora tutti noi abbiamo bisogno della grazia di Dio. Abbiamo bisogno che Lui ci perdoni e ci accetti.

— Ha senso. Se tutti sbagliano, allora tutti hanno bisogno di perdono.

— Esattamente! E questo perdono è possibile solo perché Gesù Cristo ha versato il suo sangue per servire come sacrificio per i peccati delle persone.

Carlos rimase confuso riguardo al sacrificio di Gesù Cristo:

— Sacrificio, come?

— Inizialmente, Dio istituì una legge per il popolo

ebraico. In questa legge, si diceva che il popolo dovesse fare sacrifici di animali per ottenere il perdono dei peccati. E i sacrifici dovevano essere costanti.

— E con Gesù, come è stato?

— Tempo dopo questa legge, venne Gesù Cristo, figlio di Dio, che predicò e annunciò il Regno di Dio per tutti. E nella missione di Gesù, c'era il suo sacrificio. Fu arrestato, torturato e poi crocifisso. E dopo tre giorni, risuscitò.

— Questo l'avevo già imparato da bambino. Sulla crocifissione e la risurrezione di Gesù.

— La morte di Gesù fu il sacrificio definitivo per il perdono delle persone. Da quel momento, non sarebbe più stato necessario uccidere animali. Il sangue purificatore fu versato una sola volta. E come dice il testo, la giustizia di Dio è mediante la fede in Gesù Cristo. Tutti coloro che credono nel sacrificio di Gesù, sono perdonati dei loro peccati.

— Fammi vedere se ho capito. Quindi, chiunque può essere perdonato se crede in Gesù e nel suo sacrificio per i peccati?

— Sì. Il perdono di Dio è accessibile a tutte le persone che credono in Gesù.

— E la questione della grazia di Dio, come funziona?

— La grazia sta esattamente nel sacrificio di Gesù Cristo. Perché è stato lo stesso Dio a designare Gesù come sacrificio per i peccati. Il sacrificio di Gesù non è stato una decisione delle persone. È stata una determinazione dello stesso Dio.

— Credo di aver capito. Dio, per sua stessa volontà, ha offerto un sacrificio definitivo che perdona tutte le persone che credono.

— Esattamente.

— Dio ha molto amore per le persone. Lui stesso ha creato un modo affinché tutti potessero essere perdonati.

— Dio ama molto le persone. Guarda questi versetti nel Vangelo di Giovanni, capitolo tre, versetti sedici e diciassette: Perché Dio ha tanto amato il mondo, che ha dato il suo unigenito Figlio, affinché chiunque crede in lui non perisca, ma abbia vita eterna. Infatti Dio non ha mandato suo Figlio nel mondo per giudicare il mondo, ma perché il mondo sia salvato per mezzo di lui.

Luciano disse:

— In questo testo, l'autore non riesce a spiegare con parole l'amore di Dio e dice che è stato in tal modo. Poi dice che Gesù è la vita eterna per chiunque crede in lui. È completa dicendo che Gesù è venuto per salvare il mondo e non per condannarlo. E hai già visto che tutto il mondo è peccatore.

Carlos rimase impressionato dalle risposte e disse:

— Sono impressionato da questa questione dell'amore di Dio e della sua grazia. È incredibile come Dio possa amare le persone, anche se sono peccatrici. E inoltre, Dio ha dato un modo di perdono in Gesù. Questo è molto profondo e meraviglioso.

Gilberto disse:

— È meraviglioso. È per questo che dobbiamo sempre camminare sulla via di Dio. Perché Lui ha già fatto qualcosa di sorprendente per noi prima ancora che esistessimo. Dio ha dato l'opportunità all'essere umano di avvicinarsi a Lui senza chiedere molto, Dio chiede solo di avere fede in Gesù Cristo e nel suo sacrificio.

— Gilberto, è davvero molto semplice avvicinarsi a Dio e ricevere il suo perdono. Non ha nulla a che fare con il denaro e nemmeno con gli oggetti.

— No! Essere perdonati da Dio è molto più semplice di quanto la maggior parte delle persone pensi. Oltre a credere in Gesù, è necessaria solo un'altra cosa.

— Cosa?

— Il pentimento.

— Il pentimento è una sorta di rimorso e peso sulla coscienza?

— Il pentimento è più di questo. Il pentimento è quando sei veramente vergognato di ciò che hai fatto e prendi la decisione di non farlo più. Il rimorso e il peso sulla coscienza durano poco e non riescono a trasformare la persona. Mentre il pentimento riesce a cambiare la persona.

— Ora che ne parli, mi sono ricordato di qualcosa che mi è successo.

— Puoi raccontarcelo?

— Certo! Tempo fa, il mio matrimonio stava andando molto male, non rispettavo mia moglie, vivevo nella baldoria e cose del genere. Dopo ogni baldoria, mi rimaneva sempre un peso sulla coscienza e rimorso per quello che facevo alla mia famiglia. Ma non cambiavo. Dopo che Suzana se ne andò di casa e chiese il divorzio, questo mi fece riflettere su ciò che facevo. Dopo di ciò, presi la decisione di non fare più nulla di tutto ciò e di essere un vero marito.

— Il tuo caso è un esempio chiaro di pentimento. Solo dopo uno shock, la richiesta di divorzio, hai visto quanto il tuo comportamento fosse dannoso per il tuo matrimonio e hai cambiato atteggiamento.

— Ora mi è ancora più chiaro cosa sia il pentimento.

— Questo è ottimo! E hai chiesto perdono a Suzana?

Carlos pensò per un momento e rispose:

— Credo di no. Ho solo detto che sarei cambiato e che non avrei più fatto nulla di tutto ciò.

— Devi chiedere perdono a lei.

— Anche dopo tanto tempo? Ora stiamo bene.

— Sì. Devi chiedere perdono a lei e anche a tua figlia. E se hai ancora qualcosa che le disonora, devi liberartene.

Carlos pensò:

« Qualcosa che disonora mia moglie e mia figlia. Credo di non avere nulla. Cioè, ce l'ho. Pornografia sul mio computer portatile e cellulare. Non la guardo, ma ce l'ho ancora. »

Poi Carlos rispose:

— C'è una cosa di cui devo liberarmi.

— Allora, appena arrivi a casa, liberatene. E se possibile, di' loro di cosa si tratta.

— È qualcosa di complicato, ma ci proverò.

— Prova e poi dicci come hanno reagito.

— D'accordo.

— Carlos, abbiamo cambiato molto argomento. Hai altre domande?

— Al momento no. Ho imparato molto oggi sulla grazia, il perdono e il pentimento.

— Quando avrai altre domande, faccelo sapere.

— Va bene. Ora vado a casa e chiederò subito perdono alla mia famiglia.

— Ottimo! — disse Gilberto.

— Molto bene! — disse Luciano.

Si salutarono e Carlos tornò a casa. Arrivando, trovò Elizabete e Suzana che guardavano la televisione in salotto. Disse loro:

— Devo parlare con entrambe.

Entrambe si preoccuparono e gli chiesero:

— Cosa c'è, amore mio?

— Cosa c'è, papà?

— Non è nulla di grave.

Carlos si sedette di fronte a loro e iniziò a parlare:

— Liza e Suzana, amore mio. Devo chiedervi perdono.

— Perdono per cosa, amore mio?

— Perdono per cosa, papà?

— Per molto tempo non sono stato un buon marito né

un buon padre. Ero egoista e pensavo solo a me stesso. Vi ho lasciate sole. Amore mio, sei stata sposata con uno sconosciuto per molto tempo. E tu, Liza, avevi solo un padre che ti dava soldi, ma non faceva il suo ruolo di padre. Non ti accompagnavo mai in nulla di quello che facevi.

— Amore mio, non dire...

— Amore mio, non devi dire nulla ancora. Ho molto da dire. Sei una donna incredibile, forse molto migliore di quanto io meriti veramente. Sei stata con me nei momenti migliori e peggiori della mia vita. Mi hai aiutato a crescere e a diventare l'uomo che sono oggi. Ma dopo che sono cresciuto, me ne sono dimenticato. Pensavo solo a me stesso e a quello che mi piaceva fare. Non ti davo attenzione, né amore, né affetto. Non ti ho mai tradita al punto di fare sesso con un'altra donna, ma confesso di aver baciato altre, e so che tu lo sai. Solo questo era già un motivo sufficiente per lasciarmi. Ma tu hai resistito e ci hai messo molto a chiedere il divorzio. E quando l'hai chiesto, mi sono reso conto di cosa avevo fatto alla nostra famiglia. Avevo distrutto il nostro focolare. Ho cambiato il mio comportamento e tu mi hai accettato di nuovo, questo mostra quanto mi ami veramente. E per rispetto al tuo amore e all'amore che ho per te, ti chiedo perdono per tutti gli errori che ho commesso nel nostro matrimonio. E prometto che non commetterò mai più questi errori.

Con le lacrime agli occhi, Suzana rispose:

— Certo che ti perdono! Sei l'amore della mia vita.

— E tu l'amore della mia vita!

La coppia si abbracciò e si baciò.

Poi, Carlos parlò a Elizabete:

— Figlia mia, ti chiedo perdono per la negligenza di tutti questi anni. Sei cresciuta e io mi sono allontanato da te. Ti ho semplicemente lasciata. E sei cresciuta senza un buon esempio di padre. Ti chiedo perdono per tutto quello che non ho fatto per te. E per tutto quello che ho perso della tua vita. Prometto che sarò sempre al tuo fianco, come padre e come amico.

Elizabete abbracciò suo padre e disse:

— Certo che ti perdono, papà!

Quello fu un momento di sfogo per Carlos. Poi, Elizabete andò in camera sua e Carlos continuò con Suzana:

— Amore mio, c'è un'altra cosa per cui ho bisogno del tuo perdono.

— Un'altra cosa?

— Sai che guardavo molta pornografia sul mio computer portatile e cellulare. Ti chiedo perdono per questo. Per aver visto quelle cose e desiderato altre donne. Sei mia moglie e il mio desiderio deve essere solo per te. Prometto che non guarderò mai più quel tipo di cose.

Suzana lo abbracciò e disse:

— Va bene, amore mio. Ti perdono. È acqua passata.

— Dovevo farlo per mostrare che sono veramente pentito di quello che ho fatto.

— E cosa ti ha fatto volerlo fare ora?

— È stato grazie alla conversazione che ho avuto con Gilberto e Luciano.

— Avete parlato di matrimonio e vita familiare?

— No. Abbiamo parlato del perdono di Dio, della grazia e del pentimento.

— E com'è andata?

Carlos raccontò a Suzana com'era andata la conversazione con loro. Le spiegò tutto quello che aveva imparato. E Suzana comprese anche il significato del pentimento, della grazia di Dio e del perdono.

Gradualmente, la coppia stava acquisendo una conoscenza profonda sugli aspetti relativi alla fede e a Dio.

Dopo la spiegazione, Carlos rimase a pensare:

« Sono riuscito a trasmettere a mia moglie quello che ho imparato con Gilberto e Luciano. Forse, un giorno, potrò trasmetterlo ad altre persone. »

...

Carlos e la sua famiglia continuarono a frequentare la chiesa con costanza, imparando sempre di più su Dio, la sua azione e il suo amore. Tutti erano molto felici della trasformazione che stavano vivendo. Carlos faceva il suo controllo medico da due mesi e non c'era alcun segno di tumore, e il suo aspetto era già quello di una persona completamente sana. Inoltre, la coppia viveva un momento di grande amore e passione.

Anche Elizabete e Luciano stavano godendo molto del loro rapporto. Erano sempre felici e si aiutavano in tutto.

Mesi dopo

Luciano era a casa di Elizabete, in salotto, a parlare con lei e i suoi genitori:

— State andando in chiesa da alcuni mesi, vero?

Suzana rispose:

— Credo di sì. Saranno sei mesi o più.

— E siete felici? E avete intenzione di continuare ad

andare?

Carlos rispose:

— Certo! Come è cambiata la nostra vita da quando ci siamo avvicinati a Dio. Non voglio più stare lontano da Lui.

— È meraviglioso sentirlo. E dato che l'hai menzionato. Avete mai pensato di battezzarvi?

— Ma siamo battezzati.

— Siete battezzati? Suzana e Liza mi hanno detto che non avevano frequentato una chiesa evangelica.

— Non avevamo mai frequentato una chiesa evangelica. Siamo stati battezzati quando eravamo bambini.

— Ah sì! Ho capito. Sto parlando del battesimo adulto.

Carlos si stupì e disse:

— Battesimo adulto? Cos'è?

— Te lo spiego. Ma prima ti chiedo, sai a cosa serve il battesimo?

— Il battesimo serve perché la persona possa far parte della chiesa e partecipare a tutte le attività?

— Carlos, il battesimo è molto di più, specialmente il battesimo adulto. Battezzarsi significa cambiamento di vita, trasformazione di mente e atteggiamento.

— Cambiamenti e trasformazioni?

— Sì. Abbandonare vecchie abitudini e vivere in modo nuovo e diverso. Ti mostro nella Bibbia. È nel Vangelo di Marco, capitolo uno, versetti quattro e cinque: Così apparve Giovanni, battezzando nel deserto e predicando un battesimo di pentimento per il perdono dei peccati. Tutta la regione della Giudea e tutto il popolo di Gerusalemme andavano da lui. Confessando i loro peccati, erano battezzati da lui nel fiume Giordano. Hai visto come il battesimo è legato al cambiamento di vita in chi ha già coscienza dei propri peccati?

— È vero. Un bambino non ha coscienza di questa responsabilità. E come si fa, basta fissare un appuntamento e siamo battezzati?

— Se volete essere battezzati, dovrete informare il pastore Gilberto, che provvederà a un corso di battesimo per voi.

— Corso di battesimo?

— Sì. Un corso che vi spiegherà le responsabilità del cristiano, i principali punti relativi alla fede e molte altre cose.

— È una sorta di preparazione per sapere esattamente che tipo di impegno prenderemo?

— Esattamente. E se durante il corso vi renderete conto di non essere disposti a battezzarvi, potrete rinunciare al battesimo. Non siete obbligati a nulla.

— Ho capito.

— Allora, siete d'accordo?

— Sì.

— Suzana e Liza?

— Anche noi — risposero.

— Dato che tutti sono d'accordo. Fissate un incontro con il pastore Gilberto e diteglielo, in modo che possa provvedere al corso per voi.

— Lo cercheremo — rispose Carlos.

— Ma prima del battesimo c'è qualcos'altro che potete fare.

— Cosa?

— Confessare Gesù come Signore e Salvatore.

Si guardarono e rimasero senza capire. Carlos chiese:

— E cosa significa?

— Confessare Gesù come Signore e Salvatore significa ammettere pubblicamente che riconoscete che Gesù è l'Unico Salvatore delle vostre vite. E lo riconoscete anche come Unico Signore. Questo è un modo per mostrare a Dio che siete disposti a seguire la sua via.

— È come un giuramento?

— No. È qualcosa di più profondo. Perché deve essere fatto di cuore e con la certezza di quello che si sta dicendo. Guarda qui nella Bibbia il significato della confessione. È nel libro dei Romani, capitolo dieci, versetto nove: perché, se con la bocca avrai confessato Gesù come Signore e avrai creduto con il cuore che Dio lo ha risuscitato dai morti, sarai salvato.

— Ora, ho capito. È qualcosa di molto serio come il battesimo.

— Esattamente. Quando vi sentirete pronti per questo, fatelo.

— Sì, quando sarà il momento. E come possiamo farlo?

— Può essere fatto in qualche culto, basta cercare il pastore Gilberto.

— Sto vedendo che per seguire Dio è necessario fare alcune cose.

— Sì. Sono atti che dimostrano la tua fede e fiducia in Dio. Una volta che Lui ci ha mostrato il suo amore, dobbiamo anche mostrare la nostra fede in Lui.

— Ha tutto senso.

— E solo per ricordare, tutto quello che ho detto qui, è

senza pressione. Potete farlo quando volete.

— Va bene.

Dopo le spiegazioni, Luciano si congedò e se ne andò. Tutti furono molto soddisfatti di quello che avevano imparato sul battesimo e sulla confessione di Gesù.

Nei giorni che seguirono, la famiglia di Carlos rimase pensierosa su ciò di cui avevano parlato con Luciano. Una sera, durante la cena, Carlos parlò con Suzana ed Elizabete:

— Riguardo al battesimo e alla confessione di Gesù, cosa pensate che dovremmo fare?

— Amore mio, chiederò al pastore di confessare Gesù nel prossimo culto. Vedo veramente che Gesù ha agito nelle nostre vite negli ultimi tempi. Abbiamo cambiato molte cose in meglio. Quindi, non vedo motivo di rimandare.

— Papà, dico lo stesso. Sono molto felice della nostra vita. Sono molto felice del mio fidanzamento. Sono sicura che Dio ha agito e sta agendo.

— Ci sono state molte trasformazioni nelle nostre vite. Credo che dovrei anche confessare Gesù. Dopotutto, Lui ha già fatto molto per noi.

Suzana completò:

— Lui ha fatto e continua a fare...

...

Nel prossimo culto, la famiglia di Carlos cercò Gilberto e lo informò del desiderio di confessare Gesù come Signore e Salvatore. Gilberto fu molto felice e disse:

— Questa è la migliore decisione che potevate prendere. Dopo la predicazione della Parola, vi chiamerò per fare la confessione.

Il culto si svolse come al solito e dopo la sua predicazione Gilberto disse:

— Oggi è un giorno molto speciale nel Regno di Dio. Tre persone confesseranno Gesù come Signore e Salvatore.

In quel momento furono dette diverse parole di lode a Dio:

— Gloria a Dio!

— Alleluia!

E Gilberto continuò:

— Invito a venire avanti Carlos Henrique de Oliveira Vasconcelos, Suzana Cristina de Oliveira Vasconcelos ed Elizabete Cristina de Oliveira Vasconcelos.

I tre si avvicinarono all'altare. Gilberto continuò:

— Dirò la confessione di fede e voi la ripeterete dopo.

I tre concordarono, Gilberto iniziò e loro ripeterono:

— Signore Gesù, in questo momento, consegno la mia vita e il mio cuore al Signore. Riconosco di essere peccatore e di aver bisogno della tua Salvezza e misericordia per la mia vita. Riconosco il tuo sacrificio sulla croce e so che solo attraverso il tuo sangue è possibile ottenere il perdono dei peccati e la salvezza. Credo che il Signore sia risuscitato al terzo giorno e viva e regni per sempre. Riconosco che il Signore è il mio unico e sufficiente Salvatore. Ora, chiedo che il Signore mi purifichi da tutto e scriva il mio nome nel Libro della vita. In questo momento, chiedo che il Signore guidi tutti i giorni della mia vita. Amen.

Dopo la confessione ci fu una grande salva di applausi e molte persone andarono a congratularsi con loro. Carlos, Suzana ed Elizabete si sentirono molto meglio dopo la confessione. Erano molto felici e tranquilli, perché erano sicuri di aver fatto qualcosa di veramente meraviglioso per le loro vite.

Nuovi passi

Un giorno, nella sua stanza, Carlos stava parlando con Suzana:

— Amore mio, stavo pensando a una cosa.

— Cosa?

— Vedo che in chiesa tutti danno la decima e le offerte. E solo la nostra famiglia non contribuisce. Non pensi che sia sbagliato?

— Pensandoci, stiamo agendo diversamente da tutti gli altri.

— Credo che dovremmo fare come tutti e dare la decima e l'offerta.

— È vero. Ma cosa ti ha fatto pensare a questo?

— Amore mio, ho notato il modo in cui le persone affrontano questa questione della decima e delle offerte.

— E cosa hai notato?

— Ho notato che tutti danno le loro offerte con gioia e gratitudine. Non stanno negoziando con Dio. Stanno semplicemente ringraziando per tutto ciò che hanno già ricevuto. E, inoltre, ho pensato a quante cose buone sono già accadute. Abbiamo molti motivi per ringraziare Dio.

— Abbiamo molti motivi per ringraziare.

— Iniziamo a contribuire?

— Sì. Credo che sia la cosa giusta da fare.

— Al prossimo culto parleremo con il pastore Gilberto di questo.

Qualche giorno dopo, parlarono con Gilberto e ricevettero le indicazioni per consegnare le loro decime e offerte.

Mesi dopo

Carlos invitò Gilberto a cena a casa sua per chiarire alcuni dubbi sul battesimo. Carlos iniziò la conversazione:

— Gilberto, grazie mille per essere venuto. Come ti ho detto al telefono, abbiamo alcuni dubbi sul battesimo e vorremmo chiarirli con te.

— Va bene. Potete parlare.

— Prima di tutto, cosa significa il battesimo nella chiesa evangelica?

— Carlos, nella chiesa evangelica, il battesimo significa un vero cambiamento di vita e un avvicinamento a Dio. Quando una persona si battezza, lascia dietro di sé la sua vecchia vita con tutti gli errori e inizia una nuova vita. Essere battezzati significa assumere un impegno vero e definitivo con Gesù Cristo.

— Ho capito. E qualcosa cambia dopo che saremo battezzati?

— Dopo il battesimo, dovrete lasciarvi alle spalle gli errori e i peccati del passato. Ciò che è passato, è passato e non deve essere ricordato. E, inoltre, dovrete vivere una vita conforme alla parola di Dio, allontanandovi da ciò che non è in accordo con i principi di Dio.

— E come faremo a sapere se ciò che desideriamo fare è contro i principi di Dio?

— Prima di tutto, dovete consultare la Bibbia per vedere se c'è qualche riferimento diretto. Se non c'è, potete chiedere aiuto a me o a un'altra persona in chiesa. Molte cose non sono dette direttamente, ma ci sono testi biblici che permettono di comprendere determinati argomenti.

— Ho capito. Quando non so qualcosa, cercherò aiuto.

— Puoi contare su tutti in chiesa, ci saranno sempre persone pronte ad aiutarti.

— Grazie.

— Inoltre, c'è un'altra cosa. Dopo essere stati battezzati, potrete partecipare a qualsiasi attività della chiesa, come musica, teatro, diacono e molto altro. Basta che cerchiate il responsabile del dipartimento. Riceverete tutte le istruzioni.

Avete interesse in qualche area?

La famiglia si guardò, ed Elizabete disse:

— Sono interessata a partecipare con i musicisti.

— E voi due?

Suzana disse:

— Non conosco ancora dettagliatamente nessuna area. Forse quando la conoscerò, avrò interesse.

— E tu, Carlos?

— Dico lo stesso di mia moglie. Non ho avuto contatti con nessuna area. Non posso dire nulla per ora.

— Certo. Durante il corso di battesimo conoscerete tutte le aree della chiesa e forse avrete interesse in qualcuna.

— Va bene — disse Carlos.

— Avete altre domande?

— Per ora no. Queste erano le questioni che avevamo pensato per ora.

— So che è tutto molto nuovo per voi, ma non preoccupatevi. Il corso di battesimo vi insegnerà molto. Saranno sei mesi di preparazione.

Carlos rimase impressionato dalla durata:

— Sei mesi?

— Sì. È un tempo ragionevole per imparare gli

argomenti più importanti relativi alla vita cristiana. E ricordate che, se durante questo tempo vi renderete conto di non voler continuare con il battesimo, potete rinunciare.

— Gilberto, ho praticamente la certezza che non rinunceremo.

— Questa è un'ottima notizia!

— Abbiamo passato molte cose e ci siamo resi conto che dobbiamo fare questo passo.

— Il battesimo è un passo molto importante nella vita di ogni cristiano.

— E quando possiamo iniziare il corso di battesimo?

— Verificherò con la persona responsabile e al prossimo culto conoscerete chi sarà l'insegnante.

— Certo.

— Abbiamo chiarito tutto per oggi?

— Sì. Tutto chiarito.

— Siate certi che Dio è molto felice della vostra decisione.

Dopo cena, Gilberto salutò tutti e se ne andò.

Sei mesi dopo

La famiglia di Carlos fece il suo corso di battesimo e imparò molte cose relative alla vita cristiana. Con ogni nuova lezione, erano sempre più sicuri di volersi battezzare, e stavano diventando ansiosi per il grande giorno.

Qualche giorno prima del battesimo, Luciano ed Elizabete erano in un parco. Stavano camminando ed Elizabete disse:

— Sono ansiosa per il giorno del battesimo!

— Calma, Liza! Tutto a suo tempo.

— E com'è il giorno del battesimo?

— Andiamo in un'altra chiesa e...

— Un'altra chiesa? Perché?

— Il battesimo viene fatto in una vasca, simile a una piscina. E la nostra chiesa non ne ha una. Andiamo in una chiesa con la vasca.

— Ho capito. E cos'altro?

— Abbiamo un culto, poi vi battezzate e infine c'è una Santa Cena. Ti ricordi cosa significa la Santa Cena?

— Certo! La Santa Cena è un gesto istituito da Gesù Cristo la notte in cui fu tradito. Gesù spezzò il pane e lo diede ai suoi discepoli, rappresentando il suo corpo che fu dato per tutte le persone. Poi diede il calice, che rappresenta il suo sangue versato per il perdono dei peccati. E tutti dobbiamo ripetere questo gesto ricordando il sacrificio di

Cristo per tutte le persone.

Luciano rimase impressionato dalla risposta:

— Complimenti! Una risposta perfetta. E solo un'altra cosa. Fino a quando dobbiamo celebrare?

— Fino a quando Gesù tornerà nuovamente a prendere i suoi.

— Perfetto!

Luciano baciò Elizabete.

— Liza, cerca di calmarti, perché mancano solo pochi giorni al battesimo.

— Ci proverò.

Il giorno del battesimo, tutto era perfetto. Al momento del battesimo, Gilberto invitò la famiglia davanti e disse:

— Guardate che scena meravigliosa! Tutta la famiglia si battezza insieme.

Ci fu una salva di applausi e molte parole di lode a Dio:

— Gloria a Dio!

— Il Signore è meraviglioso!

— Sia lodato il Suo Nome!

Gilberto continuò:

— Prima di continuare, vorrei chiedere a ciascuno di voi di parlare un po' del vostro percorso fino a qui. Chi vuole iniziare?

I tre si guardarono ed Elizabete disse:

— Gente, non so cosa dire! Sono così felice! Il mio percorso fino a qui è stato un po' diverso.

Elizabete sorrise.

— Ho iniziato a venire in chiesa per interesse in una certa persona.

Elizabete si rivolse a Luciano.

— Volevo solo avvicinarmi a lui. Ma con il passare del tempo, la mia motivazione è cambiata. Volevo veramente essere in chiesa, mi sentivo molto bene. Qui mi sento meglio che in qualsiasi altro posto. Qui sono amata per quello che sono e non per quello che ho. Durante questo tempo, ho imparato molte cose e voglio continuare su questa strada. Non so più vivere lontano da Dio.

Ci fu di nuovo una salva di applausi e parole di lode a Dio. Poi Suzana disse:

— Nemmeno io so cosa dire!

Tutti sorrisero.

— Sono arrivata in questa chiesa in un modo che solo Dio sa. Ero triste, senza speranza, ero completamente persa. Ma com'è meraviglioso Dio... Ha messo un angelo nelle nostre vite, che ci ha aiutato molto e in molti momenti.

Suzana si rivolse a Luciano.

— Sono state lotte difficili, ma qualcuno mi ha detto di affidare i nostri fardelli a Gesù e Lui ci avrebbe sollevati. E così ho fatto. E mi sono sentita sollevata. Oggi mi consegno completamente a Gesù, perché non posso più stare lontana da Lui.

Ci fu un'altra salva di applausi e parole di lode a Dio. Poi Carlos disse:

— Beh, credo di sapere cosa dire. Prima di tutto, grazie a tutti, specialmente a Luciano e al pastore Gilberto, mi hanno aiutato molto durante il mio cammino. E che cammino... Se qualche tempo fa, qualcuno mi avesse detto che un giorno mi sarei battezzato in una chiesa evangelica, avrei detto che quella persona era pazza. Avrei detto che non avrei mai fatto una cosa del genere. Ma oggi, eccomi qui. E non è stato facile arrivare qui. Ho quasi litigato con Luciano. Non volevo sentir parlare di Dio e tanto meno della chiesa. E come cambia la vita... Ci ho messo molto tempo ad accettare e capire il piano di Dio nella mia vita, ma dopo molte lotte e sofferenze, ho capito cosa è successo e perché è successo. E oggi sono qui per dire che ho bisogno di stare con Dio ogni giorno.

Ci fu un'altra salva di applausi e parole di lode a Dio. Gilberto continuò:

— Ora arriviamo al grande momento.

Gilberto entrò nell'acqua e uno per uno furono battezzati con l'immersione, tutti uscirono da quell'acqua trasformati per una nuova vita con Dio.

Nel prosieguo del culto, ci fu il momento della Santa Cena. Gilberto lesse la Bibbia nella Prima lettera di Paolo ai Corinzi, capitolo undici, versetti ventitré a ventisei:

— 23 Poiché ho ricevuto dal Signore quello che vi ho anche trasmesso; cioè, che il Signore Gesù, nella notte in cui fu tradito, prese del pane 24 e, dopo aver reso grazie, lo spezzò e disse: « Questo è il mio corpo che è dato per voi; fate questo in memoria di me». 25 Nello stesso modo, dopo aver cenato, prese anche il calice, dicendo: «Questo calice è il nuovo patto nel mio sangue; fate questo, ogni volta che ne berrete, in memoria di me. 26 Poiché ogni volta che mangiate questo pane e bevete da questo calice, voi annunciate la morte del Signore, finché egli venga. »

Poi ci fu la Santa Cena, con la distribuzione di un pezzo di pane e un piccolo calice con succo d'uva. Tutti mangiarono il pane e bevvero il calice, secondo le indicazioni di Gesù.

Quel culto fu molto speciale per la famiglia di Carlos, che si consegnò completamente a Dio con il battesimo.

...

Dopo il battesimo, Elizabete entrò a far parte del gruppo musicale, come aveva detto. Aveva una voce molto bella e ogni volta che cantava accadeva qualcosa di diverso, le persone erano profondamente toccate. La sua voce riusciva a risvegliare buone emozioni in chi l'ascoltava.

Carlos e Suzana si unirono al ministero delle coppie. A causa delle loro esperienze coniugali, conclusero che avrebbero potuto aiutare altre coppie.

Tutti stavano facendo l'opera di Dio.

Un anno dopo

La vita della famiglia di Carlos era in perfetta armonia. Lui faceva i suoi controlli medici e non c'erano alterazioni nei suoi esami. Il matrimonio era meraviglioso, la coppia era sempre più innamorata e romantica.

Anche la coppia di fidanzati Elizabete e Luciano stava molto bene. Il loro amore cresceva ogni giorno. Erano sicuri di essere fatti l'uno per l'altra. E con questa certezza, decisero di sposarsi. Il matrimonio sarebbe stato tra un anno.

Il giorno del matrimonio, ci fu una bellissima cerimonia, Elizabete si preparava per entrare con Carlos, lui la guardò e iniziò a piangere. Suzana si avvicinò e disse:

— Cosa c'è, amore mio?

— Cosa c'è, papà?

— È un miracolo di Dio che io sia qui dopo tutto quello che ho passato! Quando ho ricevuto la diagnosi, pensavo che non avrei mai visto mia figlia sposarsi. Ma oggi sono qui per grazia di Dio!

Entrambe lo abbracciarono.

Carlos si ricompose e la cerimonia continuò. Gilberto lesse un testo nel Vangelo di Marco, capitolo dieci, versetti sei a dieci:

— Ma al principio della creazione Dio li creò maschio e femmina. Perciò l'uomo lascerà suo padre e sua madre {e si unirà a sua moglie}, e i due saranno una sola carne. Così non sono più due, ma una sola carne. L'uomo, dunque, non separi quel che Dio ha unito. In casa i discepoli lo interrogarono di nuovo sullo stesso argomento.

E fece una breve predica:

— Luciano ed Elizabete, oggi state adempiendo a un

comandamento di Dio. State lasciando i vostri genitori e ora formate la vostra famiglia. Non sarete più due persone, ma una sola. La sofferenza di uno sarà la sofferenza dell'altro e la gioia di uno sarà la gioia dell'altro. State sempre insieme e sostenetevi affinché il vostro matrimonio sia benedetto. Inoltre, state sempre cercando la direzione di Dio per le vostre vite, perché Dio desidera che siate felici.

Dopo questo momento, Gilberto continuò con i riti del matrimonio.

Tutto ha un proposito

Passati cinque anni dal matrimonio di Elizabete e Luciano, tutto era perfetto. Vivevano in modo molto amorevole e romantico.

Suzana e Carlos avevano anche trascorso cinque anni meravigliosi, erano più felici che mai.

Carlos continuava a fare il monitoraggio medico per controllare eventuali tumori e fino a quel momento non era stato rilevato nulla. Un giorno, andò dal medico per verificare gli ultimi risultati. Arrivando, vide che Lucas era diverso, Carlos disse:

— Buongiorno, dottore. Tutto bene?

Lucas rispose seriamente:

— Buongiorno, Carlos. Si accomodi, per favore.

Carlos si stupì del tono del medico e disse:

— È successo qualcosa?

Lucas fece un respiro profondo e disse:

— Carlos. Hai sempre saputo che i tumori potevano tornare, vero?

— Sì, dottore, fin dall'inizio è stato molto chiaro per me. Perché?

— Perché i tuoi esami indicano che hai nuovamente i

tumori.

In quel momento, Carlos chiuse gli occhi e fu come se un film passasse nella sua testa. Ricordò tutto ciò che era accaduto nella sua vita da quando aveva scoperto il tumore per la prima volta. Ricordò come fosse stato possibile superare la depressione con l'aiuto di Dio e come aveva vissuto molto bene durante tutto quel periodo. Carlos rispose in tono divertito:

— Stava tardando, non è vero? Più di sei anni solo in remissione!

Lucas si stupì dell'atteggiamento di Carlos, poiché si aspettava che fosse disperato come prima. Chiese:

— Carlos, hai capito che hai nuovamente i tumori?

— Sì, dottore.

— Sembri così tranquillo e sereno.

— Dottore, qualche anno fa ho imparato qualcosa di prezioso per la mia vita.

— Cosa hai imparato?

— Ho imparato a fidarmi di Dio. Ho imparato che tutte le cose hanno il loro scopo e il loro tempo. Non devo essere triste e depresso per questa notizia. So che Dio può guarirmi e se non mi guarisce, andrò in paradiso.

Lucas rimase impressionato dalla serenità di Carlos:

— Vedo che sei veramente cambiato.

— Sì, sono cambiato grazie a Dio. Ho capito che non posso essere vittima delle circostanze. Devo fidarmi di Dio, indipendentemente dalla situazione.

— E farai il trattamento?

— Sì, basta che tu mi dica qual è il migliore.

— I tuoi esami indicano che ci sono diversi tumori. Torneremo con la chemioterapia. E il resto, credo che tu già lo sappia.

— Sì, lo so. Dovrò farmi un nuovo taglio di capelli. — Carlos sorrise.

— Possiamo iniziare domani?

— Sì. Ho bisogno di qualcuno che mi accompagni, vero?

— Sì, è molto consigliabile.

— Mia moglie verrà con me.

— Va bene. Hai qualche dubbio sul trattamento?

— Sarà come l'altra volta, con quella cosa nella mia testa?

— Quella cosa è il serbatoio di Ommaya. Lo userai di nuovo. È il modo meno aggressivo per il resto del corpo.

— Va bene.

Carlos si congedò dal medico e prima di andare in azienda, passò a casa sua. Stava cercando di essere il più forte possibile e di non disperarsi. Si inginocchiò e iniziò a pregare:

— Signore Dio, nuovamente mi trovo in questa situazione di malattia. Sto cercando di mantenere la calma, perché so che tutto accade secondo la tua volontà. Ti chiedo, Signore, di aiutarmi a superare questo momento così complicato. E che il Signore non aiuti solo me, ma aiuti tutta la mia famiglia, mia moglie, mia figlia e mio genero. Che il Signore possa aiutarci ad affrontare questo momento. E se è la tua volontà, che io possa essere guarito, ma se non lo è, che il Signore mi dia una morte tranquilla e senza sofferenza. Sono certo che dopo la mia morte andrò a stare con il Signore e non ho motivo di avere paura.

Dopo la preghiera, Carlos andò in azienda. Arrivando, chiamò Suzana per una conversazione nel suo ufficio. Disse:

— Amore mio, oggi sono andato di nuovo dal medico e ho novità — Carlos disse in tono normale, come se le novità fossero cose buone.

— Dimmi, amore mio, quali sono le novità?

— I miei esami indicano che i tumori sono tornati.

Suzana si rattristò, lo abbracciò e disse:

— Mio Dio! E come stai?

— Amore mio, sto cercando di mantenere la calma e di fidarmi dell'azione di Dio. So che Lui ha un piano per tutto.

— È proprio così, amore mio! Dio ha un piano per tutte le cose. Dobbiamo rimanere saldi nella fede.

— Dio ci aiuterà in ogni momento.

Nonostante la notizia fosse molto brutta, la coppia riuscì a mantenere la calma e la fede. Non si disperarono come in passato, ora credevano nell'azione di Dio nelle loro vite.

Il resto della giornata fu normale per Carlos e Suzana, continuarono a lavorare. E alla fine della giornata, andarono a casa di Elizabete e Luciano per raccontare della diagnosi di Carlos.

Anche Elizabete e Luciano furono colpiti inizialmente, ma mantennero anche la calma e la fede in Dio. Tutti pregarono chiedendo a Dio di agire in quella situazione.

Il giorno seguente, Carlos andò in ospedale per impiantare il serbatoio di Ommaya e fare la sua prima sessione di chemioterapia.

Dopo l'impianto, Carlos ricevette la prima dose di chemioterapia e andò in una stanza dove c'erano altre persone che stavano anche ricevendo il trattamento. Notò che c'era un uomo nero che sembrava un po' più anziano, era calvo e molto debilitato. Dopo un po' di tempo, Carlos iniziò una conversazione:

— Buongiorno.

L'uomo guardò e disse con voce roca:

— Buongiorno.

Carlos non sapeva cosa dire:

— Hai quasi finito il tuo trattamento?

L'uomo sorrise e disse:

— Sto finendo la mia vita!

Carlos si stupì di quella frase e disse:

— Scusa, ma non ho capito.

— Ho fumato quaranta sigarette al giorno per più di trent'anni. Sono praticamente senza polmoni. Faccio la chemioterapia solo per effetto palliativo, la medicazione non può più ridurre il cancro, riduce solo l'avanzamento.

Carlos rimase molto impressionato dalle parole di quell'uomo e disse:

— Mi dispiace.

— Grazie.

— Non ci siamo presentati, io sono Carlos. E tu come ti

chiami?

— José.

— Da quanto tempo stai facendo il trattamento?

— Sto facendo il trattamento da circa un anno e mezzo e tu?

— È la seconda volta che sono qui. Sono stato in remissione per più di sei anni e ora i tumori cerebrali sono tornati.

— Che sfortuna!

— È una situazione molto complicata. Ma Dio è al controllo di tutto.

— Credi veramente in questo?

— Certo che sì!

— E perché?

— Dio si prende cura di tutte le cose. Anche quello che sembra brutto, può avere un significato nelle nostre vite.

— Vorrei avere questo tipo di fede.

— Puoi averla. Basta credere.

— Non credo che sia così semplice.

— Certo che è semplice! Devi solo credere in Dio.

— Ma pensi che Dio accetterebbe un vecchio malato come me?

— Dio accetta tutte le persone. Non ci sono restrizioni.

— Allora, forse ho qualche possibilità.

— José, hai tutte le possibilità, basta volerlo.

— Ci penserò. Ma non posso metterci troppo tempo a pensare, perché non ho molto tempo. — José sorrise.

— Pensaci. E puoi sempre parlare con me.

— Grazie.

Lucas arrivò e disse che Carlos era libero. Si alzò e disse a José:

— Alla prossima!

— Spero di essere qui la prossima volta.

Non appena Carlos uscì dalla stanza, disse a Lucas:

— Quell'uomo continua a dire che ha poco tempo. È vero?

— Purtroppo, sì. Il suo cancro è già molto avanzato.

— Ma quanto tempo ha?

— È difficile dirlo. Secondo il suo stato, uno o due mesi.

— Mio Dio! — Carlos rimase impressionato dal tempo. — Solo questo?

— Purtroppo, sì. So che è triste questo tipo di situazione.

— E viene qui tutti i giorni?

— È ricoverato qui. Dovrebbe fare la chemioterapia in

camera, ma chiede di farla nella stanza per poter vedere le persone.

— Ho capito. E ha parenti che vengono a trovarlo?

— Raramente qualcuno viene. Sembra che abbia litigato con la famiglia.

Carlos si rattristò e disse:

— Passare attraverso tutto questo da solo è pesante.

— Sarebbe bello se avesse compagnia almeno ogni tanto.

— Penso di poter essere quella compagnia. Oggi sono riuscito a parlare un po' con lui. La prossima volta, ci proverò di nuovo.

— Sarà fantastico!

Carlos si congedò da Lucas e se ne andò pensando alla situazione di José e a come avrebbe potuto parlare di più di Dio con lui.

...

Nella sua prossima sessione di chemioterapia, Carlos parlò di nuovo con José. Questi lo salutò:

— Buongiorno, Carlos.

— Buongiorno, José. Come stai?

— Dentro le mie condizioni, sto bene.

— Grazie a Dio.

— Approfittando del fatto che hai parlato di Dio. Voglio farti una domanda.

— Parla pure.

— Hai detto che Dio ha il controllo di tutto, vero?

— Sì, Lui controlla tutte le cose.

— E come spieghi il fatto che hai il cancro?

— Bene. Anche io mi sono fatto questa domanda. E con l'aiuto di alcuni amici, sono riuscito a capire il senso di avere il cancro.

— E qual è il senso?

— Cambiamento di vita e ristrutturazione della mia famiglia.

— Non ho capito!

— La mia famiglia era un disastro. Vivevo nella baldoria, anche se ero sposato. Non avevo dialogo con mia moglie. Anche mia figlia viveva nella baldoria, non voleva impegni con nulla, ma con lei avevo dialogo. Pensavo solo a divertirmi e tutto il resto. Poi, circa sette anni fa, mi è stato diagnosticato il cancro per la prima volta. All'epoca, ero disperato, depresso e arrabbiato. Ho cercato di negoziare una cura con Dio e quando non ha funzionato, mi sono arrabbiato e depresso ancora di più. Non volevo nemmeno sentir parlare di Dio.

— E cosa ti ha fatto cambiare idea?

— Mia moglie e mia figlia hanno iniziato ad andare in chiesa. Pensavo che non sarebbe durata, ma loro sono rimaste salde lì. E un giorno ho quasi litigato con mio genero, all'epoca era solo un amico di mia figlia. E nel mezzo della discussione, mi ha raccontato la storia della sua vita, ha passato qualcosa di veramente terribile. E Dio lo ha aiutato in modo meraviglioso.

— E cosa c'entra questo con il fatto che credi nel piano di Dio?

— Dopo aver sentito la storia di mio genero, ho pensato a come potesse ancora credere in Dio dopo aver sofferto tanto. E pensavo anche quale fosse il significato della mia sofferenza.

— E a quale conclusione sei giunto?

— Nel suo caso, ho concluso che è stato Dio a guarirlo dalle ferite e a dargli di nuovo felicità. Nel mio caso, ho capito che la mia malattia ha fatto bene alla mia famiglia.

— Ha fatto bene alla tua famiglia? Sei pazzo?

— Sembra incredibile, ma ha fatto bene alla mia famiglia. Mia figlia è diventata un'altra persona, ha smesso con le baldorie e si è dedicata agli studi. Io e mia moglie siamo tornati a essere una coppia. Stiamo vivendo gli anni più felici delle nostre vite. E se non avessi avuto il cancro, probabilmente nulla di tutto questo sarebbe accaduto. Forse oggi ognuno di noi sarebbe solo e triste.

José pensò un po' e disse:

— Pensandoci da questo punto di vista, forse la tua malattia ha generato qualcosa di buono. Ma pensi che Dio ti guarirà?

— Sono certo che Dio farà la sua volontà. Forse sarò guarito e vivrò molti anni. O forse morirò e andrò in paradiso. Indipendentemente da cosa accadrà, Dio è al controllo.

— E non hai paura di morire?

— Perché dovrei avere paura? So dove vado e lì non sentirò alcun dolore.

— Questo non lo so! Hai detto che hai fatto molte cose sbagliate?

— Le ho fatte e me ne vergogno. Ma so che Dio mi ha perdonato per tutto. Oggi vivo in pace.

— Anche così, non hai nemmeno un po' di dubbio sull'essere perdonato? O su dove andrai?

— Non ho alcun dubbio. Sono stato perdonato e so dove andrò.

José rimase ammirato dalle parole di Carlos, poiché dimostrava certezza.

— Deve essere bello avere questa certezza.

— Sì, è fantastico. E tu non ce l'hai?

— L'unica certezza che ho è che morirò. Solo questo.

— Ma anche tu puoi avere la certezza di essere perdonato e salvato!

— Non lo so. Come ho detto prima, non sono mai andato molto in chiesa o cose del genere. Inoltre, ho avuto una vita molto complicata.

— Non importa cosa è successo prima, importa solo il presente. Ti mostrerò un testo nella Bibbia che sono sicuro sia correlato a ciò di cui stiamo parlando.

Carlos prese il suo cellulare e lesse il testo nel Vangelo di Luca, capitolo ventitré, versetti trentanove a quarantatré:

— 39 Uno dei malfattori appesi lo insultava, dicendo: « Non sei tu il Cristo? Salva te stesso e noi! » 40 Ma l'altro lo rimproverava, dicendo: «Non hai nemmeno timor di Dio, tu che ti trovi nel medesimo supplizio? 41 Per noi è giusto, perché riceviamo la pena che ci meritiamo per le nostre azioni, ma questi non ha fatto nulla di male». 42 E diceva: « Gesù, ricòrdati di me quando entrerai nel tuo regno! » 43 Ed egli gli disse: « Io ti dico in verità, oggi tu sarai con me in paradiso. »

Carlos continuò con la spiegazione:

— Gesù stava essendo crocifisso accanto a due ladri. Uno di loro lo sfidava a liberarsi dalla croce, mentre l'altro riconosceva che la sua punizione era giusta. E questi chiese a Gesù di ricordarsi di lui nel suo Regno. E Gesù lo perdonò e disse che sarebbe stato con Lui in paradiso. In quel momento, Gesù non considerò il passato di quell'uomo, considerò solo la sua fede, credeva che Gesù avesse un Regno e che potesse portarlo lì.

José rifletté sulle parole di Carlos e disse:

— Credo di essere come quell'uomo. Sto per morire a causa dei miei errori.

Carlos si entusiasmò per la comprensione di José e disse:

— E ora devi solo chiedere perdono a Gesù, affinché Lui ti porti in paradiso.

— Ma è così semplice?

— Sì! Devi solo chiedere perdono e credere in Dio con tutto il cuore!

José fece un leggero sorriso. Per la prima volta dopo molto tempo, aveva speranza.

Carlos notò questa speranza in José e disse:

— Credo che tu abbia qualche speranza.

— Nello stato in cui sono, ho bisogno di avere qualche speranza, non è vero?

— Tutti hanno bisogno di speranza. E questa speranza è in Dio.

— Sto iniziando a creder in questo.

— Puoi crederci, è la pura verità.

Come Carlos all'inizio della sua vita cristiana, José aveva ancora resistenza ad accettare completamente tutto ciò che aveva sentito.

— Ascolta, Carlos, quello che hai detto sembra molto bello. Ma ho ancora i miei dubbi.

— Puoi chiedere.

— Non sono dubbi che posso formulare con domande, sono dubbi interni, capisci?

— Certo!

— Penserò a tutto quello che mi hai detto, e se la prossima volta che verrai sarò ancora vivo, è segno che Dio vuole davvero darmi una possibilità. Ma se morirò, è segno che non era niente di tutto questo.

— Sei sicuro di voler rischiare?

— Sì.

— Va bene.

Un'infermiera arrivò e disse che José doveva tornare nella sua stanza. Carlos si congedò:

— A presto, José.

— Solo se Dio vorrà!

— Lui vuole. Vedrai.

José tornò nella sua stanza pensando a tutto ciò che Carlos aveva detto. E Carlos se ne andò pregando Dio:

— Signore Dio, abbi misericordia della vita di José. Non permettere che muoia prima di essere salvato. Signore, prenditi cura della sua vita. Permetti che conosca la grazia meravigliosa della tua salvezza.

Carlos fece questo tipo di preghiera per tutto il giorno. Era preoccupato per la salute di José. Quest'ultimo, d'altra parte, era nella sua stanza e pensava:

« Quel tizio crocifisso accanto a Gesù ha avuto molta fortuna. Ha chiesto perdono all'ultimo momento ed è stato accettato in paradiso. E chissà se anch'io posso essere accettato in paradiso? »

José continuò a pensar a questo e si addormentò. Il giorno seguente, al risveglio, stava molto meglio, respirava perfettamente. Ottenne il permesso di uscire, ma non riuscì a lasciare l'ospedale. La porta era chiusa a chiave, e vide che fuori dall'ospedale c'era un bellissimo campo fiorito. José desiderava essere in quel campo, ma non riusciva a uscire dall'ospedale. Vide un uomo vestito da medico e disse:

— Come faccio a uscire da qui?

Con una voce serena, l'uomo rispose:

— Devi solo chiedere.

— Per favore, fammi uscire da qui.

— Va bene, andiamo.

L'uomo accompagnò José fino alla porta e tese la mano per aprirla. José notò che c'era una ferita sulla mano dell'uomo e disse:

— La tua mano è ferita.

— Non preoccuparti, è per salvare qualcuno.

— Chi?

— Te.

In quel momento, José si svegliò e si rese conto che era un sogno. Pensò a tutto ciò che aveva fatto nella sua vita e pianse. Molti rimpianti vennero alla sua memoria. Molte cose che aveva fatto e sapeva che non avrebbe dovuto fare. Quello fu un momento di grande riflessione per lui.

José era molto inquieto dal sogno e aspettava con ansia di incontrare Carlos e parlare con lui.

Alla prossima sessione di chemioterapia, non appena Carlos arrivò nella stanza, José disse un po' nervoso:

— Finalmente sei arrivato, ho bisogno di parlarti!

Carlos si stupì dell'agitazione di José e disse:

— Cos'è successo?

— Ho fatto un sogno e ho bisogno che tu mi aiuti a capirlo.

— Va bene. Dimmi com'è andata.

— Ho sognato di essere in ospedale e di aver avuto il permesso di uscire, ma non riuscivo a farlo. E fuori c'era un campo pieno di fiori. Ho incontrato un medico e ho chiesto aiuto. Mi ha accompagnato alla porta e la sua mano era ferita. Ho chiesto cos'era e ha detto che era per salvare qualcuno. Ho chiesto chi e ha detto che era per salvare me.

— Ho capito. E hai dubbi sul significato? Sembra piuttosto chiaro, non credi?

— Credo di sì. Era Gesù che diceva che ho ancora una possibilità?

— Esattamente. E c'è un'altra cosa, sei ancora vivo. Ricordi cosa hai detto l'ultima volta?

— Ricordo.

— Hai ancora qualche dubbio che puoi essere salvato?

— Credo di no.

— Credi o ne sei sicuro?

— Va bene! Ne sono sicuro.

— E ora, cosa mi dici?

— Non lo so. Mi sono ricordato di tante cose brutte che ho fatto nella mia vita. E di tante persone che ho ferito. Posso anche ricevere il perdono di Dio, ma e delle persone?

— Essere perdonato dalle persone è qualcosa di un po' più difficile, ma è possibile.

— Come?

— Devi chiamare queste persone e chiedere loro perdono.

— E se non accettano?

— Se non accettano, non è colpa tua. La tua parte è stata fatta.

— Sono sicuro che non accetteranno!

— E perché?

— Ero una persona molto cattiva e rancorosa.

— Puoi essere più specifico?

— Va bene, ti racconto. Ho una famiglia, moglie e due figli. E tutti mi volevano bene. Ma avevo un problema con l'alcol. Ogni volta che bevevo, diventavo aggressivo e volevo picchiare mia moglie. E siccome ero più forte, ci riuscivo sempre. Lei sopportò tutto questo per molto tempo, e anche i nostri figli.

— E hai fatto questo per quanto tempo?

— Alcuni anni. Dopo che i miei figli hanno iniziato a lavorare, sono usciti di casa e hanno portato via la madre. E sono rimasto solo.

— E dopo che se ne sono andati di casa, hai avuto contatti con loro?

— Ho avuto pochissimi contatti. Solo qualche visita. Tutti dicevano che sarebbero tornati a casa solo se avessi smesso di bere. E siccome non ho smesso, non sono mai tornati.

— E dopo che ti sei ammalato, qualcosa è cambiato?

— Praticamente nulla è cambiato. Ogni tanto qualcuno viene a trovarmi, ma solo per obbligo.

— Hanno ferite profonde che sono ancora aperte. Devi anche aver chiesto perdono per quello che hai fatto?

— Sì, ma non è servito a nulla.

— Non hanno creduto che fossi veramente pentito e che saresti cambiato. Anch'io sono passato per questo.

— E come posso risolvere?

— Devi mostrare che sei veramente cambiato.

— E come farò?

Carlos pensò per un momento e disse:

— Il tuo caso è piuttosto complicato, se stessi bene, basterebbe mostrar con le azioni. Ma siccome non stai bene, dobbiamo pensare a qualcos'altro.

— Tipo cosa?

— Non lo so. Qualcosa che sia d'impatto per loro. Riesci a pensare a qualcosa?

José pensò e disse:

— Non mi ricordo di nulla.

— Nulla? Nemmeno un giorno che è stato speciale per tutti?

— Giorno speciale?

José si sforzò e si ricordò di qualcosa:

— C'è stato un giorno che è stato molto speciale.

— E com'è andata?

— Siamo andati in un parco, abbiamo fatto un picnic,

tutti si sono divertiti molto. Non sembrava che avessimo così tanti problemi a casa.

— È questo! Dobbiamo ricreare questo giorno.

— Come?

— Puoi lasciare che mi occupi di tutto. Ho solo bisogno del tuo aiuto riguardo ai dettagli di ciò che è accaduto quel giorno. Voglio che facciamo tutto praticamente uguale.

— Ho capito. E pensi che funzionerà?

— Spero di sì. Proveremo a recuperare il miglior ricordo che hanno di te.

— Dio voglia che vada bene!

— Pregheremo affinché tutto accada. Parlando di pregare, credo che tu debba fare una preghiera, non è vero?

— Sì. E come si fa?

— Non esiste una preghiera standard, di' quello che il tuo cuore desidera. Non preoccuparti, per Dio non c'è preghiera giusta o sbagliata.

— Va bene.

José chiuse gli occhi e pregò:

— Dio, non so come funziona, ma ci proverò. Non sono stato una brava persona durante la mia vita. So di aver fatto molte cose sbagliate, so di aver ferito molte persone, specialmente le persone che amo. Riconosco che la mia vita attuale è solo una conseguenza di ciò che ho vissuto durante tutta la mia vita e so che nessuno ha colpa di ciò che sta accadendo. Chiedo perdono dal profondo del mio cuore, chiedo che il Signore mi perdoni per tutto ciò che ho fatto di sbagliato e, se possibile, mi porti anche in paradiso. Che io possa essere libero da questi dolori che mi consumano e possa entrare in quel campo fiorito del mio sogno. Dio, grazie per avermi ascoltato.

— Pronto! È stato difficile?

— No, è stato più facile di quanto pensassi. Non so se è normale, ma mi sento un po' più leggero e più tranquillo.

— Questo è il sollievo del perdono e della salvezza. Non porti più quel fardello pesante di colpe e peccati. Ora sei libero.

— E ora, devo fare qualcos'altro?

— Devi confessare Gesù come Signore e Salvatore.

— E come si fa?

— È una confessione della tua fede in Gesù Cristo. Questa ha un certo standard.

— Possiamo farla ora?

— Certo!

Carlos si alzò, prese le mani di José e disse:

— Dirò e tu ripeti con me.

— Va bene.

Carlos iniziò a parlare e José lo seguiva, fu fatta la confessione come Carlos aveva fatto in chiesa.

— Mi sento ancora meglio.

— Questa è l'azione di Dio nella tua vita.

— Manca ancora qualcosa?

— Solo il battesimo.

— E cosa significa il battesimo?

— Significa cambiamento e trasformazione di vita. Lascia dietro di te la tua vecchia vita, i tuoi errori e peccati, e inizi una nuova vita con Dio.

— E possiamo farlo ora?

— Purtroppo, no. Avremmo bisogno di un pastore per farlo.

— Per favore, trova il pastore! Voglio fare tutto correttamente.

Carlos rimase ammirato dalla disponibilità di José e disse:

— Lascia fare, me ne occuperò.

— Grazie mille per tutto! Sei stato un angelo nella mia

vita.

— Grazie per il complimento. Ma ringrazia Dio per avermi dato l'opportunità di essere qui per la chemioterapia e di incontrarti.

— Lo ringrazierò.

A Carlos fu detto che poteva andare, si congedò da José:

— Prega Dio affinché tutto vada bene nell'incontro con la tua famiglia. E come ho detto, prega con il cuore.

— Lascia fare, pregherò.

— A presto, José!

— A presto, Carlos.

José era molto felice per tutto ciò che era accaduto, per il perdono che aveva ricevuto da Dio e per la confessione di Gesù come suo Signore e Salvatore.

Anche Carlos era molto felice, perché sapeva che José aveva trovato la pace e la speranza.

Ora mancava solo il perdono della famiglia di José, affinché tutto fosse perfetto.

Oggi tu sarai con me in paradiso

Oggi sarai con me in paradiso

Durante la sua prossima sessione di chemioterapia, Carlos notò che José era diverso, sembrava più vivo e animato. Disse:

— Oggi sembri molto meglio.

— Sto molto meglio! Nonostante la malattia, mi sento bene.

— Grazie a Dio per questo!

— Grazie a Dio! E c'è un'altra cosa.

— Cosa?

— Ti ricordi del sogno che ti ho raccontato l'altro giorno?

— Mi ricordo.

— Ho sognato di nuovo. Ma questa volta è stato diverso.

— Come è stato?

— Quell'uomo, intendo Gesù, vestito da medico, mi ha preso per mano e mi ha portato nel campo fiorito. E lì, mi ha detto che tutto andava bene e che non avrei mai più sentito alcun dolore.

Carlos fu molto felice per il sogno di José e disse ad alta voce:

— Gloria a Dio! Lui è meraviglioso!

— È proprio così, Carlos, Dio è meraviglioso. Sono salvo!

Carlos abbracciò José e disse:

— Ti avevo detto che potevi essere salvato.

— Grazie per non aver rinunciato a me.

— Dio non ha rinunciato a me, non potevo rinunciare a te.

— Grazie, ancora una volta.

— Ora dobbiamo parlare del giorno al parco.

— È vero. Ti racconterò tutto quello che mi ricordo.

José spiegò tutti i dettagli che ricordava e Carlos annotò tutto. Poi disse:

— José, da quello che hai detto, non c'è nulla di così difficile da ottenere. Il parco è ancora aperto. Organizzerò il picnic con mia moglie.

— Il problema maggiore è che la mia famiglia accetti.

— Non preoccuparti di questo. Sto pregando affinché Dio apra i loro cuori al mio invito.

— Dio benedica che accettino.

— Accetteranno.

— E c'è un'altra cosa, Carlos.

— Cosa?

— Sai che il mio tempo sta scadendo. Quindi, organizza questo picnic il più presto possibile. Perché presto sarò in paradiso. — José sorrise.

— È vero! Lo organizzerò per la prossima domenica. Va bene?

— Sì.

— E per il tuo battesimo, parlerò con il mio pastore e vedrò se può battezzarti il giorno del picnic.

— Perfetto! Grazie.

La chemioterapia di Carlos era finita, si salutò con José e andò a parlare con il dottor Lucas di una possibile uscita di José dall'ospedale.

— Dottore, è possibile che José esca dall'ospedale per qualche ora?

— Qual è il motivo di questa uscita?

— Un incontro con la famiglia.

Lucas pensò e disse con un certo scoraggiamento:

— Guarda Carlos, capisco cosa stai cercando di fare. Ma la sua situazione è molto delicata. José ha bisogno di una bombola di ossigeno tutto il tempo. E uscire da qui potrebbe non essere una buona idea.

Carlos insistette:

— Per favore, è per una buona causa!

Lucas si rese conto che Carlos non avrebbe rinunciato e disse:

— Se rimane stabile, autorizzo l'uscita.

— Va bene. Grazie.

— E che giorno sarà?

— La prossima domenica.

— Va bene. Venerdì valuterò la sua condizione e lascerò tutto registrato. E domenica la squadra medica confronterà i risultati. Se sarà uguale o migliore, potrà andare, ma se peggiora, non posso lasciarlo uscire.

— Va bene, capisco.

Carlos abbracciò Lucas e disse:

— Dottore, grazie mille per la collaborazione.

— Di niente. Anch'io voglio che si riconcili con la sua famiglia prima di morire.

— Se Dio vuole, ci riusciremo.

Carlos andò a casa sua pensando ai dettagli necessari per l'incontro di José con la sua famiglia.

Il giorno dopo, Carlos andò a casa della famiglia di José per invitarli all'incontro. Suonò il campanello e una donna nera di circa la sua età aprì il cancello. Disse:

— Buongiorno, lei è la Lúcia?

— Buongiorno, sì, e lei?

— Sono Carlos, un amico di José, suo marito.

— Se è amico di lui, non deve essere una buona cosa.

— In realtà, l'ho conosciuto pochi giorni fa in ospedale. Anch'io sto facendo la chemioterapia.

Lúcia si sentì un po' imbarazzata e disse:

— Carlos, mi dispiace. Mi dispiace per la tua situazione. Pensavo fossi un vecchio amico di José.

— Va bene. Mi ha detto che ha avuto una vita piuttosto complicata.

— Molto complicata! Per favore, entra.

I due entrarono in casa e si sedettero in salotto. Carlos disse:

— Mi ha raccontato tutto quello che ha fatto per lei e per i suoi figli.

— Sono stati tempi molto difficili. Ma grazie a Dio, sono finiti.

— Mi ha detto che dopo che i figli sono cresciuti, siete usciti di casa.

— Esattamente. Ha detto che sarebbe cambiato, ma non è cambiato; quindi, non siamo mai più tornati a vivere insieme.

— Sì, me l'ha detto. Ma ora è davvero cambiato.

Lúcia non credeva al cambiamento:

— E tu ci credi? È solo perché è malato.

— Io ci credo. E non è perché è malato.

— Perché?

— Perché ha conosciuto Dio.

— Dio? José? Come è stato possibile?

— È stato possibile grazie all'azione di Dio. Tutto è successo in modo incredibile.

— Questa devi raccontarmela.

Carlos raccontò parte della sua storia, come aveva conosciuto José, le conversazioni che avevano avuto, i sogni di José, la sua richiesta di perdono e la confessione di Gesù come Salvatore. Lúcia rimase impressionata da tutto ciò che era accaduto.

Carlos disse:

— Per lui essere completamente in pace, manca solo il perdono della famiglia.

— Sì, sarà un po' complicato. Abbiamo sofferto molto con lui.

— Capisco. Ma comunque, voglio chiedere una

possibilità affinché, almeno, parli con lui.

— E quando sarà questa conversazione?

— Sarà domenica, al Parco delle Guave. Sarà battezzato lì.

— Battezzato?

— Sì, sarà battezzato. Desidera farlo.

— Wow! Sembra deciso in questo cambiamento.

— È deciso.

— Guarda, Carlos, non prometto nulla. Parlerò con i miei figli e vedrò cosa ne pensano. Ma credo che non vorranno andare.

— Se non vanno, capisco, ma per favore, fai uno sforzo. Sarà molto importante per lui.

— Vedrò cosa posso fare.

— Grazie. È fissato per le dieci del mattino. Ecco il mio telefono, se hai qualche dubbio, o se hai bisogno che ti racconti la storia ai tuoi figli, sono a disposizione.

Carlos le diede un biglietto da visita.

— Grazie. Vedo che sei impegnato ad aiutarlo.

— Lo sono. Mi sono identificato con la sua storia. Anch'io sono stato un pessimo marito, ma Dio ha cambiato la mia storia e oggi ho una famiglia molto felice.

— Che meraviglia!

— Lúcia, grazie per il tuo tempo.

— Grazie per il tuo impegno nell'aiutare José.

— A domenica!

— Forse!

Carlos se ne andò con la speranza che la storia avesse colpito Lúcia e che colpisse anche i suoi figli.

...

Il giorno del picnic, la salute di José rimase stabile. E Carlos lo accompagnò dall'ospedale al parco.

Arrivando, José vide che tutto era già organizzato, proprio come aveva descritto a Carlos. Abbracciò Carlos e disse:

— Carlos, sei un vero amico! È tutto perfetto!

— Ho fatto solo quello che mi avevi detto.

— Grazie mille per tutto!

— Di niente. Questa è mia moglie, Suzana.

— Piacere di conoscerti e grazie per tutto.

— Piacere di conoscerti, José. Di niente.

— Questo è il mio pastore, Gilberto.

— Piacere di conoscerti, José. — Gilberto lo salutò.

— Grazie per essere venuto a battezzarmi.

— Carlos mi ha raccontato cosa è successo tra voi. È stato un miracolo di Dio.

— È stato davvero un miracolo!

Carlos disse:

— Dio è meraviglioso!

José disse:

— Dio è più che meraviglioso! È perfetto in tutto!

Gilberto disse:

— José, a causa del tuo stato di salute, non possiamo battezzarti con l'immersione nell'acqua. Invece, verserò un po' d'acqua sulla tua testa. Va bene?

— Tutto bene! L'importante è battezzarmi.

— E desideri già essere battezzato?

— Aspettiamo un po'. Voglio vedere se la mia famiglia verrà.

— Va bene.

Tutti si sedettero e iniziarono a conversare, mentre aspettavano l'arrivo della famiglia di José.

Dopo circa un'ora di attesa, Lúcia chiamò Carlos, chiedendo dove fosse il luogo. Per mantenere la sorpresa, Carlos non disse nulla a José.

Qualche minuto dopo, José li vide in lontananza, iniziò a

piangere dicendo:

— Grazie, Signore Dio, per questo dono. Anche se non mi perdonano, sono felice di vedere tutti insieme di nuovo.

Lúcia e i suoi figli si avvicinarono, erano una coppia di giovani adulti neri. Salutarono tutti:

— Buongiorno!

Carlos, Gilberto e Suzana risposero:

— Buongiorno!

José era così felice che non riusciva nemmeno a rispondere. Lúcia lo salutò direttamente:

— Buongiorno, José!

— Buongiorno, Lúcia. Grazie per essere venuti.

— Ringrazia il tuo amico, Carlos.

— Lo ringrazio molto.

Lúcia disse:

— Carlos, questi sono Eduardo e Milena, i nostri figli.

— Piacere di conoscervi.

— Il piacere è nostro — risposero.

— Ora vi lasciamo soli, perché avete molto di cui parlare.

Carlos, Gilberto e Suzana si allontanarono. José conversò a lungo con la sua famiglia, chiedendo perdono per tutto ciò che aveva fatto loro. Spiegò la trasformazione che aveva vissuto nella sua vita da quando aveva conosciuto Carlos e si era avvicinato a Dio.

Dopo aver parlato a lungo, ognuno di loro perdonò José, poiché percepirono che parlava con sincerità. Tutti si abbracciarono.

Carlos, Suzana e Gilberto osservavano la scena da lontananza. Carlos disse:

— Penso che tutto sia andato bene. Si stanno abbracciando.

Poco dopo, Milena si avvicinò ai tre e disse:

— Mio padre vi sta chiamando!

I tre si avvicinarono, José abbracciò Carlos e disse:

— Grazie mille per tutto, amico mio. Hai fatto molto per me.

— Te l'avevo detto, José. Dio ha uno scopo per tutto. Ho dovuto fare la chemioterapia per conoscerti e aiutarti.

— Dio agisce in modi misteriosi!

— Sì, Dio ha i suoi mezzi per realizzare la sua volontà. Molte volte non comprendiamo questi mezzi, ma alla fine tutto ha un senso.

— Ora manca solo una cosa.

— Cosa?

— Il mio battesimo.

— Sì. Gilberto, vuole essere battezzato.

— Certo.

Gilberto si avvicinò a José e disse:

— Capisci cosa stai facendo?

— Sì. Sto cambiando vita. Lasciando alle spalle la vita di peccati e iniziando una nuova vita accanto a Dio.

— È proprio così! Sei pronto?

— Sì!

Gilberto prese una bottiglia d'acqua e disse:

— Sii battezzato nel nome del Padre, del Figlio e dello Spirito Santo.

— Amen.

Gilberto versò l'acqua sulla testa di José. Quest'ultimo sentì un grande sollievo e pace.

Poi tutti parteciparono al picnic preparato da Carlos e Suzana. Per José e la sua famiglia fu un giorno di riconciliazione e gioia.

...

Quella notte, Carlos ricevette una chiamata da Lúcia. Era molto nervosa e chiese a Carlos di andare in ospedale per vedere José. Carlos e Suzana andarono immediatamente lì.

Arrivando, trovarono tutta la famiglia di José nella sala d'attesa. Carlos disse:

— Cos'è successo?

Lúcia era molto nervosa e non riuscì a parlare, Eduardo spiegò la situazione:

— Hanno detto che mio padre ha avuto un arresto respiratorio e hanno dovuto rianimarlo.

Carlos si rattristò e disse:

— Mio Dio! E ora come sta?

— È incosciente. Stiamo aspettando notizie.

Poco dopo, un medico si avvicinò a loro e disse:

— Il signor José si è svegliato. Potete vederlo.

La famiglia di José andò nella sua stanza. Carlos chiamò il medico in disparte e disse:

— Dottore, può essere sincero con me, come sta?

— Lei è un parente?

— No, sono un amico.

— Allora non posso dirtelo.

— Per favore, dimmelo. Ho conosciuto José qui qualche giorno fa, abbiamo fatto la chemioterapia insieme.

— Sei Carlos? Che lo ha accompagnato fuori

dall'ospedale?

— Sì. Perché?

— Lucas mi aveva parlato di te. Ha detto che eri a conoscenza del caso e che probabilmente saresti stato qui in questo momento. Carlos, la sua situazione è molto delicata. Ha avuto un arresto respiratorio molto grave e rischia di avere altre crisi.

— E può peggiorare?

— Purtroppo, sì. I polmoni sono al punto critico, praticamente non reggono più. E il resto del corpo è molto debilitato a causa della chemioterapia.

— E se ha altre crisi, cosa succederà?

— Forse non resisterà.

Carlos fu molto scosso da questa notizia, poiché sapeva che José non aveva molto tempo.

— Grazie di tutto, dottore.

— Se hai bisogno di qualcosa, sono a disposizione.

Carlos andò nella stanza di José. Era molto debole e disse con difficoltà:

— Carlos, penso che sia arrivata la mia ora.

— Non dire nulla, riposa soltanto.

— Presto riposerò per sempre. Mentre ero in arresto

respiratorio, ho visto il campo fiorito. È stato così bello! E tra poco sarò lì.

Lúcia disse con tristezza:

— Non dire così, José!

— Non ho più forze per restare qui. Il mio corpo non regge più. Devo riposare. Ma prima di andare, voglio dire qualcosa a voi tre, avvicinatevi, per favore.

La famiglia di José si avvicinò e lui iniziò a parlare:

— Lúcia, grazie per tutti i momenti che abbiamo avuto. Sei stata una moglie eccellente e perfetta, nonostante io non sia stato un buon marito. Ti amo molto.

Lúcia iniziò a piangere e disse:

— Ti amo anch'io!

— Milena, sei già una donna e ti chiedo di fare una buona scelta di un uomo per essere tuo marito. Osserva tutto ciò che fa mentre è il tuo fidanzato. Non permettere che alzi nemmeno la voce con te, perché è così che inizia l'aggressione. Cerca qualcuno che ti ami e ti rispetti.

In mezzo alle lacrime, Milena disse:

— Sta' tranquillo, papà. Troverò un buon marito.

— E tu, Eduardo, non alzare mai la voce e nemmeno la mano per colpire una donna. Meritano rispetto e protezione.

Scegli bene una moglie, qualcuno che ti aiuti e sogni i tuoi sogni.

— Va bene, papà. Cercherò qualcuno così.

— E un'altra cosa, per tutti voi. Non incolpate nessuno per la mia morte. Sono colpevole di tutto ciò che sta accadendo ora. Non siate arrabbiati o depressi. Invece, ringraziate Dio per l'opportunità che ho avuto di essere salvato e perdonato da Dio e dalla mia famiglia. Carlos, grazie mille per i momenti che abbiamo passato, mi hai insegnato molto. Grazie per oggi, penso che sia stato il giorno più felice della mia vita. Sei stato un angelo di Dio nella mia vita. Quando arriverà la tua ora, so che non avrai paura, perché sai dove andrai...

José non riuscì a finire la frase, poiché ebbe un nuovo arresto respiratorio. La squadra medica entrò nella stanza, fece uscire tutti e cercò di rianimarlo per diversi minuti, ma non fu possibile.

Tutti furono molto tristi per questo e dopo qualche minuto, il medico diede la notizia della morte di José. Tutti piansero molto, ma allo stesso tempo erano felici per la trasformazione che aveva vissuto alla fine della sua vita. Tutti sapevano che era stato veramente trasformato dall'azione di Dio.

Il giorno seguente si tenne la veglia e il funerale di José. Poche persone erano presenti, essenzialmente la famiglia di José e qualche parente. E anche Carlos, Suzana e Gilberto.

Al momento del funerale, Carlos era molto emozionato. Guardava tutto attentamente e pensava:

« Sarò io il prossimo? È questo che mi aspetta? »

Ma subito dopo si ricordò dei primi versetti del capitolo quattordici del Vangelo di Giovanni: 1 Il vostro cuore non sia turbato; credete in Dio, e credete anche in me! 2 Nella casa del Padre mio ci sono molte dimore; se no, vi avrei detto forse che io vado a prepararvi un luogo?

Carlos pensò:

« Non c'è motivo di pensare a questo. So che qualunque cosa accada sarà per volontà di Dio. Non c'è motivo di essere triste o angosciato. Vado in paradiso. »

Con questa fede, Carlos si calmò e rimase saldo durante tutto il funerale.

Dopo tutte le procedure, Lúcia si avvicinò a Carlos e lo abbracciò dicendo:

— Grazie mille per tutto quello che hai fatto per mio marito! Sei stato una benedizione nella vita di José. Sono sicura che Dio è sempre con te.

— Grazie. Ho fatto solo ciò che Dio aveva pianificato per la vita di José.

— Devi essere stato il miglior amico che abbia mai avuto. La miglior persona che abbia mai conosciuto. Grazie di tutto!

— Non c'è bisogno di ringraziare. E se avete bisogno di qualcosa, sono a disposizione.

— Grazie.

Lúcia fu chiamata e dovette salutare Carlos. Lui, Gilberto e Suzana se ne andarono.

Il risultato del trattamento

Dopo la morte di José, Carlos proseguì con la sua chemioterapia. Nei primi giorni fu molto triste, poiché aveva perso il suo amico. Ma con il passare dei giorni, fu consolato da Dio, che gli ricordava sempre le cose buone che José aveva potuto godere prima di morire e come ora fosse al suo fianco.

Durante il suo ciclo di chemioterapia, Carlos presentò gli stessi sintomi del suo ciclo precedente. Tuttavia, questa volta i sintomi furono meno aggressivi. Ci fu una caduta di capelli moderata e la sua stanchezza era solo dopo le sessioni. Per il resto, Carlos riusciva a condurre una vita praticamente normale. Si rese conto dell'azione di Dio nel suo trattamento e pregava costantemente:

— Signore Dio, grazie mille per quello che fai nella mia vita. Anche se sono malato, agisci a mio favore. Ti ringrazio per avere sintomi così lievi e per avere una vita normale. Grazie mille, Signore, per tutte le cose!

...

Alla fine della chemioterapia, Carlos fece nuovi esami per verificare lo stato dei tumori. Il giorno stabilito per vedere i suoi risultati, andò nello studio del dottor Lucas.

Arrivando, notò che il suo medico precedente, il dottor Rubens, era con Lucas a verificare i suoi esami. Carlos trovò tutto ciò molto strano.

— Buongiorno, dottor Lucas e dottor Rubens!

— Buongiorno, Carlos — risposero.

— Va tutto bene con me?

I due si guardarono e Lucas rispose seriamente:

— Carlos, siamo qui con i risultati dei tuoi esami e dobbiamo dirti qualcosa di molto serio.

— Potete parlare. Sono preparato a tutto!

— Certo. Purtroppo, i tuoi esami non mostrano alcun miglioramento.

— Sono uguali?

Rubens disse:

— In realtà, no. I tuoi tumori sono aumentati.

Carlos rimase sorpreso:

— Sono aumentati?

— Sì.

— Ma il trattamento non è servito a nulla?

— Apparentemente no. È come se non avessi fatto la chemioterapia.

Carlos si rattristò un po' per la notizia.

Lucas disse:

— Carlos. Ti sei sentito diverso ultimamente?

— No. Perché?

— Date le dimensioni dei tuoi tumori, dovresti avere qualche sintomo.

— Grazie a Dio, non ho nulla! Anche gli effetti della chemioterapia sono stati lievi questa volta.

Rubens disse:

— Questo è davvero impressionante!

— Dottori, questo è il miracolo di Dio nella mia vita!

— È davvero un miracolo!

— E ora? È possibile fare qualcosa?

Lucas disse:

— Abbiamo due opzioni. La prima sarebbe fare un nuovo ciclo di chemioterapia con una dose più forte e associarla alla radioterapia. Ma ci sono due problemi.

— Quali problemi?

— Primo, da quello che abbiamo visto finora, la chemioterapia praticamente non avrebbe effetto. E secondo, è che se fossi esposto a entrambi i tipi di trattamento potresti avere danni permanenti al cervello e al corpo.

— Questo sarebbe terribile. E la seconda opzione?

— Sarebbe fare un intervento chirurgico per la rimozione dei tumori.

— Ma non sono in aree pericolose?

— Solo uno è in una posizione delicata. Gli altri sono in regioni di più facile accesso e, secondo gli esami di imnagina, non sono molto radicati nel cervello, sono superficiali.

— E quali sono i rischi dell'intervento?

— Come ogni intervento chirurgico ci sono diversi rischi coinvolti e...

Carlos interruppe Lucas:

— Puoi essere sincero con me, sono preparato.

— Sei sicuro?

— Sì!

— Va bene. Il primo rischio è che si verifichi qualche danno al tessuto cerebrale e tu perda qualche funzione. Questo rischio è molto grande in uno dei tumori.

— E quale sarebbe l'area interessata?

— La tua coordinazione motoria. A seconda del tipo di lesione, potresti non riuscire mai più a tenere un bicchiere d'acqua. Inoltre, abbiamo tumori vicino alla regione del linguaggio e della memoria.

Carlos ascoltò e pensò:

« Signore Dio, aiutami in questo momento. Non voglio rimanere incapace, o senza parola e senza memoria. »

Poi disse:

— E c'è qualcos'altro?

Rubens disse:

— Sì. Trattandosi di un intervento chirurgico al cervello, il rischio di una complicazione che porti alla morte è considerevole.

Carlos si spaventò:

— Morte?

— Sì. È uno dei rischi coinvolti.

— Ho capito. E, oltre a queste due opzioni, ho qualche altra possibilità?

— Purtroppo, no.

— E se smettessi il trattamento?

— I tuoi tumori continuerebbero a crescere e inizierebbero a compromettere le funzioni cerebrali, fino a causare la tua morte.

— La mia situazione è molto complicata! In ogni caso ci sono rischi.

— Purtroppo, non c'è una via d'uscita facile per il tuo

caso. Non devi decidere ora. Pensaci con calma, parla con la tua famiglia, cerca una direzione su cosa fare.

— Ho capito. E secondo voi, qual è la migliore opzione?

I due si guardarono e Rubens rispose:

— L'intervento chirurgico presenta la maggiore possibilità di successo.

— Va bene. Ci penserò e tornerò tra qualche giorno.

— Va bene.

— Grazie mille per tutto!

— Conta su di noi! — rispose Lucas.

— A presto!

— A presto — risposero.

Carlos uscì dallo studio molto scosso dalle notizie. Non aveva buone opzioni, poiché tutte comportavano molti rischi. Carlos si sedette nella sua auto, prese una Bibbia che era lì e la aprì a caso nel testo:

— Perché ti abbatti, anima mia? Perché ti agiti in me? Spera in Dio, perché lo celebrerò ancora; egli è il mio salvatore e il mio Dio. (Salmi 42:11)

Leggendo, Carlos si sentì più tranquillo e disse:

— Non devo essere triste o abbattuto per questo. Ho fede che Dio opererà al meglio in questa situazione, che io viva o muoia. Tutto sarà secondo la volontà di Dio.

Dopo questa iniezione di coraggio e fede, Carlos andò in azienda, dove raccontò della sua condizione a Suzana, che si rattristò molto per quello che Carlos disse. Pianse molto in quel momento. Carlos cercava di consolarla, le prese le mani e disse:

— Amore mio, non essere così triste e disperata. Dio agirà nella mia vita.

— Sto cercando di non essere triste. Ma una notizia del genere è troppo!

— So che è qualcosa di complicato, ma sono tranquillo. Non ho paura.

— E come riesci a essere così calmo?

— Da quell'altra volta, ho imparato a fidarmi completamente di Dio. Vedi quante cose buone abbiamo ottenuto da allora.

— È vero!

— Vedi, non c'è motivo di disperarsi. Cerchiamo di affrontare tutto nel modo più normale possibile.

— Ci proverò.

Carlos abbracciò Suzana e disse:

— Tu e io ce la faremo.

— Con la grazia di Dio, ce la faremo!

Suzana riuscì a calmarsi un po' e i due mantennero la loro routine di lavoro normale.

Alla fine della giornata, Carlos e Suzana andarono a casa di Elizabete e Luciano per raccontare della salute di Carlos. Anche loro si rattristarono molto, Elizabete abbracciò suo padre e pianse. Luciano cercò di mantenersi saldo.

Dopo che Elizabete si calmò, i quattro si inginocchiarono e pregarono Dio, chiedendo una direzione su cosa fare.

Nonostante avesse ricevuto una notizia così sconvolgente, Carlos rimase molto tranquillo. Non aveva paura, non mise in discussione Dio e non si lamentò. Accettò semplicemente ciò che gli era accaduto e aveva fiducia che Dio avrebbe fatto ciò che era meglio.

...

Nei giorni seguenti, Carlos analizzò la sua vita e i rischi coinvolti in ciascuna delle sue alternative. Decise di fare l'intervento chirurgico, che nonostante tutto sembrava l'opzione più praticabile. Comunicò la sua decisione ai medici, che programmarono un intervento chirurgico entro pochi giorni.

In una consultazione preliminare, Lucas spiegò come

sarebbe stata la procedura dell'intervento:

— Carlos, il tuo intervento chirurgico sarà fatto con te sveglio per tutto il tempo.

— Sveglio?

— Sì. È il modo migliore per garantire che non ci siano danni al tuo cervello.

— Va bene. Ma come funziona?

— Sarai anestetizzato, faremo un'apertura nel tuo cranio nella regione dove si trovano i tumori. Nel momento in cui i tumori saranno rimossi, testeremo le tue funzioni cerebrali, analizzando se non sta causando alcuna conseguenza. Questa tecnica è molto utilizzata in questo tipo di intervento chirurgico.

— E sentirò qualche dolore o qualcosa del genere?

— Non sentirai nulla. La tua testa sarà anestetizzata.

— E che tipo di analisi viene fatta durante l'intervento?

— Vedremo se riesci a parlare, se la memoria funziona perfettamente, se riesci a tenere un oggetto. Testeremo le funzioni relative all'area in cui stiamo lavorando.

— Ho capito. E quanto tempo ci vuole?

— Non ho un tempo specifico, ma data la complessità, credo che durerà alcune ore.

— Un paio d'ore?

Lucas sorrise e disse:

— Nella migliore delle ipotesi, circa otto ore.

— Otto ore?

— Sì. Ma potrebbe durare più di così. Per questo motivo, avremo una grande squadra ad aiutare.

— Va bene. E dopo l'intervento?

— Devi aspettare la cicatrizzazione completa e fare gli esami per verificare se c'è stato un ritorno dei tumori.

— Ho capito.

— Sei preparato?

— Devo esserlo!

— Verrà la tua famiglia?

— Sì! Saranno tutti qui.

— Ottimo! Per ora, è tutto.

— A domani, dottore!

— A domani, Carlos.

Carlos salutò Lucas e andò a casa sua, ansioso per l'intervento.

Il giorno seguente, tutti andarono in ospedale con lui, Suzana, Elizabete e Luciano. Prima dell'intervento, Carlos era nella stanza con la sua famiglia. Era sdraiato e prese le mani di Suzana e disse:

— Suzana, amore mio. Ti amo tanto! Oggi ti amo ancora di più di quando ci siamo sposati. Abbiamo avuto una vita meravigliosa, ovviamente abbiamo avuto i nostri momenti difficili, ma per grazia di Dio, abbiamo superato tutto. E oggi siamo una coppia molto felice. Se dovesse succedere qualcosa, voglio che ti ricordi di tutti i bei momenti che abbiamo avuto.

Con le lacrime agli occhi, Suzana disse:

— Smettila! Starai bene!

— È quello che voglio! Ma sono nelle mani di Dio.

Carlos prese le mani di Elizabete e disse:

— Figlia mia, ti amo molto e sono orgoglioso di te. Nonostante tutto, sei rimasta sulla retta via. E oggi sei sposata con una persona meravigliosa. Continua così.

— Ti amo anch'io, papà! — Elizabete lo abbracciò.

Carlos salutò Luciano e disse:

— Luciano, non dimenticherò mai quello che hai fatto per me e per la mia famiglia. Non hai rinunciato a noi né a cercare di aiutarmi. Non ho parole per ringraziarti per quello che hai fatto per noi. Ho un grande rispetto e ammirazione per te.

— Non sono stato io a farlo, è stato Dio. E anch'io ti rispetto e ti ammiro.

— Bene, gente, spero di tornare e rivedervi tutti, ma se non dovessi tornare, un giorno saremo insieme in paradiso.

Suzana disse:

— Tornerai!

— Vi amo!

Carlos abbracciò tutti insieme. Quello fu un momento di forte commozione, Carlos parlò con loro come se si stesse congedando. Suzana ed Elizabete erano molto scosse e avevano fede che l'intervento sarebbe stato un successo. Carlos e Luciano avevano anche fede che Dio avrebbe agito, ma erano più preparati a tutto.

Poco dopo, Lucas entrò nella stanza e condusse Carlos in sala operatoria. Fu anestetizzato e fu eseguita la procedura di apertura del cranio. Tutto fu preparato perché Carlos fosse svegliato.

Carlos fu svegliato. Lucas iniziò a parlare con lui:

— Come ti senti?

— Sto bene, solo un po' strano.

— Strano come?

— Come se avessi appena finito di svegliarmi da lunga

notte di sonno.

— È normale. Senti qualche dolore o disagio?

— No.

— Inizieremo la procedura.

— Va bene.

— Inizierò con il tumore minore che si trova nell'area del linguaggio. Farò l'estrazione e ho bisogno che tu parli con me.

— Parlare di cosa?

— Di qualsiasi cosa. Preferibilmente, qualcosa che sia anche legato alla tua memoria e ai tuoi ricordi.

— Va bene. Fammi pensare... Ci sono! Parlerò del giorno in cui ho conosciuto mio genero.

— Raccontami com'è andata.

— Stavo facendo la chemioterapia. Era la fine del secondo ciclo. Mia moglie Sujana e mia figlia Elibete.

Lucas si accorse che c'era stata un'alterazione nel discorso di Carlos. Analizzò la situazione del tumore e notò una connessione con il tessuto cerebrale. Per evitare una lesione, Lucas ridusse l'area di rimozione del tumore.

— Carlos, ripeti il nome di tua moglie e di tua figlia, per favore.

— Mia moglie è Suzana e mia figlia è Elizabete.

— Ottimo! Continua con la storia.

— Allora, siamo andati in un parco e poi siamo andati in una piazza. E lì stava succedendo un evento, con musica e varie esibizioni. E un ragazzo si avvicinò a noi e ci chiese se ci stavamo divertendo.

— Uhm! E cosa avete risposto?

Lucas continuava a eseguire la procedura di rimozione del tumore. E Carlos raccontò tutto ciò che era accaduto quel giorno e gli eventi successivi.

Lucas proseguiva con l'operazione e iniziò il tumore che si trovava vicino alla regione della memoria. Disse a Carlos:

— Carlos, ora raccontami qualcosa di molto più antico. Raccontami come hai conosciuto tua moglie. Dove è successo, quanti anni avevi, dimmi con il massimo dei dettagli che puoi.

— Va bene. Ho conosciuto mia moglie all'università di chimica. Siamo entrati insieme e facevamo vari lavori di gruppo. Avevamo circa vent'anni...

Carlos riuscì a raccontare la sua storia con Suzana senza alcun problema. Il tumore non era collegato a nessuna struttura cerebrale.

Infine, rimase il tumore che si trovava nell'area relativa alla coordinazione motoria. Era un tumore più profondo, che aveva connessioni con il tessuto cerebrale. In quel momento, un'infermiera prese la mano di Carlos e disse:

— Stringimi la mano.

Riuscì a stringere.

— Ora alza il braccio.

Carlos alzò il braccio senza alcuna difficoltà.

Lucas iniziò la rimozione del tumore e lo fece in modo molto delicato e in porzioni molto piccole, per evitare qualsiasi tipo di lesione al cervello. La procedura era quasi terminata. E per testare la coordinazione motoria, l'infermiera consegnò una garza a Carlos e disse:

— Per favore, lanciala verso di me.

Carlos provò il movimento di lancio e quando cercò di lanciarla, non ci riuscì, lasciò cadere la garza a terra e il suo braccio non si mosse. Carlos si spaventò e disse:

— Cosa è successo?

Lucas rispose:

— C'era un vaso sanguigno nell'ultima parte del tumore. Stai calmo.

Lucas fece un cenno all'anestesista e questi fece

addormentare nuovamente Carlos. Lucas disse con tono preoccupato:

— Abbiamo un'emorragia qui! Ho bisogno di aspirazione immediatamente!

Iniziarono a drenare l'emorragia. Lucas disse a un altro medico:

— Come sta la sua attività cerebrale?

— Apparentemente è ancora normale.

— Qualsiasi cambiamento, avvisami.

Lucas e la squadra continuavano a cercare di contenere l'emorragia di Carlos, ma senza successo. Il medico assistente disse:

— L'attività cerebrale ha iniziato a diminuire.

L'atmosfera nella sala operatoria divenne apprensiva, tutta la squadra era dedicata a cercare di contenere l'emorragia, ma nulla funzionava. Lucas disse:

— Dobbiamo fare qualcosa immediatamente, perché le cellule cerebrali possono essere danneggiate. Più aspirazione!

Il sangue veniva aspirato più rapidamente e Lucas riuscì a fermare l'emorragia. Osservò l'attività cerebrale di Carlos, che era ancora al di sotto della norma e così rimase per un po' di tempo. Lucas pensò:

« Non può essere! Tutto stava andando così bene in questa operazione. »

Dopo aver osservato ancora qualche momento, Lucas si accorse che l'attività stava tornando alla normalità. Si sentì sollevato. Poiché aveva già rimosso tutti i tumori, non fu necessario svegliare nuovamente Carlos. Lucas era preoccupato per le conseguenze che potevano sorgere a causa dell'emorragia. Ora, doveva aspettare che Carlos si svegliasse per verificare se c'era stato qualche danno.

Lucas uscì dalla sala operatoria e andò dove si trovava la famiglia di Carlos. Suzana chiese con preoccupazione:

— Come è andata, dottore?

— Erano tre tumori, nei primi due è andato tutto bene. Ma alla fine del terzo tumore c'era un vaso sanguigno che si è rotto. Abbiamo fatto tutto e siamo riusciti a contenere l'emorragia.

— E sta bene? Sta normale?

— L'attività cerebrale è normale, ma lo sapremo solo dopo che si sarà svegliato.

— E quanto tempo ci vorrà?

— Tra una e due ore. Cercate di stare calmi, perché ora

resta solo da aspettare.

— Non riesco a stare calma.

Elizabete abbracciò sua madre e disse:

— Stai calma, mamma. Abbi fede in Dio.

Suzana continuava a essere molto nervosa:

— Non riesco a stare calma! La vita di mio marito è in gioco!

Lucas si accorse che Suzana non si sarebbe calmata e disse:

— Per favore, vieni con me in quella stanza, lì potrai stare più a tuo agio e calmarti.

Suzana lo accompagnò nella stanza. Poi, Lucas le diede un bicchiere d'acqua e una compressa:

— Per favore, prendi questa medicina, ti farà stare più calma.

— Grazie!

Suzana prese la compressa e si calmò, si sedette e si addormentò. Quando si svegliò, vide che Elizabete stava piangendo molto.

— Liza, cosa è successo?

— È papà!

— Cosa è successo a tuo padre?

— Lui... Lui... — Elizabete non riusciva a dirlo.

— Lui cosa?

Luciano arrivò e disse con tristezza:

— Suzana. Devi essere molto forte in questo momento.

— Molto forte, perché? Cosa è successo?

— Carlos non ce l'ha fatta ed è morto.

Suzana non ci credeva:

— Questo non è vero! Non può essere! Stava bene!

— Stava, ma non si è svegliato. Ha avuto morte cerebrale.

Suzana si disperò e gridò:

— Noooo!

— Mamma! Mamma! Svegliati!

— Cosa? — Suzana si svegliò spaventata.

— Ti sei addormentata con la medicina.

— E tuo padre?

— Non si è ancora svegliato.

— Che sollievo, è stato solo un incubo.

— Cosa hai sognato?

— È stato orribile! Ho sognato che tuo padre ha avuto morte cerebrale.

— Mio Dio! È stato un incubo terribile!

— È stato davvero terribile!

Lucas entrò nella stanza e disse:

— Carlos si è svegliato.

Suzana disse:

— E come sta?

— Abbiamo fatto tutti i test iniziali e va tutto bene. Tutte le funzioni stanno funzionando perfettamente.

Tutti si sentirono sollevati e festeggiarono:

— Grazie a Dio! — disse Suzana.

— Dio è meraviglioso! — disse Elizabete.

— Gloria a Dio! — disse Luciano.

— Dottore — disse Suzana. — Grazie mille per tutto quello che ha fatto. Sono sicura che lei sarà molto benedetto da Dio.

Lucas sorrise e disse:

— Non c'è bisogno di ringraziare. Sono già benedetto, perché posso vedere la gioia delle persone dopo aver fatto un buon lavoro. Ora, andiamo nella stanza di Carlos?

— Andiamo.

Tutti andarono nella stanza di Carlos. Lui sembrava stare bene, non appena li vide, sorrise e disse:

— Grazie a Dio posso rivedervi.

Suzana lo abbracciò e disse:

— Amore mio, grazie a Dio stai bene! Non so cosa farei senza di te.

— Grazie per essere sempre al mio fianco, amore mio. Ti amo tanto.

— Anch'io ti amo tanto!

Elizabete lo abbracciò e disse:

— Sapevo che tutto sarebbe andato bene!

— Figlia mia, oggi Dio ha voluto che continuassi con voi.

— Carlos — disse Luciano. — Sono stato a pregare per te tutto il tempo.

— Grazie, Luciano. Dio ti ascolta sempre. Lucas, per favore vieni qui.

Lucas si avvicinò e Carlos disse:

— Grazie per tutto quello che hai fatto per me lì dentro. Mi hai salvato la vita.

— Carlos, ti ringrazio per la tua fiducia in me.

— E quando potrò uscire da qui?

— Dovrai rimanere in osservazione a causa della tua complicazione durante l'intervento. Tra qualche giorno potrai tornare a casa.

— A fare cosa, non è vero? — Carlos sorrise.

— È la vita, Carlos.

— Davvero, è la vita!

Anche se era in fase di recupero, Carlos era molto felice per il successo del suo intervento. E tutta la sua famiglia condivideva lo stesso sentimento. È stato un sollievo per tutti vedere Carlos di nuovo bene.

Carlos rimase qualche giorno in ospedale e dopo alcuni esami, fu dimesso e tornò a casa. Nei primi giorni mantenne il riposo, in attesa della cicatrizzazione del taglio sulla testa. Dopo la completa cicatrizzazione, riprese la sua vita normale, facendo tutto ciò che aveva sempre fatto.

Il cammino verso la pace

Dopo alcuni mesi, Carlos continuava il monitoraggio medico, effettuando esami e monitorando il suo cervello. Non era stata rilevata alcuna alterazione. Nonostante questa apparente tranquillità, Lucas lo avvertì:

— Carlos, i tumori sono maligni, possono tornare.

— E c'è un termine per questo?

— Purtroppo, no. Può succedere in qualsiasi momento.

— È possibile prevedere come sarà?

— No. Potrebbe essere un tumore a crescita lenta, o potrebbe essere un tumore a crescita rapida, come l'ultima volta.

— Ho capito.

— Continueremo a monitorare. E qualsiasi alterazione, tratteremo immediatamente.

— Va bene. Grazie mille per tutto.

— Di niente.

Carlos continuò la sua vita senza preoccuparsi del ritorno del tumore, poiché sapeva che non poteva vivere in funzione di questo. Si godeva la vita al massimo, sempre accanto alla sua famiglia e facendo l'opera di Dio.

...

Un giorno, Carlos stava guidando e si accorse che non riusciva a leggere i cartelli stradali. Pensò:

« Avrò bisogno di occhiali? »

Continuò fino all'azienda e lì si rese conto che non riusciva a leggere facilmente. Concluse:

— Ho bisogno di un oftalmologo.

Carlos cercò alcuni numeri di telefono di cliniche oftalmologia e dopo alcune telefonate, riuscì a fissare un esame per il giorno seguente. Fu un giorno molto complicato per Carlos, poiché non riusciva a vedere perfettamente.

Il giorno seguente, Carlos andò dall'oftalmologo e fece l'esame. Durante il test delle lenti, Carlos non riuscì a vedere bene con nessuna di esse.

L'oftalmologo lo interrogò:

— Lei ha qualche condizione medica speciale?

— Sono in remissione da un cancro al cervello.

— E quando è stato il suo ultimo esame di immagina?

— Circa due mesi fa.

— Le consiglio di andare a parlare con il suo medico.

Carlos si spaventò:

— Dottore, c'è qualcosa che non va in me? Può essere sincero.

— Nell'esame oftalmologia non è stato possibile rilevare alcuna alterazione nei suoi occhi. Pertanto, è meglio verificare con il neurologo.

— Ho capito. Lo cercherò immediatamente.

— È il meglio che può fare.

— Grazie di tutto, dottore.

— Prego.

Carlos uscì dalla clinica oftalmologia e andò a parlare con Lucas. Anche senza appuntamento, Lucas lo ricevette e ripeté gli esami. A causa della necessità di Carlos, fu richiesta urgenza nei risultati, e questi sarebbero stati pronti il giorno seguente.

Il giorno dopo, Carlos andò da Lucas per la verifica dei risultati. Ancora una volta, Rubens e Lucas erano nello studio. Vedendoli, Carlos pensò:

« So già che non sarà nulla di buono! L'ultima volta che erano insieme, sono finito operato. »

Entrambi avevano uno sguardo molto apprensivo. Lucas disse:

— Carlos, questa volta il tuo caso è molto serio.

— Cosa è successo?

— I tumori sono tornati.

— E come stanno?

Lucas guardò Rubens e disse:

— Stanno crescendo molto rapidamente. Perché dall'ultima consultazione sono apparsi in varie aree del tuo cervello.

Carlos rimase impressionato dalla notizia:

— Diverse aree?

— Sì. È per questo che non riesci a vedere bene, c'è un tumore nella regione responsabile della vista.

— E cosa devo fare?

— Raccomandiamo la chemioterapia, ma ci sono alcuni dettagli extra.

— Cosa?

— A causa della velocità della crescita, useremo una dose molto forte del farmaco e questo potrebbe lasciarti molto debilitato, al punto di dover essere ricoverato.

Carlos rimase in silenzio per un momento, pensando a come sarebbe stata una vita in ospedale. Dopo qualche istante, Lucas lo chiamò:

— Carlos?

Lui tornò in sé e disse:

— Ho capito. E quando posso iniziare il trattamento?

— Se sei disponibile, oggi stesso.

— Oggi? Tutte le altre volte ci è voluto almeno un giorno.

— Questa volta è diverso. Ho già chiesto a una squadra di stare pronta, nel caso accettassi.

— Ho capito.

— Devi solo chiamare qualcuno per accompagnarti dopo la sessione di chemioterapia.

— Chiamerò mio genero.

— Va bene. Non appena sarà qui, faremo le procedure.

Carlos chiamò Luciano e in circa trenta minuti, lui era lì. Carlos fece l'intervento chirurgico per l'impianto del serbatoio di Ommaya e la prima sessione di chemioterapia. Questa volta, Carlos sentì un forte mal di testa. Lucas gli spiegò:

— Questo dolore è dovuto alla dose di farmaco. È molto alta.

Carlos si sentì molto a disagio durante tutta la sessione. Alla fine, chiese a Luciano di portarlo a casa. Durante il viaggio, conversavano:

— Carlos, perché mi hai chiamato invece di chiamare tua moglie?

— Perché riesci a gestire meglio le situazioni gravi.

— Come mai?

— Da quando ho scoperto di avere nuovamente i tumori, ho notato che rimani più calmo in questo tipo di situazione. Suzana diventa molto nervosa e ansiosa.

— Questo è vero.

— Almeno oggi, ho bisogno di un po' di tempo da solo per pensare a tutto quello che è successo e prepararmi a dirlo a lei.

— Sarà difficile per lei e per Liza.

— Sì.

— E aspetterai fino alla fine della giornata?

— Con Liza, sì, ma con Suzana, no. La chiamerò subito e le chiederò di venire a casa nostra.

Carlos sospirò e disse:

— Luciano! Sono di nuovo in questa situazione.

— So che è complicato, Carlos. Abbi fede in Dio.

— Mi fido completamente. Cercherò di rimanere calmo.

— È di questo che hai bisogno in questo momento. Sono sicuro che Dio opererà nella tua vita.

— Anch'io ne sono sicuro.

Nonostante la sua situazione, Carlos rimaneva saldo.

Non appena arrivò a casa, chiamò Suzana e le chiese di andare lì. Lei andò immediatamente e quando arrivò, lo vide con il serbatoio di Ommaya sulla testa. Suzana iniziò a piangere, corse ad abbracciarlo e disse:

— Sono con te, amore mio! Andrà tutto bene.

— Grazie, amore mio.

Entrambi piansero a lungo...

Nei giorni seguenti, la chemioterapia diventava sempre più aggressiva. Carlos si indebolì molto, perse peso e aveva molte nausee. Fu un periodo molto doloroso per lui e per la sua famiglia.

Carlos proseguì saldo nella fede in Dio e non si lamentò. Pregava solo Dio:

— Signore Dio. So che tutte le cose hanno il loro motivo e il loro tempo. E anche nella sofferenza, dobbiamo essere saldi nella tua speranza. Ho questa speranza. Sono sicuro che qualunque cosa accada sarà per la gloria del tuo nome. Signore, ti chiedo solo questo, se mi porterai via, che sia qualcosa senza sofferenza. E se è per recuperarmi, che io mi riprenda perfettamente. Mi fido del Signore.

Il trattamento continuò e così le sue conseguenze. Carlos si indebolì fino a dover essere ricoverato. Suzana lo accompagnava in ospedale praticamente tutto il tempo.

Dopo circa un mese dall'inizio del trattamento, Carlos fece nuovi esami per verificare la sua efficacia. I risultati, tuttavia, non furono incoraggianti. Alcuni tumori erano cresciuti e ne erano apparsi di nuovi. Lucas andò nella stanza di Carlos e parlò con lui e Suzana.

— Carlos, purtroppo non stai reagendo al trattamento.

Con una voce molto debole, Carlos disse:

— Come sarebbe a dire, non sto reagendo?

— I tumori non sono diminuiti. Al contrario, alcuni sono aumentati e ne sono apparsi di nuovi.

Suzana si sedette a terra e iniziò a piangere.

— Non stare così, amore mio. Dottore, cosa possiamo fare?

— Possiamo cambiare la tua medicazione e vedere se c'è qualche risultato diverso.

— Penso che valga la pena provare.

— Inizieremo oggi stesso.

— Va bene.

Lucas uscì dalla stanza. E Suzana continuava a piangere. Carlos disse:

— Vieni qui, amore mio.

Suzana andò da lui e disse:

— Amore mio, ho tanta paura di perderti.

— Non avere paura, amore mio. Se me ne vado, andrò in un posto migliore.

— Ma, e io? Come starò?

— Starai bene. Dio ti darà forza.

— Comunque, amore mio. Non voglio perderti!

— Nemmeno io voglio lasciarti. Ma non dipende da me. Dobbiamo essere preparati per quello che Dio ha pianificato, che io viva o muoia.

— Voglio che tu viva.

— Anch'io voglio vivere, amore mio.

I due si abbracciarono. Suzana era molto scossa da tutto questo. Carlos era più rassegnato alla sua condizione.

Il trattamento con la nuova medicazione fu avviato, questo era così severo che causava fortissimi mal di testa a Carlos. Durante la sessione di chemioterapia, tremava addirittura per il dolore. Per contenere il dolore, fu avviata l'applicazione di morfina. Carlos sentiva un certo sollievo con questa medicazione.

Dopo alcuni giorni con il nuovo trattamento, furono effettuati nuovi esami, e questi non mostravano ancora alcun miglioramento nel quadro di Carlos. Lucas riunì tutta la famiglia nella stanza. Si aspettavano già qualche brutta notizia. Lucas disse:

— Carlos e famiglia. Stiamo facendo del nostro meglio per controllare il cancro, ma finora non abbiamo ottenuto alcun risultato positivo. I tumori continuano ad avanzare e non diminuiscono di dimensioni.

Suzana abbassò la testa e iniziò a piangere sommessamente. Elizabete l'abbracciò e disse:

— Abbi fede, mamma.

Lucas proseguì:

— Carlos, ti propongo un nuovo trattamento con cure palliative.

Carlos, quasi senza voce, disse:

— E cosa significa?

— È un trattamento in cui ci concentreremo a renderti il più confortevole possibile, con farmaci più deboli e meno aggressivi.

In mezzo alle lacrime, Suzana disse:

— Questo significa che stanno rinunciando a mio marito?

— Non è così, Suzana.

— Allora, cos'è?

— Abbiamo già utilizzato molti trattamenti forti e aggressivi. Se continuiamo con questo ritmo, la situazione di Carlos peggiorerà. Sentirà più dolore e la medicazione potrebbe iniziare a danneggiarlo.

Carlos disse:

— E come sarebbe questo trattamento?

— Cambieremo la medicazione con chemioterapici più deboli, la cui funzione principale è controllare la crescita del tumore. Inoltre, aumenteremo la dose di morfina, per non sentire dolore.

— Amore mio. Sembra ragionevole. Non voglio più sentire dolore.

— Sei sicuro, amore mio?

— Sì.

— Va bene, amore mio.

— Dottore — disse Carlos. — Può iniziare questo trattamento quando vuole.

— Va bene. La tua prossima sessione di chemioterapia sarà già con questa nuova medicazione. E chiederò a un'infermiera di modificare la dose di morfina.

Lucas stava uscendo e Carlos lo chiamò:

— Dottore.

— Sì.

— Grazie per tutte le cure che mi dai.

— Sono a disposizione per aiutare in tutto ciò di cui hai bisogno.

— Sei un angelo...

Carlos ebbe una convulsione, contorcendo tutto il suo corpo. I monitor iniziarono a indicare livelli critici nei battiti cardiaci e nella pressione sanguigna. Suzana si disperò:

— Mio Dio! Non lasciare che mio marito muoia!

Una squadra medica entrò e iniziò le procedure per la stabilizzazione di Carlos. La famiglia fu allontanata dal luogo, tutti erano molto angosciati da quella scena. Suzana era sotto shock e dovette essere sedata per calmarsi. Poi fu portata in una stanza.

La squadra cercava di contenere la convulsione di Carlos con tutti i mezzi possibili. Dopo alcuni minuti, la convulsione fu contenuta e i segni vitali di Carlos si stabilizzarono, tuttavia, dovette essere intubato. Lucas parlò con Luciano ed Elizabete:

— Siamo riusciti a controllare la convulsione, ma non possiamo affermare cosa sia successo a Carlos. In questo stato, un attacco del genere può essere molto dannoso per il cervello.

— E quando sapremo se mio padre sta bene?

— Faremo alcuni esami di immagina per controllare l'attività cerebrale, ma gli esami non indicano perfettamente lo stato reale di tuo padre.

Elizabete abbracciò Luciano e iniziò a piangere. Lui disse:

— Grazie, dottore.

Empatico con la situazione, Lucas disse:

— Mi dispiace, vorrei poter aiutare di più, ma è tutto ciò che possiamo fare ora.

— Grazie, dottore. Stai già facendo molto.

Elizabete continuò a piangere tra le braccia di Luciano. Lui cercava di mantenersi saldo in quel momento così delicato.

Gli esami furono eseguiti su Carlos, e Lucas andò nella stanza dove Luciano ed Elizabete erano con Suzana. Con un'espressione molto triste, disse:

— Ecco i risultati degli esami di Carlos. Apparentemente non c'è stato danno cerebrale. Ma la sua attività è molto bassa.

Suzana disse:

— E cosa significa?

— Significa che è praticamente in coma.

Sentire questa notizia fu molto impattante per Suzana, e le parole rimasero echeggiando nella sua mente:

— In coma, coma... Coma...

Lei si passò le mani sulla testa e disse calma:

— Non può essere. Mio marito non è in coma. Questo non è vero.

Suzana uscì dal letto e camminò fino alla stanza di Carlos. Lo abbracciò e iniziò a piangere dicendo:

— Questo non è vero! Mio marito sta bene! Questo non è vero! Non è vero!

A causa del suo stato, Suzana fu sedata nuovamente, questa volta fu somministrata una dose più forte di calmante, che garantiva un buon periodo di riposo per lei.

Durante il tempo in cui rimase sedata, Suzana sognò molto. I suoi sogni riguardavano la sua vita con Carlos, fu come un film, con alcuni momenti buoni e cattivi. Alla fine, Suzana incontrò Carlos su una spiaggia, lui era molto sano e felice, il suo viso sembrava brillare, Carlos giocava con le onde. Lei disse:

— Amore mio?

Con un enorme sorriso, Carlos rispose:

— Amore mio, ti stavo aspettando! Godiamoci questa spiaggia meravigliosa!

— Ma e il cancro? E l'ospedale?

— Cancro? Ospedale? Di cosa stai parlando?

— Eri malato.

— Ah sì! Lo ero. Ma ora è tutto passato. Non sento più nulla.

Suzana si rallegrò:

— Sei guarito?

— Per dire la verità, non ricordo cosa è successo. So solo che non sento più nulla.

— E sei qui da quando?

— Non lo so. Da quando sono arrivato, il tempo sembra non passare.

Sentendo questo, Suzana si rattristò e pensò:

« Lui non sa cosa è successo. »

— Cosa c'è, amore? Perché sei triste?

— Davvero non ricordi cosa è successo?

— In un momento ero in ospedale e poi mi sono svegliato qui. Penso che debba essere un sogno.

— Deve essere.

Suzana confermò il suo sospetto. Iniziò a piangere e disse:

— Perché, Signore?

Improvvisamente tutto divenne buio, la spiaggia si sporcò, Carlos iniziò a sentire molti dolori. Cadde sulla sabbia e iniziò a contorcersi. Carlos disse:

— Cosa mi sta succedendo?

L'aspetto di Carlos cambiò, divenne di un pallore morboso. Suzana aumentò il suo pianto a causa del dolore di Carlos. Cercava di aiutarlo, ma era inutile. Suzana capì cosa stesse succedendo. Pensò:

« In realtà, sono la causa della tua sofferenza. Sono egoista volendo che tu stia con me e non ti lascio libero da questo dolore. »

Suzana disse:

— Signore, perdonami per il mio egoismo. Guarisci tutti i dolori di mio marito.

Non appena Suzana finì di parlare, si svegliò. Elizabete e Luciano erano su un divano, abbracciati. Lei disse:

— Liza, tuo padre si è già svegliato?

— Non ancora, mamma. E come stai?

— Sto più calma.

— Sei sicura?

— Sì. Ho fatto un sogno che mi ha mostrato qualcosa di molto importante.

— E cosa è stato?

— Dio mi ha mostrato quanto sono stata egoista.

— Come, mamma?

Suzana raccontò il suo sogno.

Elizabete rimase molto impressionata dal sogno e disse:

— Penso che non fosse solo un sogno. Era praticamente un messaggio di Dio per te.

— Anch'io credo in questo.

— E ora, cosa farai?

— Chiederò perdono a Dio per il mio egoismo. E chiederò che tuo padre sia libero da questo dolore.

— Vuoi restare sola?

— Per favore.

I due uscirono dalla stanza, Suzana si inginocchiò e iniziò a pregare:

— Signore Dio, perdonami per il mio comportamento fino a ora. Ho pensato solo a ciò che sarebbe stato meglio per me, che era rimanere con mio marito. Ma non ho pensato a ciò che è meglio per lui, essere libero da tanta sofferenza. Ti chiedo che tu lo liberi da tutto questo dolore e mi dia la forza di andare avanti dopo la sua morte. So che tutte le cose sono sotto il tuo controllo e che la tua volontà è buona, perfetta e gradita. Mi fido della tua volontà.

Suzana si alzò e andò da Elizabete e Luciano, che erano in una sala d'attesa. I tre iniziarono a parlare e a ricordare tutti i momenti che avevano avuto con Carlos. Suzana ricordò i momenti felici che avevano avuto quando si erano conosciuti, il loro matrimonio, la nascita di Elizabete, insomma, tutta la sua vita con lui.

Dopo un po', Lucas arrivò e disse:

— Si è svegliato e vuole vedervi.

Tutti andarono nella stanza e si avvicinarono a Carlos. Suzana lo abbracciò e disse:

— Ti amo, amore mio! Non avere paura.

— Ti amo anch'io! Non ho paura. E tu sei più calma?

— Sì. Mi fido della volontà di Dio.

— Anche se la volontà di Dio è che io muoia?

— Sì. Lui sa tutto.

— Sono felice di sentirlo. Ora voglio dirvi qualcosa, perché non so quando avrò un'altra opportunità.

— Ti stai congedando?

— Forse, non lo so. Solo Dio lo sa. Prima di andare, voglio che ascoltiate quello che ho da dire.

— Parla, amore mio.

— Suzana, amore mio. Quanto ti amo. Abbiamo iniziato molto bene molti anni fa, era solo amore in ogni momento. Ma poi mi sono perso, ti ho abbandonato e ho cercato ciò che non avrei dovuto. Quando mi sono ammalato, sono stato bravo, facevo tutto bene, ma dopo essermi ripreso, sono tornato ai miei errori di prima. E tu mi hai sopportato per molto tempo, fino a quando finalmente hai preso la decisione di andartene. Quando te ne sei andata, ho capito che avevo davvero bisogno di te. Ho dovuto riconquistarti, non è stato facile, ma grazie a Dio ci sono riuscito. E con la benedizione di Dio siamo tornati a essere una coppia pienamente felice e amorevole. Ti amerò sempre.

Carlos si sforzò di baciare Suzana, e lei si chinò e lo baciò.

— Liza.

Elizabete si avvicinò e prese la mano di Carlos.

— Sarai sempre la mia principessina. Tutto quello che ho fatto nella vita è stato pensando a te, ho sempre voluto darti il meglio. Ma per un po' di tempo, ho dimenticato che il meglio è l'amore e l'affetto di un padre. Con il passare degli anni, sei diventata una donna molto bella, proprio come tua madre. Per un po' di tempo, hai avuto una vita un po' confusa, ma in parte è stata colpa mia, ero un pessimo esempio. Ma Dio, che è meraviglioso, non ha permesso che accadesse nulla e ti ha portato sulla strada giusta. Come sono felice di questo.

— Grazie, papà. Ti amo.

Elizabete lo abbracciò.

— E tu, Luciano, il nuovo membro della mia famiglia. Chi avrebbe mai detto che un giorno avrei detto questo. Io che volevo litigare con te più di una volta, oggi sono tuo suocero. Come cambiano le cose, come cambia la vita, come Dio ci cambia. All'inizio, cercavo un dio di scambio, di favori, un dio che aveva un prezzo. E a fatica ho imparato che Dio non si compra, ho imparato a rispettare la volontà sovrana di Dio. E ho imparato a fidarmi di Dio per quello che Lui è e non per quello che Lui può fare. Voglio che tutti sappiano che questa malattia non è stata una punizione, è stata una benedizione. Perché oggi so dove andrò non appena chiuderò gli occhi e so dove andrà la mia famiglia.

Non ho paura di cosa accadrà, perché so che sarà qualcosa di bello e meraviglioso. Vorrei restare più a lungo, ma se questa non è la volontà di Dio, cosa posso fare? Posso dire grazie a tutti per tutto quello che avete fatto per me. Vi amo tutti.

Tutti rimasero molto commossi dalle parole di Carlos e lo abbracciarono. Suzana era molto più tranquilla e accettò il destino di suo marito.

A causa dell'emozione del momento, i battiti di Carlos accelerarono. La squadra medica arrivò e lo medicò, i battiti diminuirono e Carlos si addormentò.

I tre uscirono dalla stanza e andarono a parlare con Lucas. Suzana disse:

— Dottore. E ora, cosa sarà fatto?

— Continueremo con la chemioterapia palliativa. Sembra che abbia reagito bene alle prime dosi.

— Ho capito.

— Potete stare tranquilli, qualsiasi novità, vi avviso.

— Grazie.

— Prego.

Lucas si allontanò e Suzana disse a Elizabete e Luciano:

— È già notte, penso sia meglio andare a casa a riposare un po'. Penso che il peggio sia passato.

— È vero, mamma. Ti porto a casa.

— Grazie, Liza.

I tre andarono a casa. Suzana andò a dormire un po'. Aveva pianificato solo un pisolino, ma finì per dormire profondamente.

Qualche ora dopo, si svegliò con il telefono di casa che squillava. Pensò:

« Chi può essere a quest'ora? »

Rispose con voce assonnata:

— Pronto...

— Mamma, cos'è successo? — Elizabete era agitata.

— Perché?

— Sto cercando di parlare con te dà un po'!

— Ma cosa è successo?

— Papà ha avuto un'altra convulsione ed è tornato in coma.

Suzana si spaventò:

— Cosa? E quando è successo?

— È già passato più di due ore! Io e Luciano siamo in ospedale.

— Sto arrivando ora!

— Chiederò a Luciano di venirti a prendere.

— Va bene. Tra poco sarò pronta.

Suzana si preparò e aspettò Luciano. Lui arrivò e i due andarono in ospedale. Non appena arrivò, Suzana cercò il medico responsabile per sapere qual era lo stato di Carlos. Il medico disse:

— È stabile, tuttavia la sua attività cerebrale è molto bassa. Abbiamo già fatto vari procedimenti, ma nulla è servito.

Suzana disse con preoccupazione:

— E verrà fatto qualcos'altro?

— Ora, possiamo solo aspettare, vediamo se reagirà all'ultima medicazione.

Due infermiere passarono di fretta e chiamarono il medico:

— Dottore, abbiamo un'emergenza con il paziente che è in coma!

— Con permesso!

Il medico uscì di fretta e andò nella stanza di Carlos.

Suzana e la sua famiglia corsero anche nella stanza e videro che la squadra medica stava cercando di rianimarlo, il monitor cardiaco non mostrava battiti.

Tutti rimasero molto tristi, Suzana iniziò a piangere e

disse:

— Ti amo, amore mio! Sii libero da tutto il tuo dolore. Qualcosa di meraviglioso ti sta aspettando!

Dopo vari tentativi di rianimazione, Carlos non reagì e fu dichiarata la sua morte. I tre si abbracciarono e piansero molto. Ma, allo stesso tempo, sapevano che Carlos era libero da tutto il dolore del cancro ed era con Dio.

Il giorno seguente ci fu il funerale di Carlos. Tutti i dipendenti dell'azienda andarono a rendere omaggio. E molte altre persone conosciute erano lì. Dopo il funerale ci fu la cremazione.

Suzana ricevette le ceneri ed Elizabete disse:

— Le conserverai?

— No. Farò qualcosa che tuo padre mi ha chiesto.

— Gettarle in mare?

— No. Mi ha chiesto di piantare un albero e usare le ceneri come fertilizzante. Mi ha chiesto di prendermi cura dell'albero e ogni volta che lo guarderemo ci ricorderemo di lui.

— Sarà fantastico! E quale albero ha chiesto?

— Quello che amava di più.

— Guava! — dissero insieme.

— Esattamente, Liza. Pianterò nel nostro giardino.

— Anche se non vivo lì, ti aiuterò a prendertene cura.

— Grazie.

Qualche giorno dopo, Suzana fece esattamente come aveva promesso a Carlos, piantò un albero di guava e fertilizzò la terra con le ceneri. Lei ed Elizabete si prendevano sempre cura dell'albero, aspettando i suoi frutti.

Cinque anni dopo

Suzana era a casa, aspettando Elizabete e Luciano per un pranzo. Andò fino all'albero di guava e vide che c'erano molti frutti, proprio come negli anni precedenti.

Elizabete e Luciano arrivarono e andarono in salotto. Elizabete disse con serietà:

— Mamma. Ho una notizia molto importante.

— Cosa c'è, Liza?

— È meglio che ti sieda.

Suzana si preoccupò e si sedette.

— Io e Luciano, da un po' di tempo, abbiamo preso una decisione. E ora, è fatta.

Suzana pensò fosse qualcosa di brutto:

— Cosa avete fatto?

Elizabete aprì la sua borsa e mostrò un paio di scarpine

da neonato.

Suzana si rallegrò molto e abbracciò la coppia.

LA FINE

Sull'autore

Rafael Henrique dos Santos Lima

Diploma di laurea in Amministrazione e M.B.A. in Gestione Strategica dei Progetti presso il Centro Universitário UNA. Cristiano per grazia di Dio. Appassionato di scrittura (francese, inglese, italiano, portoghese, spagnolo, tedesco), poeta e romanziere.

Contatti

rafael50001@hotmail.com

rafaelhsts@gmail.com

Blog: escritorrafaellima.blogspot.com

Ringraziamenti

Tradotto con: Mistral Ai

Revisionato con: Language Tool

Ringraziamento speciale

Ringrazio Dio. Mi ha dato l'intelligenza per scrivere le poesie.

Milton Keynes UK
Ingram Content Group UK Ltd.
UKHW042143031224
452078UK00004B/424

9 798230 252580